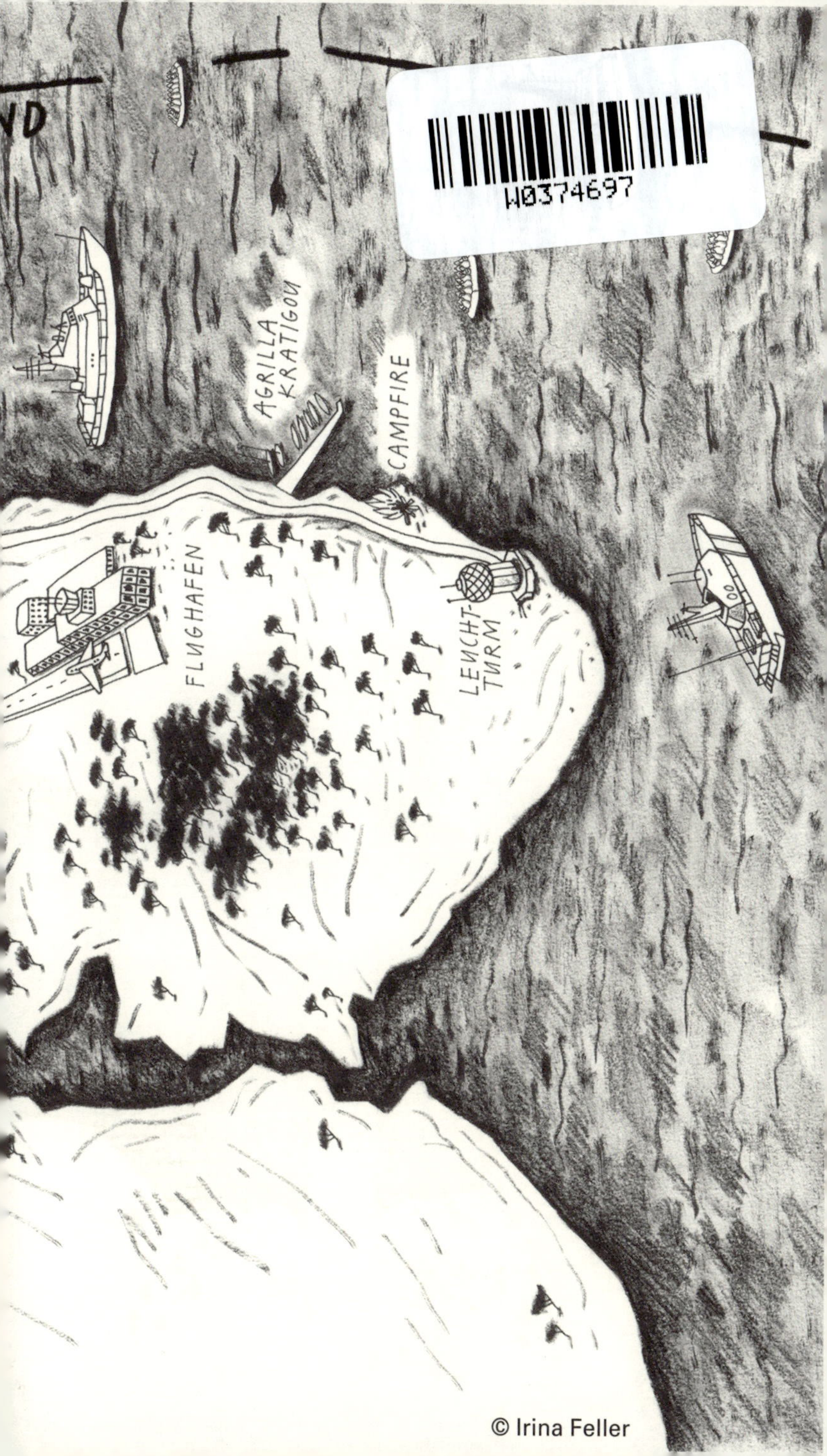
AGRILLA
KRATIGOU
CAMPFIRE
FLUGHAFEN
LEUCHT-
TURM

Johanna Lier

Amori. Die Inseln

verlag die brotsuppe

Johanna Lier

Amori
Die Inseln

Roman

verlag die brotsuppe

Inhalt

Prolog 17
Porträts 35
Lidl 67
Bus 99
Street 121
Inside / Outside 147
Krankenstation Duschhaus 205
Stage2* 241
Selektion 271
Epilog 293
Glossar* 315
Literatur 321
Dank 323
Die Autorin 327

… we survive in the shadow and we live
in the fire … (Graffity in Athen)

Audre L: Wir stärken unsere Selbstdefinition, indem wir uns in unserer Arbeit und in unseren Kämpfen mit denen zusammentun, die wir als anders definieren, obwohl wir die gleichen Ziele haben.

Parwana A: Schlüpft in unsere Haut!

Junus B: Ich will inneren Frieden und ich will Harmonie.

Deniz C: Jeder Mensch sollte sich um andere Menschen kümmern … Wenn meine Nachbarn Probleme haben, muss ich ihnen helfen … Das ist die eigentliche Weltreligion … Glaube nicht an die Götter … Glaube an die Menschen …

Véronique L: Akzeptiere deinen Nächsten. Liebe ihn um seiner selbst willen. Ohne auf Hautfarbe, Religion und Herkunft zu achten. Füge deinem Nächsten keinen Schaden zu. Folge der Liebe, die du empfindest.

Karim Q: Eine Welt ohne Grenzen. Eine Welt ohne Trennungen. Eine Welt ohne Unterscheidungen in Nationen, Religionen und Hautfarben. Eine Welt, in der sich alle frei bewegen und entscheiden, wo sie leben wollen, und wie sie leben wollen.

Abtin S: Ich will für die Menschen sprechen, denen es schlecht geht. Ich will für die Menschen sprechen, die verlassen worden sind und nicht wissen, wie sie sich bemerkbar machen können. Und alle sollen davon hören.

Mortaza R: Lernen. Neue Erfahrungen machen. Wissen erwerben. Meine Menschenkenntnisse erweitern und vertiefen. Immer genauer beobachten können. Das erfüllt mich am meisten: Verständnis für die Menschen.

Yasmina T: Ein Traum im Kopf. Ich gehe Hand in Hand mit meiner Liebsten, mit Parvis, dem Meer entlang. Wellen. Graue Wolken. Schneeflocken treiben. Wir sind ruhig und schweigen. Wir trinken Kaffee. In einem gemütlichen Lokal. Lieder. Sie singen von der Liebe. Jeder Mann und jede Frau braucht Liebe.

Mortaza R: Stellen wir uns vor, wir wären alle zusammen in einer Welt, in einem Projekt. Die Europäer mit ihrer Bildung und die Geflüchteten mit ihrer Erfahrung. Würde man das gleichberechtigt in die Waagschale werfen, könnte man etwas Tolles auf die Beine stellen. Diese Mischung hätte ein grosses Potenzial. Eine unglaubliche Kraft.

Die verrückte Katze jagt Hornissen und zermahlt sie zwischen den Zähnen. Der Wind spielt. Das Meer atmet. Die Schiffe prächtig. Fischerboote im glühenden Licht.

Das Land berauscht mich.

Eselsgehechel. Hundegebell. Hahnengeschrei. Stimmen. Autos. Motorräder.

Manchmal erwischt die verrückte Katze eine Zickade, bricht ihr den Chitinpanzer und beobachtet gelangweilt das Gezappel. Gerüche von Fisch. Salz. Benzin. Wind. Trockener Erde. Kräutern.

Ich flaniere zwischen Gemüse und Blumenbeeten hindurch, zupfe Kräuter, zerreibe sie zwischen den Fingern, rieche daran, stecke Blätter zwischen die Zähne und zerkaue sie, die Explosion von ätherischen Ölen im Mund, und im Kopf die Namen auf Englisch, Farsi und Deutsch. Ich bestaune die Blumen und denke mir Rezepte für das Gemüse aus.

Wasser plätschert und zischt in Schüben aus dem Schlauch. Nahrung für die Kräuter und das Gemüse, Tomaten, Basilikum, Rosmarin, Thymian, Zucchini, Gurken, Sonnenblumen, Lilien in Orange, in Lila, in Gelb, in Weiss, hochaufgeschossene Bohnen, Mais, Pfefferschoten, Salbei, Dill, Feigen, Aloe Vera, Geranien, Petersilie. Ein junger, dünner Mann in verrutschter Kleidung mit roter Baseballkappe und Kopfhörern singt und harkt die Beete, reisst Unkraut aus und verlegt ab und an die Wasserschläuche.

Auf dem Hügel. Freier Blick aufs dunkelblaue Sonntagsmeer. Wilde Zikaden sprengen den Nachmittag.

Zu Füssen des Gartens liegen Halden, Abfallberge, stillgelegte Industrien, bunt gestrichene Schuppen, verrostete Blechdächer, Elektromasten, Container und Metallgerüste, der Glaspalast der deutschen Supermarktkette Lidl* und die Militäranlage, Maschendraht, Flutlichter, Tankstellen, weiter im Norden der kleine Hafenort. Wochenendhäuser, Tavernen, Eiscafés und Badestrände. An diesem hellen Sommernachmittag im Dunst die türkische Küste.

Ich beobachte aus der Ferne die Leute, die im Lidl einkaufen, der auf einer Felsenterrasse liegt, die ins Meer hinausragt. Auf der Hauptstrasse, die der Ostküste entlang von Süden nach Norden führt, fahren wenige Autos.

Alte Männer auf Maultieren.

Am Ende dieses Garten Edens befindet sich ein Gewächshaus aus lichtdurchlässigem Kunststoff. Pflanzenproben in kleinen Plastikbecherchen, Pflanzenbabies in Tontöpfen, ein aufgeschlagenes Buch mit Tabellen, Gartenmagazine, Gartenscheren und Zangen, Pinzetten, Schnüre und Samen in Papiertüten.

Pflanzen aufziehen. Den Garten pflegen. Ernten. Die wunderbaren Früchte, Gemüse und Kräuter verkochen und verbacken.

Ein unendlich langer Tisch zieht sich quer durch die Gärten, über die Hügel, durch die Wälder, längs den Hafenmolen, über die Meere, den fremden Küsten entlang, über die Berge und durch die Wüsten, daran sitzen Menschen und essen, trinken und palavern. Geben Trinksprüche aus. Singen. Tanzen. Unter dem Wind vor dem Wasser über der Erde im Gestrüpp hinter dem Elend.

Den Hügel hinauf verändert sich die Landschaft. Steppe, Distelkraut und eine grosse Sonnenblume, deren entkernter Kopf zittert und baumelt, als hätte man sie soeben k.o. geschlagen. Olivenbäume, staubige Palmen, Platanen, pudrige Beeren, verblühte Rosen, Mandarinenbäume, Orangen, Pampelmusen, Quitten, Pflaumen, Äpfel, tiefgrün, hellgelb oder orange, hart und sauer. Die Gäste lieben diese unreifen Früchte. Kinder und Frauen haschen sie und bestaunen die Blüten. Oleander. Trompetenblumen.

Aus allen Himmelsrichtungen strömen Menschen auf schmalen Pfaden durchs Gestrüpp herbei. Die Frau im gelben Sommerkleid trägt einen lose gebundenen Turban auf dem Kopf, rote Sandalen und eine weisse Handtasche, die volle Wasserflasche in der schlaffen Hand. Und ein unbeschreiblich trauriges Gesicht. Nicht ausgelöscht. Eher mit dem Wunsch nach Auslöschung. Die ersehnte Vernichtung als Begehren. Mein Körper bewegt sich an der Frau vorbei. Ich unterdrücke den Wunsch, sie zu umarmen. Sie bleibt stehen, wendet sich dem Hügel zu und starrt durch den Zaun. Wartet, bis ich vorbeigelaufen bin. Rückt den Turban zurecht. Schöpft Atem und setzt sich schleppend in Bewegung. Die Wasserflasche schlenkert hin und her.

Manchmal rast die verrückte Katze über die Dächer des Gewächshauses, faucht und kreischt.

Gerüche von Fisch. Salz. Benzin. Wind. Trockener Erde. Kräutern.

Von ungewaschenen Menschen.

Auch unter meinen Achseln staut sich stechender Gestank. Und die Schleimhäute in meinem Geschlecht dünsten metallisch sauren Geruch aus. Die Füsse blähen sich in schmierigen Sportschuhen.

Die Katze streckt das eine Hinterbein in die Luft und putzt sich ihren kleinen, rotpelzigen Arsch.

Prolog

James B: Welche beunruhigenden Fragen auch aufgeworfen werden, sie sind flüchtig, kitzeln uns aus der Ferne und gehören zu einer Realität, mit der wir nichts zu tun haben. Wir erhalten einen angenehmen Kick der Tugendhaftigkeit, wenn wir solche Berichte lesen, und solange sie veröffentlicht werden, bleibt alles in Ordnung.

Judith B: Wir gehen davon aus, dass diejenigen, die zur Darstellung, zur Selbstdarstellung, in der Lage sind, eine bessere Chance haben, vermenschlicht zu werden, und dass diejenigen, die keine Chance haben, sich selbst darzustellen, ein grösseres Risiko tragen, als Untermenschen behandelt oder betrachtet oder unsichtbar zu werden.

Im Sommer und Herbst 2018 hielt ich mich zum ersten Mal auf Lesbos auf. Ich war Teil einer Beobachtungsmission auf dem Meer an der griechisch-türkischen Grenze. Wir, eine Crew von internationalen Aktivistinnen, fuhren Nacht für Nacht mit unserem hundert Jahre alten Schiffkutter aufs Meer hinaus, der Grenze entlang, beobachteten und dokumentierten die täglichen Routen und das Verhalten der europäischen Küstenwachen, von Frontex* und von der Nato*, wir publizierten die Verstösse gegen die Menschenrechte und die völkerrechtswidrigen Rückschaffungen von Flüchtlingsbooten aus griechischen Gewässern zurück an die türkische Küste.

Eines Tages fuhren wir im Auto auf dem Weg von Mytilini zu unserem Ankerplatz in der Bucht von Gera den Hügel hinauf und näherten uns dem Lager Moria, dem Registrierungs- und Aufnahmezentrum für Geflüchtete. Obwohl für zweitausendachthundert Menschen konzipiert, wohnten da zu der Zeit ungefähr zehntausend Menschen. Noch bevor ich die Mauern, Stacheldrahtzäune, die Zelte, die vielen Menschen erblickte, fühlte es sich an wie akute Atemnot. Keine konkreten Bilder. Nur ein plötzlich auftretendes Gefühl. Der Schauplatz offenbarte sich wenig später in ungeschönt brutaler Wucht.

Eine Wirklichkeit, in der Menschen die Befriedigung nicht verhandelbarer Grundbedürfnisse wie essen, trinken, schlafen, Toilettengang, Hygiene, Medizin, Schutz vor Hitze, Kälte, Nässe, Gewalt und die Möglichkeit, eine Zukunft zu planen, verweigert wird. Diese systematische Zurückweisung der Erfüllung existentiellen Verlangens ist das Prinzip Moria. Ein Überlebenskampf, der alle Energien bindet, der gefährliche Abhängigkeiten schafft und mitunter primitivste Formen annimmt. Eine zutiefst entwürdigende Situation.

Ich fühlte mich gedrängt, auf das, was sich mir an diesem Ort offenbarte, zu reagieren. Aber wie? Das Internet quillt über mit Berichten und Features. Kaum eine Zeitung, Radio, TV Station oder NGO weltweit, die nicht darüber berichtet hätte – und es immer noch tut. Und doch höre ich immer wieder die Aussage oder die Klage von durchaus politisch engagierten Leuten, dass man in Resteuropa nichts über Moria wisse; über keine Nachrichten, keine Informationen verfüge.

Gibt es denn überhaupt noch Geflüchtete auf Lesbos? So die Frage eines Freundes, der sich regelmässig an der Westküste der Türkei aufhält.

Diese Berichte existieren also. Und doch ändert sich nichts. Im Gegenteil. Die Situation verschlimmert sich in unvorstellbarer Weise. James Baldwin, Schriftsteller und herausragende Figur der US-amerikanischen Bürgerrechtsbewegung, bemerkte in treffender Weise, dass Berichte über Skandale und Grausamkeiten, ohne dem Übel wirklich an die Wurzel zu gehen, oft das Gegenteil bewirkten, und dass der Konsum von solchen Medienerzeugnissen lediglich das Gewissen beruhige und die Rückkehr zum normalen Alltag erleichtere.

Und doch war es James Baldwin, der mir einen Weg wies, der mir gangbar erschien, mit meinem Handwerk, dem Schreiben, auf dieses Grauen zu reagieren. In seiner Kritik an Harriet Beecher Stowes Roman »Onkel Toms Hütte«, der wohl wie kein anderer das Bewusstsein in Europa über die Sklaverei geprägt hat, legt er die rassistischen Strukturen einer gutgemeinten, aber völlig verfehlten Erzählung bloss. Er zeigt auf, wie in Onkel Toms Hütte die schwarzen Protagonistinnen schale Projektionsfiguren einer weissen Oberschicht bleiben. Nicht der einzelne Mensch in seiner Individualität interessiert. Sondern das kategorisierte Wesen, das sich den Werten der herrschenden Gesellschaftsschicht anpassen muss. Auch stellt Baldwin die Frage nach Harriet Beecher Stowes ausufernden, exzessiven Gewaltschilderungen, ohne dabei die Gründe, warum die Täter so handeln, zu analysieren. Das Opfer zeigt sie als schwarz, schwach, fremd und zu assimilieren; die Täter sind weiss, stark, mildtätig oder böse; die Abgründe der kolonialistischen Oberschicht bleiben tabuisiert.

Toni Morrison erfand das Bild von der Strasse, in der die Menschheit lebt, die durch den Mittelstreifen getrennt in zwei Seiten aufgeteilt ist. Sie wirft nicht nur die Frage auf, was geschieht, wenn Menschen aus der privilegierten Gruppe über die Mitglieder der diskriminierten Gruppe, über die Menschen auf der anderen Seite der Strasse berichten, sie beschäftigt sich auch damit, wer welche Texte liest.

Wie soll ich also handeln, wenn ich mich aufmache, um von den Menschen auf der anderen Seite der Stacheldrahtzäune zu berichten? In welcher Weise kann ich meine Teilhabe und Verantwortung zum Thema machen?

Damit es mir einfacher fällt, erfinde ich Henny L. Sie ist etwas jünger und vielleicht etwas naiver als ich. Sie besitzt nicht wirklich eine Biografie, ihre Aufgabe besteht allein darin, an meiner Stelle nach Moria zu fahren, mit Deniz, Yasmina, Véronique, Karim, Junus, Abtin und Mortaza zu sprechen, mit Filomela und Lizzy zu diskutieren und mit Edem, Mina, Moussa, Sami, Shirin, Kayvan, Ali-Ahemd und seinen Eltern, Nesrin und Arash, mit Sergio und Carter Zeit zu verbringen und hin und wieder über sich selbst nachzudenken, ihre Empfindungen zu äussern und in diesem Spiel der Begegnungen nur als Vorname mit Anfangsbuchstabe aufzutauchen, eine Gesprächspartnerin zu sein, wie alle anderen auch, ihre Rolle zu erfüllen, sie, eine Protagonistin, den anderen Beteiligten zumindest formal gleichgestellt.

Und doch. Was für ein Austausch findet statt? Lässt sich diese Zweiteilung in diskriminierte Minderheiten einerseits und in universale, handlungsmächtige Subjekte andererseits, die im europäischen Denken so tief verwurzelt ist, durch eine gut gemeinte Absicht auflösen (Rita Segato)? Henny hat die Freiheit, sich zu entscheiden, ob sie ihre Recherchen verfolgen, ob sie sich mit ihren Bekannten weiterhin treffen und unterhalten will. Die Gesprächspartnerinnen jedoch, die gezwungen sind, in Moria und den europäischen Asylsystemen zu überleben, haben diese Freiheit nicht. Nicht sie entscheiden, ob sie in Rücksicht auf ihre Befindlichkeiten oder in Anbetracht ihrer Zukunft das Lager verlassen, Grenzen überschreiten oder ihre Reisepläne ändern.

Die Frage, inwiefern Kontrollverlust, Verwundung und Tod sich in Hennys Körper oder halt doch ausschliesslich in den Körpern der Protagonistinnen und Protagonisten verorten, bleibt ungelöst (Rita Segato).

Dieser Bericht ist eine handlungsarme Ortsbegehung. Die Menschen, die in Moria leben, müssen ihre Zeit für das Warten und die Rettung des nackten Lebens aufbringen. Henny verbringt ihre Zeit mit Beobachten und Zuhören. Gehen wir jedoch davon aus, dass gerade das Sprechen die Handlung ist, die dem Menschen am besten entspricht, sind die Protagonistinnen und Protagonisten die handelnden Personen, indem sie erzählen, sich zeigen und über sich selbst und ihre Lebensbedingungen Auskunft geben (Hannah Arendt).

Eine zur Zeit bevorzugte Praxis lässt Menschen für sich selbst sprechen. In eigener Aussage – oder in sogenannten Testimonials – berichten Menschen, deren Stimmen wenig Gewicht haben, über ihre Erfahrungen. Berichte, die in durchaus emanzipatorischer Absicht für sich selbst stehen sollen. Gayatri Spivak kritisiert in ihrem Grundlagenwerk »Can the subaltern speak« dieses Vorgehen. Sie geht davon aus, dass privilegierte Wissenschaftlerinnen, Reporterinnen oder Künstler, die unterprivilegierte Menschen in unterschiedlichsten Formaten für sich selbst sprechen lassen, gerade dadurch die herkömmlichen Herrschaftsverhältnisse stützen und reproduzieren, indem diese Berichte oft isoliert bleiben und ungehört in den diskursiven Räumen verhallen. Denn laut Spivak beinhaltet der Akt des Sprechens nicht nur das Reden, sondern auch das Zuhören. Und so fragt sie: Werden die subalternen Menschen überhaupt gehört? Oder werden ihre Aussagen einfach in die herrschenden Glaubenssysteme eingespeist und nach dem Belieben derjenigen, die in der Lage sind, ihre Interessen zu verteidigen, interpretiert und angewandt? Verlieren die Sprechenden also die Kontrolle darüber, was mit den von ihnen geäusserten Aussagen sowohl im diskursiven wie auch im politischen Sinn gemacht wird? Verhallen das solcherart dargestellte Wissen und die darunter liegenden Erfahrungen in einem resonanzlosen Raum? Der Akt des Sprechens entgleitet den Bezeugenden, die niemals wissen können, ob ihnen zugehört wird, ob sie verstanden worden sind – so wie sie verstanden werden wollen. Sie können weder berichtigen, erklären, vertiefen noch bekommen sie Gelegenheit, um ihrerseits zuzuhören und zu antworten. Die gewünschte Anerkennung durch Resonanz und gegenseitiger Übernahme von Verantwortung bleibt verwehrt. Und wer keine selbstermächtigte Position innehat, bekommt diese nicht allein aus dem

Umstand, weil er oder sie berichtet. Wem wir zuhören oder auch in welcher Art – und was wir mit dem Gehörten machen –, hängt denn auch weniger vom Inhalt des Gesprochenen ab als vom Status, den die Sprechenden einnehmen.

Jede Begegnung mit einem anderen Menschen enthält jedoch eine Forderung, der wir uns nicht entziehen können. Der Blick ins Antlitz eines anderen Menschen rückt die Verletzlichkeit dieses anderen in unser Bewusstsein und gebietet uns, auf diese Gefährdung, die jedem Lebewesen eigen ist, eine Antwort zu geben und die Verantwortung für diesen Menschen zu übernehmen. Und diese Fähigkeit der Übernahme von Verantwortung für die Verwundbarkeit des Gegenübers ist es, die uns zu Subjekten macht. Dadurch werden wir das, was wir sein könnten (Judith Butler).

Erst im Dialog kann also überprüft werden, ob zugehört wird, kann Anerkennung durch Resonanz und wechselseitige Übernahme von Verantwortung erfolgen. Beide Seiten enthüllen und zeigen sich von ihrer verletzlichen und gefährdeten Seite: die Bewohnerinnen und Bewohner von Moria, die Geflüchteten und Migrantinnen, die um ihre nackte Existenz, um Anerkennung und Teilhabe kämpfen müssen. Und Henny und all die anderen Menschen ihrer privilegierten Umgebung, die ihr Gewissen spüren, das Unrecht jedoch nicht aus der Welt schaffen können, oder wollen, und gerade mit diesem Dilemma, dieser Schieflage, schwer zurechtkommen.

Die Auswahl der Protagonistinnen und Protagonisten kam eher zufällig, den Umständen und den Ereignissen folgend, zustande. Ich wollte nicht auf der Basis von mir formulierten Kategorien auswählen. Mit Edem, Karim, Junus, Mortaza, Lizzy und Filomela bin ich befreundet, seit wir uns im Winter 2018 in Athen begegnet sind. Deniz und Véronique lernte ich durch gemeinsame Freunde kennen. Abtin und Yasmina sind Zufallsbekanntschaften. Alle Gespräche wurden in Englisch geführt. Karim und Junus sprachen in Dari. Mortaza übersetzte.

Gerne hätte ich auch mit Nesrin, Shirin und Mina – und einigen der Frauen, denen ich im Duschhaus begegnet bin – vertiefte Gespräche geführt. Es gestaltete sich aber als überraschend schwierig und zeitaufwändig, Übersetzerinnen zu finden. Um diese Gespräche nachzuholen, plante ich im Frühjahr 2020 nach Moria zurückzukehren. Die Covid Pandemie machte meinen Plänen einen Strich durch die Rechnung.

Am 9. September 2020 erschütterte die Meldung vom Brand von Moria* die europäische Öffentlichkeit. Das Lager brannte vollständig ab. Tausende der über 12.000 obdachlos gewordenen Menschen mussten sich nach Tagen des Ausharrens in den Strassen, ohne Grundversorgung und der Gewalt von Polizei und Militär ausgesetzt, im neu errichteten und geschlossenen Lager Moria 2.0* registrieren lassen. Ein Lager, das sich in den Monaten darauf zu einem noch viel schrecklicheren Ort entwickeln würde, ohne funktionierende Wasserversorgung, ohne Heiz- und Kochgelegenheiten und mit strengen Ausgangskontrollen.

Die zentrale Frage dieses Buches ist die nach der Auswirkung der kategorischen Verweigerung der Befriedigung überlebenswichtiger Grundbedürfnisse auf die betroffenen Menschen. Sie bleibt weiterhin tragisch aktuell. Der bisherige (angebliche) Ausnahmezustand wird lediglich zum legalisierten Dauerzustand gemacht. Die Politik des europäischen Kontinents hat an seinen Grenzen längst die Merkmale einer autokratischen Herrschaft erreicht, die sich durch die faktische Missachtung menschlichen Lebens und die Fokussierung auf eine unfehlbare, allmächtige Migrations- und Asylpolitik fokussiert (Masha Gessen).

Die Situation ist von unberechenbaren und dynamischen Kräften bestimmt. Es ist also schwierig vorauszusehen, wie sich die Lage in den nächsten Monaten und Jahren entwickeln wird.

Junus B: Ich erblickte Moria und dachte: Was für eine Hölle! Die miserablen Zelte. Die Abfallberge. Die Leute, die überall auf dem nackten Boden herumlagen.

Mortaza R: Ich kam ins Lager und war schockiert: Wow! Was für eine Katastrophe! Das lag ausserhalb meiner Vorstellungskraft. Immer Lärm, immer andere Menschen, immer Kämpfe … Und keinen Zugang zur einfachsten Grundbedürfnisbefriedigung …

Deniz C: Beim ersten Blick aufs Lager schoss mir durch den Kopf: Warum? Warum? Und als die Polizei unsere Taschen durchsuchte, dachte ich: Willkommen im Gefängnis! Ich sah eingesperrte, gestrandete Menschen, Familien … Kinder. Die Freiwilligen von der NGO Euro Relief* brachten uns Essen … Vermutlich war es ein im Wasser gekochtes Huhn … Ich hatte zuvor nie etwas so Ekliges gegessen …

Yasmina T: Ich schaute mich um. Es war ein unbeschreibliches Chaos. Ich erinnere mich nicht, was ich fühlte, aber ich dachte: Was ist das denn? Verdammt! Was ist das denn? Die ganze Welt ist hier versammelt. Und alle sind krank. Alle sind wütend.

Véronique L: Sie brachten mich ins Lager und ich wurde registriert. Danach brachte man mich ins Empfangszentrum, in einen grossen Raum, in dem die Leute auf dem Boden schliefen.

Karim Q: In einem Militärbus wurden wir nach Moria gebracht. Ich schloss die Augen, döste und träumte vor mich hin. Als wir Moria sahen, brach alle Hoffnung auf einen Schlag zusammen. Erschöpft und gesundheitlich angeschlagen von der Reise, wie wir es waren, konnten wir es nicht fassen! Sie bringen uns an einen solchen Ort? Als wir ins Lager hineingingen, dachte ich: schlimmer als ein Gefängnis! Das hätte ich mir nie, auch nicht in den schrecklichsten Albträumen, vorstellen können. Meine Brüder fühlten sich noch schlechter als ich. Sie hatten ihre Frauen und Kinder dabei. Und erst meine Mutter! Sie ist alt.

Abtin S: Sie brachten uns in einem Bus nach Moria. Auf dem Weg zum Registrationszentrum schaute ich mich um: ein Gefängnis! Ein riesiges Gefängnis in katastrophalem Zustand! Und sie zwingen mich, hier zu bleiben? Ich darf nirgendwo anders hin? Darf die Insel nicht verlassen? Was ist das? Mir wurde klar: Hier kann man nicht leben. Gut, meine Freunde hatten mich gewarnt. Und gut, Kabul war auch nicht besser.

Lizzy O: Moria ist eine Mischung zwischen einem Militärgefängnis und einer Favela. Das Militär und die Lagerleitung treffen ihre Entscheidungen in enger Zusammenarbeit mit der Polizei und gewissen NGOs, die im Lager tätig sind. Es sind also weitgehend Ghetto- und Mafiastrukturen, die das Lager kontrollieren. Ja, ich würde es als eine Art Favela bezeichnen, und immer mal wieder rennt die Polizei hinein und macht das, was sie wahrscheinlich aufräumen nennen würde.

Ich denke, es ist Strategie, Moria so scheusslich zu lassen, wie es ist. 2016 hätte es die Möglichkeit gegeben, aus Moria ein anderes Lager zu machen. Nichts Grossartiges, aber etwas irgendwie Lebbares. Irgendwie!

Dann kam aber die Order – das wird ja auch ganz offen gesagt –, nein, ihr könnt keine weiteren Container aufstellen, nein, ihr könnt keine weiteren Duschen bauen, obwohl die von irgendwelchen NGOs aufgebaut und bezahlt worden wären, und das mit dem Ziel, dass Moria so schlimm bleiben soll, wie es ist.

Ein grosses Neonschild Richtung Türkei: Bleibt weg!

Im Grundkonzept ist Moria durchaus mit einem Konzentrationslager vergleichbar. Zum Beispiel was den Rassismus betrifft. Im Englischen spricht man ja viel schneller von einem Concentration Camp. Ich persönlich kann den Namen Konzentrationslager jedoch nicht einfach so in den Mund nehmen. Es bedeutet für mich Auschwitz. Und hier, in Moria, sprechen wir noch nicht von der systematischen, industriellen Vernichtung von Menschenleben.

Hätte man mich jedoch vor zehn Jahren gefragt, ob ich mir einen Ort wie Moria auf europäischem Boden vorstellen könnte, hätte ich gesagt: Nein! Niemals!

Ich bin ja politisch nicht völlig gegen die Wand gerannt. Aber so, wie es heute ist? Niemals.

Frantz F: Die Stadt des Kolonisierten … ist ein schlecht berufener Ort von schlecht berufenen Menschen bevölkert. Man wird dort irgendwo irgendwie geboren. Man stirbt dort irgendwo an irgendetwas. Es ist eine Welt ohne Zwischenräume. Die Menschen sitzen hier einer auf dem anderen, die Hütten eine auf der anderen. Die Stadt der Kolonisierten ist eine ausgehungerte Stadt, ausgehungert nach Brot, Fleisch, Schuhen, Kohle, Licht. Die Stadt der Kolonisierten ist eine niedergekauerte Stadt, eine Stadt auf Knien …

Die Souveränität bedeutet hier die Fähigkeit zu bestimmen, wer zählt und wer nicht.

Zygmunt B: Es stellt sich die Frage, inwieweit man Flüchtlingslager als Laboratorien betrachten kann, in denen (möglicherweise ohne Absicht, aber deshalb nicht weniger nachdrücklich) die neue, dauerhaft provisorische Lebensform der Moderne getestet und erprobt wird.

Moria. 15. September 2019.
Zum Zeitpunkt der Recherche: 10.480 Menschen
Kapazität der ehemaligen Militäranlage: 2.700 Personen
Moria inside: ca. 6.480 Menschen
Moria outside: ca. 4.000 Menschen
Kinder und Jugendliche: ca. 3.493 Menschen
Davon sind ca. 3.000 jünger als 12 Jahre

Moria. 21. März 2020.
Zum Zeitpunkt des Ausbruchs der Covid 19 Krise: 21.407 Menschen
Kapazität der ehemaligen Militäranlage: 2.700 Personen
Moria inside: ca. 6.000 Menschen
Moria outside: ca. 15.407 Menschen
Kinder und Jugendliche: ca. 7.135 Menschen
Davon sind ca. 4.281 jünger als 12 Jahre

Die frühere Militäranlage Moria auf Lesbos dient als Erstregistrierungs- und Aufnahmezentrum der Europäischen Union. Das Lager ist auch ein Abschiebezentrum zur Umsetzung des EU-Türkei Vertrags.

Der EU-Türkei Deal wurde am 18. März 2016 von den Vertragspartnern Europäische Union und Türkei unterzeichnet und trat im April 2016 in Kraft. Der Vertrag sieht vor, dass die Geflüchteten und Migrantinnen auf den griechischen Inseln bleiben müssen, bis entschieden wird, ob sie in Griechenland Asyl beantragen dürfen. Ist der Bescheid negativ, sollen die Betroffenen direkt in die Türkei abgeschoben werden. Die Türkei verpflichtet sich, die Abgewiesenen zurückzunehmen, und die EU hat dieselbe Anzahl von syrischen Geflüchteten direkt aus der Türkei zu übernehmen.

Der Akt der monatlichen Registration spielt entsprechend im Leben der Geflüchteten eine wichtige Rolle. Bleibt der Stempel in der Geflüchteten-ID weiss, müssen die Betroffenen auf den Inseln bleiben. Ist der Stempel blau, dürfen sie aufs Festland übersetzen und in Griechenland Asyl beantragen. Der rote Stempel bedeutet eine Aufenthaltsbewilligung für Griechenland und die eingeschränkte Bewegungsfreiheit innerhalb der EU.

Im März 2020, im Zuge von Covid 19 und ständiger Verschärfungen des Migrationsregimes verliessen fast alle NGO-Mitarbeiterinnen das Lager. Der Wasseranschluss wurde weitgehend gekappt. Die Abfallentsorgung und die medizinische Versorgung mehr oder weniger eingestellt. Das Lager vollständig abgeriegelt. Täglich durften hundert Personen das Lager für Einkäufe und Spitalbesuche verlassen.

Am 9. September 2020 brannte das Lager Moria auf Lesbos. Ab dem 17. September wurden die Menschen auch unter Gewaltanwendung ins neue Lager *Moria 2.0* gebracht. Seither verschlechtern sich die Lebensbedingungen dramatisch. Die Aus- und Eingänge sind streng kontrolliert. Die Arbeit von solidarischen Gruppen und NGOs wird weiterhin eingeschränkt oder verboten und systematisch kriminalisiert.

Die deutsche Bundeskanzlerin Angela Merkel sprach sich nach dem Brand für die Errichtung eines neuen Lagers unter europäischer Führung aus. In der Folge gilt Moria 2.0 als Ausgangspunkt des *New Pact on Asylum and Migration**, der die Ausrichtung der Migrations- und Asylpolitik der Europäischen Union – auch der Schweiz – für die nächsten Jahre festlegt. Der New Pact wurde am 23. September 2020 von der EU-Kommissionspräsidentin Ursula von der Leyen offiziell vorgestellt.

Nach der Ankunft wird in einem Screening und einem Grenzverfahren geprüft, ob die Menschen aufgrund ihrer Herkunft mit sofortiger Wirkung abgeschoben werden oder ob sie eine Chance auf Asyl haben. Während des Screenings und des Grenzverfahrens gelten sie als noch nicht eingereist und werden in eigens dafür erstellten Transitzonen – Zonen im *Nowhere,* in denen das international und das lokal geltende Recht faktisch ausgesetzt ist – interniert. Das bedeutet für die einen ein automatisiertes Verfahren im Eiltempo, für die anderen ein jahrelanges Festsitzen unter widrigsten Umständen und ohne Perspektiven.

Die Erstellung von rechtsfreien Zonen erlaubt den europäischen Staaten ein Handeln, das sie von der Verpflichtung gegenüber den Menschenrechten, dem Völkerrecht, der Flüchtlingskonvention wie auch der eigenen Verfassung weitgehend entbindet. Denn sobald kein souveräner Nationalstaat sich verantwortlich fühlt, das Recht von Menschen zu garantieren und durchzusetzen, werden diese Menschen aus allen rechtlichen Bezügen hinausgeschleudert, niemand ist mehr bereit, die Menschenrechte u.a. zu schützen (Hannah Arendt).

Wurde Moria 1.0 noch als Unfall, als Versagen, als Schlamperei, als Überforderung dargestellt, ist Moria 2.0 zum offiziellen Instrument der Europäischen Abschottungspolitik geworden.

Moria. 21. Dezember 2020. Zum Zeitpunkt der Fertigstellung des Berichts: ca. 10.000 Menschen (in ca. tausend Zelten)

Für den Sommer 2021 sind nach dem Vorbild der australischen *Off-Shore Processing Center** geschlossene Kontrollzentren mit stark eingeschränkten Ausgangszeiten und vollständiger Überwachung geplant.

Porträts

Abtin S. 22 Jahre: Ich verbrachte ein Jahr in Istanbul. Ich hatte ein gutes Leben und arbeitete als Übersetzer und in einem Restaurant. Ich stand in Kontakt mit Freunden, die bereits in Moria waren. Wir telefonierten regelmässig. Sie erzählten vom Lager und den katastrophalen Bedingungen und mir wurde klar, dass Griechenland keine Option ist. Aber dann bekam ich von den türkischen Behörden den Bescheid, Istanbul verlassen zu müssen und die Androhung, im Fall einer Verhaftung nach Afghanistan abgeschoben zu werden. Wir fuhren nach Mitternacht los. Wir – fünfundvierzig Menschen, darunter siebzehn Kinder – sassen in einem Schlauchboot, das fürs Meer überhaupt nicht geeignet war. Als wir mitten auf See waren, brach ein heftiger Sturm los.

Henny begegnet Abtin auf Lesbos in der Krankenstation, in der eine befreundete Ärztin arbeitet. Roya bittet Henny, montags ins Community Center One Happy Family* zu kommen, in der sich die Krankenstation befindet, um dringend benötigte Dinge mitzubringen. Abtin ist da. Mina und Moussa. Abtin übersetzt aus dem Farsi ins Englische. Sie kommen ins Gespräch. Er wiederholt oft ja, ja, ja, ja! Und lacht dazu. Ein zufriedenes, vergnügtes Auflachen. Wirkt, als sei er übervoll. Und warte nur darauf, loslegen zu dürfen. Ist sehr konzentriert beim Sprechen, holt die Energie aus seinem Inneren, immer ein Auge auf das Gegenüber, um richtig reagieren zu können. Und so pariert er virtuos auf Einwürfe, integriert sie blitzschnell, ohne seine Gedanken zu unterbrechen. Am Ende ein klarer Punkt, die Stimme landet sanft auf dem Boden, ein Drachenflieger, der die Flügel auf der Erde zusammenklappt. Ein erfolgreiches Landing, das nicht nur einem inhaltlichen oder emotionalen, sondern auch einem physischen Gesetz folgt.

Spricht manchmal gleichzeitig wie sein Gegenüber. Und so fallen Abtin und Henny sich gegenseitig ins Wort.

Abtin. Seine ungebrochene Hoffnung. Die manchmal zusammenfällt. Die Stimme bricht ab. Emotionen ziehen sich zurück. Kurze Sätze. Worte. Schweigen. Als könnte er nicht fassen, dass so etwas möglich ist.

Abtin und Henny verbringen Nachmittage im Community Zentrum One Happy Family. Auf der Café Terrasse. Blick auf die Strasse. Die Tankstelle. Den Lidl. Das Meer.

Sie trinken Tee in einer riesigen Halle, in der sich fast nur Männer befinden, und die eher einer altmodischen Bahnhofshalle als einem Kaffeehaus ähnelt.

Sie durchstreifen den Olivenhain auf der Suche nach einem ruhigen Ort, schlüpfen schliesslich durch ein Loch im Zaun und setzen sich in das Feld eines Bauern, der sie vermutlich vertreiben würde, wenn er sie fände. Merkwürdigerweise bildet Henny sich ein, dass ihre Gegenwart Abtin vor der möglichen Wut des Bauern schützen würde. Sie reden darüber, lachen und setzen sich aufs Wurzelgeflecht eines uralten Olivenbaumes.

Sie sprechen über Literatur. Henny verspricht ihm, Bücher mitzubringen. Er will englischsprachige Literatur aus den USA. Sie schlägt ihm vor, ein Tagebuch zu schreiben. Alles festzuhalten, was er in Moria erlebt. Ein Ratschlag, der ihrer Hilflosigkeit entspringt. Er sagt, dass er das bereits tue, er schreibe täglich ein Gedicht.

Vertrocknete Früchte. Mücken. Fliegen. Ameisen. Kinder laufen rufend durch den Hain. Und verschwinden zwischen den Bäumen.

Henny findet Abtin später immer wieder in der Schule, in der Freiwillige einer israelischen NGO Sprachen und Kunst unterrichten. Sie begegnen sich zufällig im Lager. Sie grüssen sich, tauschen ein paar Worte und gehen ihrer Wege. Wie in irgendeinem Dorf. Wie in irgendeinem alltäglichen Leben.

Véronique L. 36 Jahre: Wir waren mit einem Schlauchboot unterwegs von der Türkei nach Griechenland. Und ein Küstenwachenschiff brachte uns nach Lesbos. Ich war im siebten Monat schwanger. Nach unserer Ankunft brachten sie mich zur Kontrolle in ein Krankenhaus.

Das Café Pi liegt in der Samoustrasse im Zentrum von Mytilini. Kubanische Musik könnte es sein, Kapverden, Mexiko – Energie, Temperament, Leidenschaft; die Musik, die Henny an Sommerfeste, an Ausgelassenheit mit völlig Fremden erinnert, die Musik, die in ihrer Kindheit noch als das Exotische schlechthin galt, Musik der angeblich ungebildeten Massen, und sie denkt daran, wie schnell sich Gesellschaften verändern, wie dynamisch und gewaltig solche Umwälzungen vor sich gehen und wie aussichtslos der vehemente Widerstand gegen die sowohl geografischen wie auch hierarchischen Verrückungen ist. Und es ist die Musik der grossen, starken Frauen, der Grandes Ladies aus dem Jazz, dem Soul und der Worldmusic.

Véroniques heisere Stimme hebt sich klar von den lauten Hintergrundgeräuschen ab, gradlinig und kräftig, dann unvermittelt melodiös, bricht sie plötzlich in ein irres Tempo aus, Worte überstürzen sich. Véronique wirkt, als würde sie ihren eigenen Emotionen hinterherlaufen und versuchen, sie mit dem Mund zu fassen – eine Jägerin auf der Jagd nach ihrer Wut. Und sie begibt sich auf weite Reisen zu den Details mit vielen Episoden, Anekdoten, Interpretationen, wiederholt manchmal ein Wort mehrere Male, wie um die gefundene Wahrheit zu bestätigen, eine Meditation der Versicherung, um ihre Rede schliesslich in prägnanten Konklusionen und Positionen zu bündeln. Mitunter fällt sie in sich selbst hinein, knappe Antworten. Verschluckt. Verstummt.

Véronique. Weiträumig. Erobernd. Im Aussen. Leise. Verweigernd. Im Innern.

Die Gäste des Café Pi lärmen, hitzige Diskussionen, Telefongespräche, Lachen, Klappern von Besteck auf Geschirr, von Tellern auf Tellern, Gläser, das Fauchen der Kaffeemaschine; hinter der Theke wirft der Koch Gemüse ins aufzischende Öl.

Jede freie Steckdose ist mit Handyladekabeln besetzt. Und da Véronique und Henny auf der Eckbank sitzen mit den Steckdosen in ihrem Rücken, drängen sich immer wieder Gäste zwischen sie, die ihre geladenen Telefone vom Stromnetz holen. Der Besitzer, der die Bewohnerinnen aus Moria ohne Bestellung im Café sitzen lässt, ihnen aber Wasser bringt, behält sie im Auge, den Stand der Gläser unter Kontrolle und bringt ihnen bei Bedarf unaufgefordert eine gefüllte Karaffe mit Weisswein und mit Nüssen gefüllte Schalen.

Sie fanden keinen ruhigen Ort für ihr Gespräch. Die Adresse des Frauenhauses, in dem Véronique nach ihrem Aufenthalt im Lager Moria wohnt, ist geheim. Nur die Bewohnerinnen und die Betreuerinnen des Domizils für besonders verletzliche Frauen und Kinder dürfen es betreten. Und Hennys Zimmer ist zu klein, zu intim und zu unaufgeräumt.

Ein Bett, ein Stuhl, ein kleiner Tisch, ein schmaler Schrank. Auf dem Tisch türmen sich Hautcremes, Deo, Wasserflaschen, Plastiktüten, Ladegeräte, Mandeln und Nüsse, aus dem roten Koffer quellen Kleider, über dem Stuhl hängen Kleider, auf dem zerwühlten Bett noch mehr Kleider und Badetücher, Schultertücher, Kopftücher, das Lesegerät. Auf dem Nachttisch Notizhefte, Taschentücher und Mückenmittel. Henny weiss nicht, warum sie dieses unaufgeräumte Zimmer fotografiert. Kurz davor ist sie aufgestanden, mit Kopfschmerzen, hat auf dem Balkon lauwarmes Wasser aus der Flasche getrunken mit Blick in den Granatapfelgarten und auf die Dächer der Stadt. Danach verlässt sie das Haus, holt einen Kaffee im kleinen Kiosk gegenüber und macht sich auf zur Bushaltestelle an der Strasse, die dem Meer entlang nach Moria führt.

Ja, dieses unordentliche Zimmer wäre aufzuräumen, beiseite zu räumen, und doch sässen Véronique und Henny auf dem Bett und der Wein auf dem wackeligen Tisch – unangemessene Nähe. Also treffen sie sich im Café Pi im Zentrum von Mytilini, in dem sich die NGO Mitarbeiter, die Aktivistinnen und die Geflüchteten treffen.

Véronique liegt vornübergebeugt auf dem Tisch, schiebt mit leichter Hand ununterbrochen Nüsse in den Mund. Kauen, schlucken ist eine fliessende, grosszügige Bewegung, die beim Reden nicht stört. Sie trinkt viel Weisswein. Beiläufig nimmt sie das Glas, führt es zum Mund und trinkt in langen Schlucken, um danach zu den Nüssen zurückzukehren.

Véronique erzählt von ihrer Tochter. Und was ihre Tochter mag. Würstchen. Schokolade. Und sie sagt, was sie selbst gern isst. Alle Arten von Nüssen und Trockenfrüchten. Und Weisswein. Henny bringt ihr alles mit. Véronique nimmt die bunten Plastiktüten kommentarlos entgegen und schmunzelt verschmitzt: Ok! Du verstehst, wie das Spiel läuft! Sie mustert Henny kurz. Aber zufrieden.

Véronique beobachtet die bettelnden Kinder. Und fragt, was das denn für schlechte Eltern seien, die ihre Kinder nicht in die Schule schickten? Es handle sich um Romakinder, bemerkt Henny und erzählt von der Situation der Roma. Véronique ist überrascht und interessiert. So was gibt es in Europa? Tatsächlich? Das wiederholt sie mehrmals und schüttelt ungläubig den Kopf. Und erzählt von ihrem Traum, in Yaoundé ein Haus für obdachlose Kinder zu eröffnen. Henny hört zu und fragt sich, warum bin ich mir so sicher, dass es Romakinder sind?

Filomela P. 35 Jahre: In Athen arbeitete ich in einem Zentrum für Geflüchtete. Die Leute kamen direkt aus den Lagern in unser Haus, weil sie das Joint Vulnerable Assessment* erfolgreich durchlaufen hatten. Ich stellte also fest, dass der Begriff Vulnerability von allen Beteiligten gebraucht wurde. UNHCR* beispielsweise benutzten ihn, um Geld zu sammeln. Die Geflüchteten brauchten ihn, um ihre Rechte einzufordern. Das Personal unserer Einrichtung definierte ausgehend davon die Kriterien für Aufnahme und Ausschluss. Der Begriff war in aller Munde. Er hatte einen grossen Einfluss auf das alltägliche Leben, die Spendengelder, die Grösse der Handlungsspielräume, die sozialen Beziehungen und die allgemeine Atmosphäre.

Ein langer Tisch quer durch den Hafen einer kleinen Kykladeninsel. Nacht. Im Hintergrund die Lichter, die sich hell an den weiss gekalkten Gebäuden brechen. Porzellanteller, Flaschen mit Wein und Wasser. Rembetiko. Bald kommt das Dessert. Die Gäste unterhalten sich kreuz und quer, es ist das Geburtstagsfest einer Freundin von Henny, das sich über drei Tage hinzieht. Hier begegnet sie Filomela zum ersten Mal. Nach dem Dinner gehen sie in einen Club und tanzen. Später laufen sie durch den stillen Hauptort der Insel, nur noch die Bar auf dem zentralen Platz ist geöffnet – es geht weiter mit viel Ouzo –, irgendwann landen sie irgendwo.

Filomela lacht viel. Sie hat einen analytischen Verstand, der mit einer intensiven Einfühlungsgabe einhergeht. Ok, ok, eine oft gebrauchte Synkope, ok. Filomela zieht die Klangfäden von Wort zu Wort, von Gedanken zu Gedanken, dünne, dicke, leise, laute und knüpft sich ihren reichhaltigen Gedankenteppich, der in einer klar pointierten, politisch begründeten These an der Farbgrenze endet. Und will sich von ihren ganz eigenen Manufakturen nicht abbringen lassen. Auch wenn die Rede sich anschmiegsam um den anderen Körper legt, wie dieser es gerade gern hätte. So angenehm, dass sich kein Widerstand regt.

Im Juni 2018 begibt sich Filomela nach Lesbos, um das Prinzip des Joint Vulnerable Assessment zu erforschen. Sie geht nach Moria, weil dieser Ort exemplarisch ist für die auf den griechischen Inseln üblichen Hotspots. Keelpno* verschafft ihr Zutritt zum Lager und zu den medizinischen Einrichtungen – sofern vorhanden. Filomela fragt sich, woher der Begriff Vulnerability kommt, aus welchen Gründen er eine solche Macht verkörpert, fragt sich, wie das Prinzip Vulnerability funktioniert. Sie will verstehen, wie es die Beziehung zwischen den Ärztinnen, Psychologen und Geflüchteten beeinflusst, wie die Beteiligten diesen Aushandlungsprozess wahrnehmen, interpretieren und gebrauchen. Und was für Auswirkungen das Prinzip Vulnerability auf das Gesamtsystem Migration hat.

Filomela will herausfinden, in welcher Weise das Joint Vulnerable Assessment die Beziehung zwischen Gesundheit und Krankheit prägt, zwischen Leben und Tod.

Henny L. 45 Jahre: Im Sommer 2019 packe ich meine Koffer und den Rucksack und fahre mit dem Zug über Zagreb, Belgrad, Skopje und Thessaloniki nach Athen und setze von dort mit der Fähre nach Lesbos über. In Mytilini beziehe ich ein kleines Zimmer mit Balkon. Zwischendurch besuche ich meine Freunde auf dem alten Fischkutter Sofía, der im Meer ankert, und wir fahren Beobachtungsmissionen an der türkischen Grenze, um das Verhalten von Küstenwachen und Frontex zu dokumentieren. Und ich fahre täglich mit dem Bus ins Lager Moria, begegne Menschen und schliesse neue Bekanntschaften. Was mir leichtfällt, da ich es mag, zuzuhören und zu erzählen.

Henny schliesst die Augen, reckt das Gesicht nach oben, als würde sie über die Köpfe der Anwesenden hinwegschauen, spricht mit warmer, brüchiger Stimme in mäandernden Flüssen, wobei ein Wort, ein Satz auf den anderen aufbaut. Gerät öfter aus dem Konzept, weil ihr in wildem Durcheinander Dinge durch den Kopf schiessen. Stockt. Sucht. Verheddert sich in schwer verständlichen, abgehackten Sätzen. Ein zögerlicher, fragender Gestus. Neigt dazu, sich zu wiederholen. Sie vertraut nicht darauf, gehört, verstanden zu werden oder sich klar ausgedrückt zu haben oder fürchtet, auf Widerstand zu stossen und hofft, durch stetige Wiederholungen sich durchsetzen zu können. Reagiert empfindlich auf Stress. Hat Angst, dass der Druck, der von anderen ausgeht, auf ihren Körper zugreift und sich ihrer Muskeln und Organen bemächtigt.

In entspannten Momenten kann sie selbstironisch sein. Sarkastische Bemerkungen. Beissender Humor. Dunkle Freude.

Für Henny bedeutet persönliche Freiheit, dass jede und jeder so sein darf, wie sie oder er halt ist. Das Durchbrechen oder Niederreissen der Kategorien. Auch stört sie sich daran, dass gewisse Menschen frei herumreisen dürfen und andere nicht. Sie stört sich ebenfalls an gewissen Vorurteilen, die in ihrem Umfeld normal sind. Ihre Familie und einige Freunde werfen ihr vor, einen übertriebenen Gerechtigkeitssinn zu haben, naiv und zu idealistisch zu sein. Der schöne Glanz des Extremismus, nennt es ein Freund ironisch. Henny hält dagegen, dass das Lagerleben und das Sterben auf dem Mittelmeer keine glanzvolle Angelegenheit seien. Und so passiert es auch, dass sie unerwartet und in den unpassendsten Situationen in Tränen ausbricht.

Und was ihr am meisten Mühe bereitet, ist die Trennung: Das sichere Leben der einen unter demokratischen Bedingungen – das gefährdete Leben der anderen unter autokratischen Verhältnissen. Und beides auf demselben Kontinent. Auf unterschiedlichen Strassenseiten, wie Toni Morrison sagen würde. Henny erntet in der Regel Kopfschütteln. Oder provoziert hilfloses Schweigen. Aber sie hat die Geduld nicht für langwierige, genaue Diskussionen oder Überzeugungsarbeit. Neigt zu versteckten Wutanfällen und beleidigtem Rückzug.

Yasmina T. 45 Jahre: Ich verbrachte elf Tage im Gefängnis in Mytilini. Wir waren drei Frauen und zwei Kinder in einer winzigen, unglaublich dreckigen Zelle mit drei Pritschen. Es gab keine Wolldecken, keine Aircondition und auch der Ventilator war kaputt. Jeden Morgen erwachte ich und meine Haut war voller Wanzenbisse. Fragten wir nach Medizin, Essen, Trinken oder mussten auf die Toilette, schrie der Polizeibeamte uns an: Das ist kein Hotel. Lasst mich in Ruhe!

Für zehn Euro am Tag brachten sie uns abends Sandwiches, Pizza und Wasser. Auch Shampoo, Seife, Zahnpasta. Später erfuhr ich, dass Wasser, Nahrung und Hygieneartikel für Asylsuchende in den Gefängnissen kostenlos sind.

Wir durften keine Anwälte kontaktieren – und auch unsere Familien nicht.

Am 20. August kam ich frei. Ich fragte den Polizisten, wo das Lager Moria sei. Er sagte: Hau ab! Kannst du selbst finden. So nahm ich ein Taxi, bezahlte zwanzig Euro und fuhr nach Moria. Es gab nur zwei Möglichkeiten: Lager oder Deportation in die Türkei.

Yasmina und Henny sitzen mit heissem Tee und Cola auf wackeligen Plastikhockern unter den Olivenbäumen im Maria Shop gegenüber vom Lager.

Sie wandern über die Hügel durch die Haine auf der Suche nach einem verlassenen Ort, um in Ruhe zu pinkeln.

Sie verbringen die Nachmittage in Mytilini im Restaurant an der Ausfallstrasse Navmachias Ellis, die dem Meer entlangführt. Stürmisches Wetter. Wolken, die sich jagen. Wellen, die gegen die Mauer klatschen und Salz und Wasser auf ihre Haut sprühen. Sie essen griechischen Salat, gegrillte Paprikas, Sardinen, Pommes Frites und trinken Weisswein. Yasmina schaut aufs Meer und erzählt von ihrer Geliebten Parvis. Sie und Henny machen Fotos, schlendern durch den Hauptort und schauen sich Sehenswürdigkeiten an. Die Geflüchtete und die Aktivistin werden zu gewöhnlichen Touristinnen. Sie reden so. Und benehmen sich so. Es geht ganz schnell. Es gefällt ihnen und sie hören nicht auf mit Lachen.

Sie gehen zum Anwalt. Ins Legalcenter. Um Yasmina auf ihr Interview vorzubereiten. Später wird sich herausstellen, dass es sich nur um die monatlich zu erfolgende Registration handelt.

Yasminas schleppende Stimme kostet die Worte in trägen Melodien aus. Sie lässt sich von den Emotionen tragen und nimmt sich Zeit. Und ist doch sehr präzise. Gewisse Dinge, die ihr wichtig sind, betont sie pointiert. Haut sie vor sich auf den Tisch: Hier! Nimm! Ist sie wütend, setzt sie wirkungsvoll ein dramatisches: No!

Sie lacht und weint viel. Um danach den Faden wieder aufzunehmen. Sie spürt es, wenn Henny mag, was sie sagt und geniesst es. Ihre Zuwendung sickert warm in Hennys Erwartungen hinein. Und sie erfreuen sich an dieser zeitweiligen Symbiose, dieser Übereinstimmung der Empfindungen. Es gibt aber auch Differenzen. Wenn Yasmina im Flüsterton von den primitiven Afghanen spricht, von den schmutzigen Schwarzen. Für Henny sind solche Ansichten nicht verhandelbar und sie hält dagegen. In der Hoffnung, dass es sich um ein oberflächliches Vorurteil oder um eine Unachtsamkeit handelt. Weil sie Yasmina mag. Yasmina verstummt. Kämpft nicht. Streitet sich nicht und zieht sich zurück. Manchmal begründet sie ihre Ansichten mit den Erfahrungen von Männergewalt. Betont immer wieder, dass sie die Männer hasst, weil die ihr dieses Elend eingebrockt hätten. Sie und Henny einigen sich stumm, dass ihre Vorurteile ein wegen erlittener Gewalt berechtigter Männerhass ist. Damit kann Henny eher leben. Und Yasmina hebt hervor, wie sehr und wie ausschliesslich sie Parvis liebe, um sich von Henny abzugrenzen.

Yasmina ist schlau, tüchtig und durchsetzungsfähig. Als der Polizist ihr im Gefängnis das Handy verweigerte, gab sie nicht auf, weinte und bettelte Tag für Tag: Bitte, bitte, bitte, gebt mir mein Handy! Meine Familie im Iran ist in Panik. Sie sind in grossem Stress!

Als sie im Gefängnis eine starke Migräneattacke bekam, schrie sie den Polizisten, der sie verspottete, so lange an, bis er einen Arzt holen liess.

Als sie auf einen Wutanfall eines Polizisten mit einem Lachanfall reagierte und er sie in Isolationshaft stecken wollte, gelang es ihr, ihn davon zu überzeugen, dass sie aufgrund psychologischer Probleme ihre unkontrollierten Lachanfälle nicht im Griff hätte.

Sie zieht Menschen an, die ihr helfen und ist bereit, Risiken einzugehen – alles auf eine Karte zu setzen. In Istanbul kaufte sie einen gefälschten Pass. Der Schmuggler sagte: Kauf dir ein Ticket für die Fähre. Geh nach Griechenland. Kauf dir ein weiteres Ticket für die Fähre. Geh nach Athen. Und dann kauf dir ein drittes Ticket und fahr in das Land deiner Wünsche. Es ist ganz einfach. So erzählte sie es den Beamten der EASO* während der Befragung.

Drei Monate nach der Begegnung mit Henny verliess sie Lesbos Richtung Athen. Und Yasmina weigerte sich, nach Moria zurückzukehren, obwohl in ihrer Umgebung alle Druck ausübten: Du musst zurück! Ohne Registrierung werfen sie dich für Monate ins Gefängnis und deportieren dich in den Iran! Einige Wochen später begann ihre Irrfahrt über Paris, Amsterdam, Berlin, Wiesbaden bis nach Göttingen, wo sie Asyl beantragte.

Deniz C. 27 Jahre: Als wir mitten auf dem Meer waren, begann es zu regnen … Es herrschte eine freundliche Stimmung … Wir waren fünf alleinstehende Männer und halfen den Familien mit ihren Kindern … Ich fühlte nichts Besonderes … Ich dachte, das Leben sei einfach, wenn du ein Ziel hast … Ja, das dachte ich während der Überfahrt … Du brauchst ein Ziel … Und mitten auf dem Wasser hab ich ein Selfie gemacht (lacht) … mitten auf dem Wasser …

Wir hörten von den Pushbacks* … von der Gewalt der griechischen und türkischen Küstenwachen … Wir hatten diese fünf Prozent Chance, es zu schaffen … Und diese fünfundneunzig Prozent Chance, zu sterben oder zurückgeschafft zu werden … Jede Sekunde, die ich in diesem Boot auf dem Meer verbrachte, dachte ich an diese fünf Prozent …

Deniz und Henny treffen sich in einem Café im Athener Viertel Exarchia. Sie bestellt ein Frühstück mit Omelett und Kaffee. Deniz lehnt ihre Einladung ab. Der Kellner bringt ihm unaufgefordert ein Glas Wasser. Ihr ist es unwohl mit ihrem Essen, dem Saft und dem Kaffee, als würde der volle Tisch auf ihrer Seite und der leere Tisch auf seiner Seite das Gefälle zwischen ihnen ans Licht zerren und für alle sichtbar machen. Aber Henny ist hungrig, und es gibt keinen anderen Ort, wo sie hinkönnten, die Stadt kocht vor Hitze, Mücken greifen an, und Henny wohnt bei Freunden ausserhalb in Illioupouli und

Deniz hat zur Zeit keinen festen Schlafplatz. Er wirkt fahrig und gehetzt, trägt ein schmutziges, verschwitztes T-Shirt, erzählt, dass er bei einem Freund in einer besetzten Fabrikanlage schläft, die aber in den nächsten Tagen geräumt werden soll. Noch sind Ferien. Und die Beamten nicht da. Aufschub. Keine Lösung. Aber Erleichterung.

Wohin gehst du, wenn sie das Ding schliessen, fragt Henny. Weiss nicht, Deniz zuckt mit den Schultern und lächelt. Ich finde eine Lösung. In einer Woche bin ich raus aus Griechenland. Bist du sicher? Henny schiebt ihm nochmals ein frisches, knuspriges Croissant rüber. Er lehnt mit einer genervten Handbewegung ab und fügt an, ja, nächste Woche vielleicht, nächsten Monat sicher.

Deniz kauft ein Dokument von offensichtlich schlechter Qualität. Im Ausweis steht der Name Christopher Smith. Auf dem Bild ein junger verträumter Mann. Dunkelblonde, zottelige Haare. Helle Augen. Verschmitzter Blick.

Warum kaufst du diesen Schrott?

Was soll ich denn sonst tun? Hab ich eine andere Möglichkeit? Was schlägst du vor? Deniz' Züge verhärten sich. Er öffnet mit dem Daumennagel eine Flasche, die er aus seiner Tasche gezogen hat und schaut Henny feindselig an.

Eine zugreifende, warme Stimme, die auch hart und abweisend sein kann. Manchmal schlägt er mit offen anklagenden Stimmstössen gegen die Wand. Aber meistens redet er leicht dahinfliessend, bemüht um Präzision, bleibt stehen, kehrt zurück, um etwas noch genauer zu benennen. Konzentriert und bemüht, auf sein Inneres zu hören. Verfällt ab und zu in ein ausgelassenes, hell perlendes Lachen. Der schnelle Wechsel von der harten Autorität zur dunklen, weichen Freundlichkeit verunsichert Henny. Es erinnert sie an die langen Stunden, die sie in ihrer Kindheit am Mittagstisch verbracht hatte. An die Männer ihrer Familie, die mit diesen sekundenschnellen und unberechenbaren Wechseln von Weichheit und Härte den Verlauf der Gespräche dominiert hatten. Aber das tastende Suchen und das ständige Wiederholen, aus Angst missverstanden zu werden, ähnelt eher ihr selbst.

Beim Thema Gewalt, besonders der sexuellen Gewalt, spricht Deniz in undeutlichen Halbsätzen. Ringt er anfangs noch um Worte, weicht er danach vehement aus. Es scheint Henny, als würde auch sie die Enge in der Kehle spüren.

Sie teilen nicht immer die gleichen politischen Ansichten. Henny widerspricht ihm. Oder fragt nach. Er reagiert gestresst, spannt sich an und beginnt verbissen zu argumentieren. Und obwohl sie weiss, dass sie die Grenzen eines Interviews überschreitet, ist sie enttäuscht. Jedenfalls betrachtet sie ihr gegenseitiges Verhältnis als etwas, das solche Differenzen nicht einfach wegstecken kann.

Einige Tage später treffen sie sich an der Metrostation Aghios Dimitrios im Aussenbezirk Ilioupoli. Deniz hat offensichtlich geduscht und sich frisch angezogen und legt Wert darauf, dass Henny es bemerkt, nimmt ihre Blicke auf und Genugtuung huscht über sein Gesicht, eine Aktentasche unter dem Arm, Bluetoothkopfhörer im Ohr und eine grossflächige Sonnenbrille vor den Augen oder im Haar.

Sie verbringen den Nachmittag auf der Terrasse im Haus von Hennys Freunden, das am Fuss der Hügel liegt. Abends kocht er für alle. Henny und ihre Freundin haben ein biologisch gefüttertes Freilandhuhn, Auberginen, Tomaten, Kräuter und Reis eingekauft. Deniz arbeitet hart in der Küche. Schnell. Konzentriert. Mit viel Kraft. Und ja, auch Ehrgeiz. Baut eine Mauer um sich herum. Weist jede Hilfe zurück.

Auf dem Balkon sitzen sie um den runden Tisch. Deniz isst vornübergebeugt, den Mund nahe beim Teller, so ist der Weg schnell und unaufwändig zu bewältigen. Wischt sich immer wieder hastig den Mund. Diskret. Ein ruckartiger, leichter Rhythmus.

Er ist unglücklich, weil sie die falsche Reissorte gekauft haben und der Reis etwas feucht und klebrig bleibt und nicht trocken und luftigkörnig, wie er eigentlich sein sollte. Alle finden das Essen trotzdem köstlich. Es tröstet ihn nicht. Er entschuldigt sich.

Zum ersten Mal trafen Deniz und Henny sich in Moria ein Jahr zuvor. Sie sassen auf einem Stein. Er machte ein Foto von ihr. Sie kauerte. Gebeugter Rücken und eingefallene Brust. Die Arme verschränkt. Und sie lachte. Hinter ihr ein Olivenbaum und ein rotes Feuerwehrauto. Zwei junge Männer liefen vorbei.

Das Bild irritiert Henny, weil in ihrer Erinnerung Deniz dicht neben ihr auf dem Stein sass.

Mortaza R. 32 Jahre: Ich arbeite seit meinem siebten Lebensjahr. Ich war schon als Kind unabhängig. Als mein Vater starb, kehrten wir aus dem Iran nach Afghanistan zurück und ich übernahm die Verantwortung für meine Mutter. Das war schwierig. Und sehr hart. Ich war noch jung. Aber ich tat es. Später besass ich ein eigenes Haus. Motorräder. Universität. Freunde. Hatte aber nie Zeit. War immer im Stress.

Als ich nach Griechenland kam, hatte ich keine Erwartungen. Ich überquerte die Demarkationslinie und war mir nicht wirklich bewusst, was ich tat. Ich kapierte nicht, dass es da eine geschlossene Grenze gab.

Schmutzig gelbes Licht. Am Fluchtpunkt, wo die Gasse in den grossen Platz mündet, leuchtet es hell auf. Dorthin begeben sie sich immer mal wieder, wenn ihnen das Bier ausgeht, um im Kiosk für Nachschub zu sorgen.

An den Hausmauern Graffities. Es riecht nach Abfall, Zigaretten und frischem Laub. Mortaza und Junus sitzen auf einem Randstein in einer Seitengasse in Athens Anarchistenviertel Exarchia. Henny hockt mitten auf der Strasse. Die Pflastersteine sind gross und blank gelaufen, regnet es, stellen sie eine glatte Gefahr dar. Sie schauen alle in die Kamera, die Karim in die Höhe hält.

Kurz davor war Henny allein durch das Viertel gelaufen. Sie weiss nicht mehr, woher sie gekommen war und wohin sie wollte. Da hörte sie eine Stimme, die ihren Namen rief. Gestalten lösten sich aus der Dunkelheit, umarmten sie. Ihre Freunde aus der Zeit, als Mortaza, Junus und Karim im besetzten Hotel City Plaza* und der dort entstandenen selbstverwalteten Community wohnten und Henny sie dort jedes Jahr besuchte. Was für ein Zufall!

Ein grosses Glück. Diese Wiederbegegnung. Mortaza erzählt. Mit leiser, heiserer Stimme. Langsam. Bedächtig. Als wollte er die Worte in Henny hineinschieben. Sanft zwar. Aber unbeirrbar. Tastet sich Wort für Wort seinen Empfindungen und seinen Erinnerungen entlang, stösst beim Reden mitunter in Gebiete vor, die ihn selbst überraschen, mitunter auch überfordern. Stockt. Schluckt. Schöpft nach Atem. Legt den Kopf nach hinten. Starrt ins Leere.

Bei heftigen Gefühlen beginnt er zu treten. Den Boden glatt zu stampfen. Sich Spuren im Matsch oder im Schnee freizutrampeln. Und oft, wenn es wirklich schlimm wird, lacht er ungläubig, Humor blitzt auf. Als würde er sich angesichts dieser Scheusslichkeiten radikal distanzieren und das Absurde und Dumme von aussen beobachten und sich darüber lustig machen. Es geschieht mir zwar. Aber das bin nicht ich!

Das erstaunte Henny bereits während ihrer Kindheit, wie Menschen, die unfassbar Scheussliches erlebt hatten, darüber erzählten und weiterleben konnten –

ihre Kindheit, die angefüllt war mit Berichten ihrer Mutter über die europäischen Konzentrationslager, die sich vor und während des Zweiten Weltkriegs auf dem Kontinent ausgebreitet hatten, ihre Kindheit, angefüllt mit den Erzählungen Überlebender, geprägt vom: Nie wieder! Nie wieder? Ja?

In den nächsten Tagen treffen sie sich auf dem Dach des Exarchia Hotels. Zikadengeschrei und Autolärm. Oder sie treffen sich im Café am Victoriaplatz. Aircondition. Elektronische Musik. Sentimental. Schleppende Gesänge. Klavierklänge. Auf der anderen Seite der Fensterfront Geflüchtete. Männer. Frauen. Kinder. Alte. Junge. Freiwillige. Schlepper. Fälscher. Touristen. Passantinnen. Simcard Verkäuferinnen.

Oder sie treffen sich in der Wohngemeinschaft in Ameriki. Grosszügige, charmante Altbauwohnung. Rundbalkon mit umwerfender Sicht: die Akropolis und ein Stück Meer mit Kleinstschiffchen bestückt. Leute schlafen auf dem Balkon. Auf den knarzenden Parkettböden.

Sie kaufen in der Achernonstrasse Fisch, Gemüse, Reis, Kräuter, Öl, Bier und laufen nach Ameriki, kochen in der grossen mit Kacheln aus Marmor ausgestatteten Küche und essen auf dem Boden. In drei Wochen müssen die Jungs hier alle raus. Und was dann? Niemand weiss es …

Mortaza kehrt auf die Inseln zurück, um in Moria als Übersetzer zu arbeiten. Er kümmert sich um die alleinreisenden Jugendlichen und versucht, ein Netzwerk aus Anwältinnen und Anwälten aufzubauen, die ohne Entgelt für abgewiesene Geflüchtete Beschwerden einreichen. Die Arbeit als Übersetzer katapultiert ihn auf die andere Seite, da er nun für eine NGO und die Behörden arbeitet. Gleichzeitig hilft ihm diese Stellung, sich für die Anliegen der Geflüchteten einzusetzen und sein Engagement als politischer Aktivist fortzusetzen. Und er verdient Geld. Mietet sich eine kleine Wohnung. Mortaza hat sich verliebt. Und will nun sein Leben in Ordnung bringen, sagt er und lacht vergnügt.

Karim Q. 26 Jahre: Wir sind mit der ganzen Familie unterwegs. Elf Personen. Wir fuhren von einem einsamen Strand weg, der von anderen Reisenden und Schmugglern nicht benutzt wurde. Die See lag ganz ruhig da. Später verschlechterte sich das Wetter und die Wellen wurden höher und heftiger. Ein portugiesisches Frontexschiff traf auf unser Boot und rettete uns.

Junus B. 29 Jahre: Der Schmuggler sagte, wir sollten einfach das Licht vom Leuchtturm im Auge behalten. Es war in der Nacht. Das Meer war ruhig. Nur sanfte Wellen. Wir landeten ohne fremde Hilfe am griechischen Ufer.

Junus, Karim und Henny begegnen sich in der Küche des Hotels City Plaza in Athen.

Karim, zierlich, wendig und witzig, hackt blitzschnell Berge von Kräutern. Junus, schlacksig, verschlossen und melancholisch, hackt sie mit bedächtigen Bewegungen ein zweites Mal. So hacken sie gemeinsam die Petersilie zu einer metallisch schmeckenden, sattgrünen Wolke und mischen sie unter den Salat aus Blumenkohl und grüner Paprika. Dazu Knoblauch, Apfelessig, Olivenöl.

Sie schneiden Berge von Zwiebeln. Mit alten, billigen Messern bearbeiten sie das glitschige Gemüse. Nicht mal die ausgezeichnete Schneidetechnik von Hennys Mutter hilft weiter. So zerteilen sie mit aller Kraft und mit ihren stumpfen Messern die lilafarbenen Köpfe mit den klebrigen Häuten. Hennys Handgelenke schmerzen. Junus weint.

Karim hievt mit Junus' Hilfe die mit Salaten und Linsen gefüllten Stahlbehälter auf den Tresen. Reisst Fladenbrote auseinander, füllt sie mit heissen Linsen, beträufelt das Kunstwerk mit Chiliflocken und einigen Tropfen Salatsauce und hält es Henny hin.

Magst du das? Karim ist stolz und fährt sich durchs Haar.

Sie geben vierhundert Teller gefüllt mit Fladenbrot, Linsen und Blumenkohlsalat aus. Sammeln vierhundert schmutzige Teller ein und tragen sie in die Küche zurück. Karim taucht Stück für Stück ins schaumige, aber kalte Seifenwasser und stapelt sie auf seiner rechten, Henny steht an seiner linken Seite, spült dem Geschirr unter fliessendem Wasser den Schaum ab, gib sie zu mir, sagt sie, gib sie mir, was machst du da, warum stellst du sie auf die falsche Seite, und er – unbeirrt – bleibt ins Reden vertieft, skandiert jedes Wort, als wolle er ihr, der Unwissenden, seine Gedanken geduldig, aber beharrlich verständlich machen, die Teller nach rechts, warum, gib sie mir, ich steh links neben dir, er jedoch macht beinahe vierhundert Mal seine Dreifachschleife. Sie hält die eingeschäumten, seifigen Teller unters fliessende Wasser, ihre Hände sind rot vor Kälte und schmerzen, Karim korrigiert sie, länger, mehr Wasser, und so lässt sie dieses Wasser fliessen, er redet und redet, leise, den Mund an ihrem Ohr. Obwohl er so sanft und freundlich ist, verkörpert jedes Wort sich zu einer Wahrheit und rollt über ihre Köpfe hinweg durch den Raum. Seine Kraft liegt im Angesprochenen. Karim will in die Welt. Will sie verändern und gestalten. Sein Ziel liegt ausserhalb von ihm selbst.

Manchmal springt seine Stimme, spaltet sich in ein Rudel junger Hunde, die in der Hitze des Spiels übereinander kugeln und sich im Tempo verschätzen.

Karim schäumt die Teller und stapelt sie zu seiner Rechten, was machst du, gib sie mir rüber, er lacht kurz auf und entschuldigt sich.

Junus legt seine Hände auf Karims Schultern: Du bist der Beste, sagt er. Nickt Henny zu. Sie erwidert seinen Blick. Und er hellt sich auf. So jung plötzlich, kindlich, unbeschwert. Versinkt er ins Schweigen, wirkt er düster, verschlossen und abweisend. Junus sucht das Leben in sich selbst. Der Blitz ist tief in seinem Inneren verborgen.

Gib mir die Teller rüber! Karim lacht und fährt sich mit schaumigen Fingern durchs Haar. Junus zieht ihm mit der flachen Hand eine über. Sie balgen und schubsen sich.

Und jedesmal wenn sie Henny etwas aussergewöhnlich Schlimmes erzählen, brechen sie in ausgelassenes Gelächter aus.

Lizzy O. 43 Jahre: Ich landete am Strand, wo ich eigentlich hinwollte. Boote annehmen, Menschen begrüssen. Der Ort, von dem aus die Einsätze am Strand koordiniert wurden, hiess Campfire*. Der Name ist Programm: Lagerfeuer. Etwas verloren stand ich anfangs herum, bis ich eine Einheimische traf, die sich um alle kümmerte. Um die Hunde, Katzen, Freiwilligen, Aktivistinnen, Touristen und um die Geflüchteten. Sie betrieb sowas wie ein kleines Reisebüro. Auch wenn es da zur Zeit nicht viel zu tun gab, fragte ich mich, wie sie es schaffte, ihren Alltag zu regeln, während sie jede Nacht am Strand war und die ankommenden Reisenden willkommen hiess.

Am nächsten Tag fragte ich sie, ob ich ihr helfen könne. Sie sagte: Ja.

Seit 2016 verbringe ich also fast jede Nacht am Ufer. Mal sind es zehn Boote, mal dreissig, mal kommt keines. Während ich warte, sitze ich im Auto, am Strand oder auf der Klippe. Wenn es regnet und stürmt, denke ich an die Menschen, die auf dem Meer sind. Ich frage mich, ob sie es schaffen und ich weiss, sie tun es nicht. Die Wellen sind grausam und der Wind auch. Die Schlauchboote, in denen sie sitzen, sind seeuntauglich. Mir ist kalt, und ich kann und will mir nicht vorstellen, wie es dort draussen sein muss.

Heute dürfen wir das Lagerfeuer am Strand, das uns und die triefnassen Reisenden notdürftig gewärmt hat, nicht mehr anzünden. Wir wurden der Beihilfe zum illegalen Grenzübertritt angeklagt. Sie sagten, wir würden mit den Schmugglern auf der türkischen Seite kommunizieren und mit dem Lagerfeuer die Reisenden anlocken. Was völliger Unsinn ist.

Lizzy ist ausgebildete Gebärdendolmetscherin und Rettungsschwimmerin. Seit Dezember 2016 lebt sie auf Lesbos und verbringt die Nächte mit Freiwilligen verschiedener Rettungsteams am Strand. Das Landing der Boote ist eine der gefährlichsten Reisestationen. Während die Leute ins Wasser springen und die Boote von den Wellen an die aus dem Wasser ragenden Steine geklatscht werden, ist die Gefahr tödlicher Unfälle gross.

So intensiv wie Lizzy zuhört, so ausführlich weiss sie zu erzählen. Sie spricht, als ob sie in labyrinthischen Umwegen etwas suchte, um sich ins Thema zurückzufädeln. Manchmal, wenn sie sich an ihren boshaften Bemerkungen erfreut, taumelt ihre Stimme. Sie liebt es, Menschen zu parodieren und die Parodie danach zu kommentieren. Gradlinige Häme mit treffenden Metaphern wechselt mit hochdifferenzierter Reflexion und dem Ausdruck intensiver, unverdeckter Gefühle. Man könnte auch sagen, Lizzy nehme kein Blatt vor den Mund. Unterbricht sich selbst immer wieder, weil ihr ein Gefühl dazwischenkommt. Und so gestaltet eine zupackende, emotionale Kraft das Sprechen, das ins Gegenüber eindringt und eingreift.

Auch Henny verbringt immer mal wieder die Nächte mit Lizzy und den Freiwilligen am kiesigen Strand. Schmal zur Strasse hin. Verschmutzt. Im Rücken der Flughafen. Krachende Flugzeuge. Daneben ein Club. Folkloristische Elektroschnulzen. Und auf dem Parkplatz johlende Motorradfahrer. Die Helferinnen am Strand schweigen. Schauen durch die Ferngläser. Jedes Schiff, das von einem griechischen Strand aus zu sehen ist, muss wegen der Erdkrümmung bereits – oder noch – in griechischen Gewässern sein. Das Meer ist schwarz. Geisterhaft still. Dicht blinkender Sternenhimmel. Müdigkeit überfällt Henny. Die Augen brennen. Fallen zu. Sie versucht zu meditieren. Zählt die Sterne. Schlaf überwältigt sie. Sie legt sich hin. Und obwohl Henny einen teuren Pullover aus Merinowolle, eine Windjacke und darüber noch eine wasserfeste Segeljacke, lange Sportunterhosen und Wollsocken trägt, dringt die feuchte Kälte durch die Haut und fährt in die Knochen. Sie breitet eine UNHCR Wolldecke als Unterlage auf dem feuchten, steinigen Boden aus, und wickelt eine zweite um ihren Körper, wobei sie sich entscheiden muss, ob Hals und Schultern oder die Füsse bedeckt sein sollen. Sie friert. Hält es kaum aus. Nimmt eine dritte Wolldecke. Eine Vierte. Es sind die gleichen Wolldecken, die im Lager verteilt werden.

Weitere Bekanntschaften ausserhalb und innerhalb des Lagers: Ahmed-Ali O. und seine Eltern und Nachbarn. Arash A., Carter J., Edem K., Greta P., Heather N., Ipolito V., Kayvan M., Martino S., Mina T., Moussa T., Nesrin B. und ihr Mann, Roya D., Sami T., Sergio M., Shirin M.

Achille M. (1957): Politikwissenschaftler und Historiker. Audre L. (1934–1992): Schriftstellerin und Aktivistin. Edouard G. (1928–2011): Dichter und Philosoph. Emilia R. (1983): Politikwissenschaftlerin und Gründerin des Centers for Intersectional Justice (CIJ). Emmanuel C. (1957): Schriftsteller und Drehbuchautor. Frantz F. (1925-1961): Psychiater, Politiker und Schriftsteller. Gayatri Chakravorty S. (1942): Literaturwissenschaftlerin und postkoloniale Theoretikerin. James B. (1924–1987): Schriftsteller und Aktivist. Judith B. (1956): Philosophin. Laurie P. (1986): Journalistin und Bloggerin. Parwana A: (2004): Dichterin, Bloggerin und Aktivistin. Rosa L. (1871-1919): Sozialistische Revolutionärin. Toni M. (1931–2019): Schriftstellerin. Victor F. (1905–1997): Psychiater und Neurologe. Zygmunt B. (1925–2017): Soziologe und Philosoph.

Achille M: Die koloniale Besetzung war eine Angelegenheit, bei der es darum ging, ein geografisches Gebiet zu erfassen, es abzugrenzen und die Kontrolle darüber geltend zu machen – seinen Boden mit einem neuen Ensemble sozialer und räumlicher Verhältnisse zu beschreiben. Das Einschreiben neuer räumlicher Bezüge war letztlich gleichbedeutend mit der Produktion von Grenzen und Hierarchien, Zonen und Enklaven; der Klassifikation der Leute nach unterschiedlichen Kategorien; und schliesslich der Anfertigung eines weitreichenden Reservoirs kultureller Vorstellungen.

James B: Sie sind nicht nur Mitglieder einer bestimmten Gruppe oder ein bedauerliches Rätsel, das von der Wissenschaft erforscht werden muss. Sie sind, und wie altmodisch die Worte klingen, mehr als das. Sie sind etwas Undefinierbares, Unberechenbares. Verschliessen wir uns jedoch ihrer Vielschichtigkeit – die unsere eigene, beunruhigende Vielschichtigkeit ist –, beschädigen wir uns und gehen zugrunde.

Basic Needs

Nahrung. Wasser. Luft. Schutz vor Kälte und Hitze. Schutz vor Nässe und Trockenheit. Schutz vor Lärm und Gewalt. Medizinische Versorgung. Hygiene durch Toiletten, Duschen, Waschgelegenheiten für Körper und Kleider und Abfallentsorgung.

Needs

Sex. Anerkennung. Respekt. Sicherheit. Kontrolle über das eigene Leben.

Die Befriedigung dieser Bedürfnisse sind nicht verhandelbar. Sie sind die Grundlage unserer Existenz. Mangelt es an den Basic Needs, bedeutet es den physischen Tod. Mangelt es an den Needs, bedeutet das emotionalen Stress, der die Menschen nachhaltig beschädigt. Das Prinzip Moria bringt ein System hervor, das Menschen mit gewissen, ihnen zugeschriebenen Merkmalen daran hindert, sowohl die Basic Needs als auch die Needs zu befriedigen. Man macht ihnen solcherart klar, dass sie nicht erwünscht sind und von der Gemeinschaft abgesondert bleiben müssen. Wir, die grenzwachenden Europäer und Europäerinnen, bringen also ein System hervor, das die Ausgestossenen dazu bringt, sich selbst zu vernichten und zu beschädigen. Die Gewalt wird in der Regel nicht offen und direkt angewendet, die Menschen schaffen es einfach nicht, unter solchen Bedingungen zu überleben. So vermeiden wir es, unsere Hände zu beschmutzen; wir achten vermeintlich die Menschenrechte und die internationalen Abkommen.

Das Prinzip Moria ist Ausdruck der radikalen Verdrängung der Furcht, anderen Gewalt zuzufügen. Die meisten Menschen in Westeuropa sind überzeugt davon, dass sie es nicht tun … Dass sie aufgrund zivilisatorischer Errungenschaften dazu nicht in der Lage sind.

Judith B: Gewaltlosigkeit entspringt nicht einem friedlichen Ort, sondern einer andauernden Spannung zwischen der Angst, Gewalt zu erleiden und der Furcht, Gewalt zuzufügen.

Topographie

Henny L. nimmt jeden Morgen den Bus in Mytilini und fährt ins Lager Moria. Der Bus hält beim Lager Kara Tepe*, beim Supermarkt Lidl, im Ferienort Panagiouda und fährt danach den Hügel hoch nach Moria. Abends fährt Henny L. wieder zurück.

Manchmal verlässt sie den Bus bei der Haltestelle am Lidl und wandert den Fussweg hoch zum Community Center One Happy Family, in dem sich die Krankenstation und der Garten befinden. Das Duschhaus ist nur mit dem Auto erreichbar.

Lidl

Audre L: In einer Gesellschaft, in der Wohlstand mit Blick auf Profite und nicht als menschliches Bedürfnis definiert wird, muss es immer Gruppen geben, die sich aufgrund systematischer Unterdrückung überschüssig fühlen. Das sind schwarze Menschen, Menschen des globalen Südens, die Arbeiter und Arbeiterinnen, ältere Menschen und Frauen.

*Emilia R: Der Kapitalismus beruht auf der Aufteilung der Menschheit in unterschiedliche Segmente von Arbeiter*innen mit unterschiedlichem Wert. Mit der internationalen Arbeitsaufteilung, die auf Geschlecht, Nationalität, Vermögensstatus und ethnischer Herkunft/Rasse basiert, wird sichergestellt, dass manche Arbeiter*innen dazu gezwungen sind, ihre Arbeitskraft zu einem viel zu niedrigen Preis zu verkaufen, um die Akkumulation von Kapital zu gewährleisten. Das heisst, dass Kapitalismus ohne Rassismus und ohne das Patriarchat nicht funktionieren kann.*

Audre L: Wir schwarzen Frauen und unsere Kinder wissen, dass der Stoff unseres Lebens aus Gewalt und Hass gewoben ist, dass es keine Ruhe gibt … Für uns webt die Gewalt sich zunehmend in den Stoff unseres Alltags – im Supermarkt, im Klassenzimmer, im

Krankenhaus, seitens der Bäckerinnen, Verkäuferinnen, Busfahrern, Bankangestellten, seitens der Kellner, die uns nicht bedienen.

Henny ahnt die Fülle und den Überfluss. Lidl. Deutscher Supermarkt. Ein Sakralbau aus Stahl und spiegelnden Glasfronten. Dahinter aufgereiht die Kassenkorridore. Die automatischen Türen öffnen sich lautlos. Im Zwischenraum befindet sich der einzige Abfallkorb.

Dieser Supermarkt besitzt die Architektur eines modernen Tempels, wie sie in Resteuropa oft anzutreffen sind, puristische Nachkriegskirchen. Das Dach neigt sich zur rechten Seite fast bis zum Boden und steigt zur linken hoch in den Himmel. Klobige Stahlstreben, Säulen im Stil des Industriezeitalters, hochjauchzend jubilierend.

Drei Korridore ziehen sich zwischen den Regalen und den Kartonkisten hin, jeder just siebzig Schritte lang, die Fluchtlinien der Bodenkacheln kreuzen sich mit denjenigen der Dachstreben – eine Komposition, die das Verhältnis von Oben und Unten und von Links und Rechts auf diskrete Weise regelt.

Henny gelangt in das Brotparadies. Artisanal Bakery. Duft von industriell gefertigtem Brot, das vor Ort im fleckigen, mit öligem Licht beleuchteten Ofen den letzten Backvorgang über sich ergehen lässt.

In groben Lettern, die auf imitierten Holzscheiten aufgemalt sind, wird der Weg aus der Bakery zu Wurst und Käse gewiesen. Die Kalbs- und die Hühnerwürste gibt es in allen Farben, die Plastikhüllen sind mit goldenen und silbernen Punkten versehen. Billiges Protein first.

Die Waren, die zerknüllt und achtlos in Kartonkisten gestapelt sind, wirken wie hingeschmissen, willkürlich ihre Auswahl und Ordnung. Henny irrt durch die Gänge, zusehends verärgert, da es keine erkennbare oder nachvollziehbare Abfolge der Dinge gibt, die helfen könnte, das Gewünschte zu finden, ein zufälliges Durcheinander, wie es typisch ist für gewisse Supermärkte: grosse Mengen. Billig.

Erster Korridor: Gemüse, Nuggets, Linsen, Tiefkühlfisch, Tiefkühlfleisch, Torten, Reis, Nudeln, Kichererbsen, Bohnen, Mangosaft, Ketchup, Säfte, Bier, Öl, Putzartikel, Drogerieartikel, Waschmittel, glutenfreie Backwaren, Aperitivs, Bohnenkaffee.

Zweiter Korridor: Rosen, Gebäck, Schuhe, Kekse, Wurst, Pudding, Säfte, Milch, Drogeriewaren, Putzmittel, Öl, Konserven, Getränke, Eier.

Dritter Korridor: Gebäck, Süssgetränke, Haushaltswaren, Hygieneartikel, Küchenutensilien, Matratzen, Kleider, Papeteriewaren, Haushaltsgegenstände, Getränke, Wein, Bier.

Die Menschen bewegen sich still im hell erleuchteten Lidl, sie wirken, als hätten sie etwas Wichtiges zu tun, sogar Schlendern ist durch grosse innere Konzentration geprägt, das Abtasten von Wünschen, das Überschlagen von Budgets. Auch Henny gleitet wie in Trance durch diesen Tempel des globalen Kapitalismus, der hier auf dem Felsvorsprung zwischen Mytilini und Moria liegt, zwischen dem Hauptort – an dem die Touristen mit den Fähren ankommen, um sich auf der Insel zu erholen –

und den Lagern, in denen die Menschen von den Booten gezwungen sind zu überleben, da also auch dieser Konsumtempel, einer von der billigsten und vermutlich profitreichsten Art, der in dieser Umgebung mächtig und verlockend wirkt, der in seiner schäbigen Art Waren verhökert, die unter schlechten Bedingungen produziert worden sind. Und so bleibt die Ware billig, den Zwischenhändlern der Reibach und den Supermarktketten der grosse Reibach, ja, und den Arbeiterinnen diese ausbeuterischen und gesundheitsschädigenden Bedingungen, die sie zwingen, sich auf die Flucht zu begeben.

Auf der Suche nach Seifen, Deodorants, Malblöcken und Stiften, Wolle und Häkelnadeln und Rasiersachen schiebt Henny den Einkaufswagen durch die Korridore. Die Freundinnen im Lager Moria wollen sich die Scham rasieren. Sollen sie mich doch vier Stunden am Klo anstehen lassen, mir die Dusche verweigern, aber ich lasse mir die Freiheit nicht nehmen, mir die Scham zu rasieren, schimpft die junge, frisch verheiratete Nesrin, lacht laut heraus und bestellt sackweise Rasierzeug. Zuerst das! Und dann der Rest, beschwört sie Henny mit leiser Stimme und festem Druck am Arm. Und Nesrin wird zur Distributionsspezialistin. Wann immer Henny auf ihrem Weg ins Lager bei Lidl Halt macht und ihre Säcke füllt, trifft sie danach als Erstes Nesrin und übergibt die Ware. Nesrin führt ihre Listen, nimmt Wünsche entgegen, verteilt die Dinge und streicht Namen durch.

Henny geht den Regalen mit Keksen, Schokolade und Früchten entlang. Sie begutachtet. Wendet Dinge, prüft sie. Sie ist empfindlich. Viele der Nahrungsmittel mag sie nicht. Manche ekeln sie an, andere kann sie nicht verdauen, oder sie spürt Widerwillen, weil sie etwas Abstossendes gehört oder gelesen hat, sie fürchtet Pestizide und verabscheut Gedanken an gequälte Tiere. Und obwohl Henny oft kränkelt und Mühe hat, auf ihre Gesundheit zu achten, schaut sie pedantisch auf ihre Ernährung, zwingt sich, erst nach fünf Stunden wieder zu essen, damit der Magen sich in der Zwischenzeit entleeren kann … Wie soll ich diesem Überfluss, drohendem Übergewicht, ästhetischen und gesundheitlichen Problemen entgehen? Wähle ich, weil ich Allergien oder Unverträglichkeiten habe? Oder weil ich irgendwelche Theorien gelesen oder mich ökologisch und tierliebend verhalten oder weil ich mir eine unverwechselbare Individualität geben oder einen besonderen Lebensstil verpassen will – oder weil mir angesichts der Überfülle gar nichts anderes bleibt, als eine Wahl zu treffen? Weil es immer darum geht: Wer bin ich? Wer bin ich für andere?

Bereits zum dritten Mal geht Henny durch den dritten Korridor und prüft die Bettwäsche, denkt darüber nach, ob sie Decken nach Moria bringen sollte. Was für eine Qual, frierend, vor Kälte zitternd die endlosen Nächte überstehen zu müssen. Sie denkt, sie weiss, wie sich das anfühlt und erinnert sich an die Nächte im düsteren Schweizer Wald mit den hohen Tannen, dem Fluss, der feuchten Erde, an die Zeltnächte auf der dünnen Matte, an den mangelhaften Schlafsack und wie die Kälte sich von unten in ihren Körper frisst und von ihren Knochen Besitz nimmt, wie sie alle mitgebrachten Kleider aus dem Rucksack reisst und überzieht, wie sie sich zusammenrollt und sich bemüht, die empfindlichsten Körperteile zu bedecken, so gut wie es eben geht, und wie sie spürt, wie ihr Körper die Kälte nicht mehr abwehren und bewältigen kann und der Gedanke an den kommenden Morgen sie zu beherrschen beginnt, sie die Minuten zählt, die Stunden durchwacht und nichts so sehr herbeisehnt wie den ersten Sonnenstrahl und die Möglichkeit, endlich aus diesem feuchtkalten Zelt kriechen zu können … Und wie sie sowieso Mühe hat zu schlafen. Auch wenn ich todmüde bin, lese ich weiter, schaue Filme oder trinke auf dem Balkon Wein und spreche vor mich hin, als wäre ich nicht allein. Ich fürchte mich vor dem Moment, im Bett nicht einschlafen zu können. Der müde Körper. Die Unruhe im Kopf. Im Magen. Wie wenn ich auf einem Heliumkissen flöge. Die Geräusche. Die Fragen, die sich mit Problemen und Hindernissen vollgefressen zu platzenden Bäuchen aufblähen. Hass auf die Unfähigkeit, mich fallen zu lassen. Wut auf die aufgezwungenen Rhythmen. Es ist der Bereich des Schlafens, der mir schmerzhaft meine fremdbestimmte Existenz aufzeigt, wie sehr ich in Normen und Formen gegossen mein Leben bestreite. Man nennt das Struktur. Oder sogar Gesundheit … Henny wirft Körpercrèmes,

Sonnenmilch und Deodorants in den Einkaufswagen, sie, die so ungeduldig mit ihrem eigenen Körper umzugehen pflegt, hat Spass beim Einkaufen für die Freundinnen. Wie lange dauert es, bis ein Körper abgetrocknet ist? Zähne geputzt sind? Crème auf dem Gesicht verteilt ist? Wie langweilig! Wie überflüssig! Welche Zeitverschwendung! Und in welchem Ausmass mein Körper, ja, die ganze Körperlichkeit das Zeitmass meines Lebens bestimmt, die Bedingungen diktiert. Das Leben ist ein aufgezwungener Dienst an meiner Körperlichkeit und an derjenigen der anderen. Das ist nicht verhandelbar. Wie lästig … Henny spürt ein Unbehagen. Und weiss gleichzeitig um die Lächerlichkeit ihrer Gedanken. Versteht sie doch, was für ein unglaubliches Privileg es ist, sich um seinen Körper kümmern zu dürfen. Und was für eine Not, wenn es einem verwehrt bleibt. Unethische Vergleiche. Geschmacklose Gleichsetzungen. Die Notwendigkeit der Körperpflege kippt bei Mangel entsprechender Möglichkeiten unversehens in die akute Bedrohung der physischen Existenz. Dieser Kippmoment. Wieviel Distanz liegt zwischen der Sorge und der Vernachlässigung? Zwischen der Optimierung und der Zerstörung? Die Warteschlangen, die sich von den Kassen in die Korridore erstrecken, sind lang, Henny stellt sich dazu. Obwohl zu dieser Abendstunde mit Kundinnen gefüllt, sind nur zwei der sieben Supermarktkassen besetzt. Auch Lidl muss sparen. Sagen sie vermutlich. Sparen, eines dieser Wörter, das durch eine kleine Verrückung eine andere Bedeutung bekommt. Sparen, eine simple, für alle verständliche Handlung, die als Mittel zum Machterhalt dient. Sparen, als Synonym für den Unwillen zur Umverteilung. Die Frage lautet: Wer muss sparen? Und sich opfern? Und für wen? Wo fliesst der Gewinn hin?

Anstehen. Viele Familien aus den Lagern. Kinder. Väter. Mütter. In leicht vorgebeugter Haltung Dinge aufs Laufband legen. Bezahlen. Sie geben das Geld aus, das sie von den Migrationsbehörden bekommen. Neunzig Euro im Monat. Für eine ganze Familie. Danach muss das Fach möglichst schnell freigegeben werden – hastig einpacken und sofort verschwinden. Das Wachpersonal scheucht die Langsamen mit barschen Worten und ungeduldigen Gesten weg.

Henny stopft ihre Waren in den Rucksack und lächelt den breitschultrigen Wachmann entschuldigend an.

Die Sonne liegt knapp über den Hügeln, die sich auf der anderen Strassenseite gegen Moria hin hochziehen. Pastellfarbenes Licht. Hinter dem Supermarkt Fetzen von Meer. Ein kleines, weisses Schiff. Im Dunst die türkische Küste.

Ruhe auf dem Parkplatz, der den Lidl von der Busstation, der Hauptstrasse, den Brachen mit den Illegalen und dem Meer trennt. Fünf Reihen mit Autos unter weit gefächerten Sonnendächern – in der grossen Anlage liegen einzig die Parkplätze in der Schattenzone.

Autos. Schwarz. Rot. Weiss. Metallische Farben. Matte Farben. Es gibt nichts Langweiligeres als moderne Autos, alle sehen gleich aus, denkt Henny, reisst eine Plastiktüte mit gebrannten Mandeln auf, pickt mit spitzen Fingern drei Stück auf und steckt sie hastig in den Mund, als hätte sie Angst, jemand könnte ihr den Happen entreissen. Sie sind süss und kross! Um den überraschenden Genuss zu verlängern, versucht sie, den Drang zum Schlingen zu überwinden und zwanzigmal zu kauen, bevor sie schluckt. Und während Henny unaufmerksam und doch innerlich dem Vorgang zugewandt isst, beobachtet sie die Autos, die auf den Parkplatz fahren, das Tempo verlangsamen, und obwohl es leere Plätze im Überfluss gibt, in diesen Suchmodus verfallen.

Einkaufswagen scheppern.

Ein Schuss. Nochmals. Mehrere Schüsse.

Der Wind greift Gegenstände an und erzeugt eine Vielfalt von Geräuschen und Klängen.

Motorenlärm. Kurze Pausen. Unwirkliche Stille. Motorenlärm.

Stimmen. Männer.

Kinderstimmen.

Stimmen. Frauen.

Henny beugt sich über einen Metallzaun, der sich hart in ihre Brust drückt und schaut in ein ausgetrocknetes Bachbett. Abfallhalden. Rosmarinbüsche. Wilder Dill. Hafergräser. Feigen. Oliven. Oleander.

Gerippe von ausgedienten Fabriken, Beton, vergilbte, abgeschabte Mauern, Graffities, glaslose Fensterlöcher mit Karton und Stofffetzen notdürftig geflickt. Im hintersten Gebäude, das Henny sehen kann, wischen vier Männer den Fussboden einer Rampe. Wo sie hinblickt, entdeckt sie ausgediente Dinge aus rostigem Metall, Abfälle, ihrer Funktion beraubt, ihr Gebrauchswert nicht mehr zu erkennen, entleerte Gebilde, einfach da, der Landschaft eingeschrieben.

Eine Betonmauer umzäunt den Bach, der zum Meer fliesst. Unten am Strand wohnen die Illegalen. Das wissen alle. Einige aus den Lagern gehen auch hin zum Schwimmen.

Hinter der Brache ragt eine felsige Krete in den Himmel, daran klammert sich das Lager Kara Tepe wie eine Burganlage oder eine mittelalterliche Siedlung. Kara Tepe, das Lager für Familien, Jugendliche und verletzliche Personen. Container reihen sich an Container, auch Isoboxen genannt, meerblau, türkis, ketchuprot, grau.

Platanen rauschen und lassen sich vom Wind verzausen.

Der Himmel und das Meer verschmelzen, übernehmen die Farbe des jeweils anderen, hellblau, rosa. Im Dunst der Vollmond. Drei Schiffe auf dem Wasser. Leuchtreklamen. An- und abschwellender Motorenlärm. Choreografie und Drumbass der Fahrzeuge.

Deniz C: In Moria stehen viele Leute bereits ab vier Uhr morgens in der Foodline, damit sie um acht Uhr ein paar Kekse und Wasser entgegennehmen können. Ab neun stehen sie an, damit sie um zwei

Uhr nachmittags das Mittagessen bekommen. Ab vier Uhr nachmittags sind sie schon wieder dort, um das Abendessen gegen zwanzig Uhr zu ergattern. Ja, sie zwingen dich, deine ganzen Tage, deine ganze Zeit in dieser Foodline zu verschleudern. Für über zehntausend Leute wird das Essen an einem einzigen Ort ausgegeben. Zehntausend hungrige Leute, die sich streiten und prügeln. Die meisten Schlägereien und Bandenkriege gehen von der Foodline aus.

Ich kaufte mein Essen und mein Wasser selbst. Für mich war das keine grosse Sache, ich bin ein alleinstehender junger Mann, aber Familien mit vielen Kindern haben nicht genug Geld, um selbst einzukaufen und sind auf die Foodline angewiesen. Und ja, das richtet im Inneren der Leute einen grossen Schaden an.

Junus B: Ich beobachtete Familien, die sich abends um elf Uhr in die Schlange gestellt hatten, damit sie am Morgen Frühstück und Wasser bekamen. Du bist hungrig. Abhängig. Dein Magen ist leer und schmerzt. Du brauchst Wasser. Also kümmert es dich nicht, wie lange du warten musst. Du hast keine Wahl.

Manche wechseln sich ab. Andere spielen irgendwelche Spiele, wieder andere reden oder schweigen und denken nach. Aber die lange Warterei ist keine Garantie, etwas zu bekommen. Einmal, als der Verantwortliche Essen und Wasser auf die Theke stellte, bedrohten ihn zwei Gruppen von zehn oder zwanzig Leuten, er lief davon, und sie trugen alles weg. Es gibt auch Leute, die packen einfach ein, was sie fassen können. Und die Letzten in der Schlange bleiben mit leeren Händen zurück. Beklagen sie sich, lachen die Polizisten sie aus und verspotten sie.

Abtin S: Montags gibt es weisse Bohnen ohne Sauce. Dienstags halbgekochten Reis und trockenes, stinkiges Fleisch. Mittwochs weisse Bohnen ohne Sauce. Donnerstags grüne Bohnen ohne Sauce. Freitags eine Suppe mit weissen Bohnen, Karotten und Zwiebeln. Sonntags gibt es Reis und Huhn. Und jeden Abend eine angefaulte Tomate, ein Ei und ein Stück Weissbrot. Zum Frühstück ein Stück Kuchen und eine Flasche mit Wasser.

Junus B: Bei uns gab es jeden Abend ein gekochtes Ei, ein Stück Fetakäse und eine Scheibe Brot. Am Mittag gab es Reis und Hamburger. Oder Reis und Huhn. Aber der Reis war hart und ungeniessbar. Am Donnerstag gab es nur Huhn. Ohne nichts. Manchmal gab es Bohnen oder Kichererbsen. Die Portionen waren klein. Man blieb hungrig.

Mortaza R: Hey, ihr wart glücklich. Ihr hattet Abwechslung! Wow! Im Lager in Samos* hatten wir während sechs Tagen mittags und abends nur Kartoffelbrei. Kartoffelbrei kann ich nicht mehr sehen!

Junus, Karim und Mortaza lachen ausgelassen.

Abtin S: Unsere Sektion im Olivenhain hat eine eigene Foodline. Da stehen nur achtzig Leute. In unserem Zelt sind wir zehn Personen, und einer von uns geht hin und holt das Essen für alle. An manchen Tagen ist das Essen aber auch in unserer Sektion ungeniessbar. Und ein Häufchen Bohnen ohne Sauce reicht nicht. Haben wir Geld, gehen wir in den Katrina Shop, den Maria Shop, oder laufen zum Lidl und besorgen uns Kekse. Im Lager im Olivenhain gibt es Familien, die Lehmöfen gebaut haben und Brot backen. Bei ihnen hole ich ab und zu frisches, warmes Fladenbrot gefüllt mit Kartoffeln oder Zwiebeln. Aber die Leute, die kein Geld haben, sind auf die Foodline angewiesen. Die müssen hungern.

Karim Q: Sie mischten Campfer in unser Essen. Ein Medikament aus dem Harz der Campferbäume, das auch im Militär oder in Gefängnissen verabreicht wird. Man glaubt, dass Campfer die sexuellen Triebe dämpft und die Lust abtötet. Sie brachten uns gekochte Eier und gekochte Kartoffeln mit Campfer drin. Es schmeckte scharf und bitter, und wir bekamen es nicht runter. Auch wussten wir nicht, was die sonst noch so reintaten. Also assen wir es nicht.

Véronique L: Den Leuten, die frisch angekommen waren, mischten sie Medikamente und chemische Substanzen unter die Mahlzeiten. Das ist nicht gut für dein Baby und kann Fehlgeburten auslösen. Zwei der Frauen, die mit mir im Zelt wohnten, eine war im vierten Monat und die andere im siebten

Monat, erlitten eine Fehlgeburt. Meine Freunde sagten also, geh nicht zur Foodline! Wenn du schwanger bist, solltest du das Essen, das sie dir in Moria geben, nicht zu dir nehmen. Ich besorgte mir einen Kochtopf und einen Campingkocher. Wir kauften Gemüse und Früchte, Eier und Nudeln und kochten unser Essen selbst. Das Geschirr spülten wir in unserem Zelt mit Wasser aus den Flaschen.

Yasmina T: In der Foodline stehst du Stunde für Stunde, das Essen ist scheusslich, voller Bakterien und Würmer. Es macht dich krank. Nachdem mir meine Familie etwas Geld geschickt hatte, kaufte ich mir einen kleinen Elektrokocher. In einem improvisierten Laden im Lager hole ich das Notwendigste. Zweimal in der Woche gehen wir zum Supermarkt und kaufen uns Fastfood, Fisch, Fleisch, Konserven und Tee. Gestern kochte ich aus Tomaten und Fleisch einen Eintopf. Der war köstlich. Dazu gab es frisches Fladenbrot. Wir fühlten uns gleich besser. Heute essen wir Eier und Kartoffeln. Was koche ich morgen? Ich weiss es noch nicht.

Lizzy O: Wenn die Leute sich dreimal am Tag für Stunden anstellen müssen, um Essen zu bekommen, ist der Tag vorbei. Dann haben sie Moria nicht einmal verlassen. Was gewollt ist. Sie finden keine Gelegenheit, nach Mytilini oder ans Meer zu fahren, einen Anwalt zu treffen oder im Coummunity Center etwas Sinnvolles zu tun, da sie fürchten müssen, am Ende des Tages kein Essen zu kriegen.

Victor F: In diesen grässlichen Momenten gab es für mich einen schwachen Trost: ein vom Abend aufgespartes Stückchen Brot aus der Tasche ziehen und – ganz hingegeben dem Genuss – es zu verzehren.

Die Hauptstrasse, die den Hauptort Mytilene mit dem Norden der Insel verbindet, führt dem Meer entlang und trennt die Halbinsel mit dem Lidl drauf von den gelbbraun bestrüppten Hügeln. Menschen laufen Richtung Moria oder sitzen am Strassenrand. Fünf spindeldürre Jugendliche schubsen sich gegenseitig, einer schiebt ein Fahrrad vor sich her, verteidigt es, wenn die anderen versuchen, es ihm zu entreissen, mehrmals setzt er sich drauf und fährt los und scheitert, da die anderen sich an den Gepäckträger hängen. Ein dicker Bauarbeiter im orangefarbenen Overall fährt mit seinem Landrover vom Parkplatz und biegt auf die Strasse Richtung Lager ein, vier Jugendliche weichen aus und geben sich lachend und schreiend mit dem davonfahrenden Landrover ein Rennen, worauf der Fünfte endlich in Ruhe sein Fahrrad besteigen kann.

Drei junge Männer schieben einen mit Wasserflaschen gefüllten Kinderwagen auf dem Schotterweg den Hügel hinauf. Der Marsch zum Lager Moria dauert vierzig Minuten. Drei hochaufgeschossene Männer in brasilianischen Fussballershirts verlassen den Supermarkt, eilen hastig zur Strasse, laufen mitten auf der Fahrbahn, weichen aus, wenn ein Auto vorbeifährt, gehen im Gänseschritt ein paar Schritte weiter, bis sich die Gruppe zur Strassenmitte hin wieder auflöst. Ein kleingewachsener Mann in weisser Joggingkleidung und knallroten Schuhen läuft am Strassenrand hinter ihnen her.

Ein älterer Mann steht auf dem Parkplatz unter dem Sonnendach bei seinem Mittelklassewagen, die

Hände hinter dem Rücken verschränkt, zwischendurch lässt er los, die Steifheit verlässt ihn, er popelt in der Nase, geht gelangweilt einige Schritte – einer von denen, die ihre Frau geduldig einkaufen lassen, denkt Henny, einer, der von selbst nichts tut.

Langhaarige Hippies entsteigen einem bunten Twingo.

Der Läufer mit dem weissen Jogginganzug und den knallroten Schuhen kommt zurück. Schweissnass. Schwer atmend. Stützt sich neben Henny auf den Metallzaun. Dehnt die Waden, die Hüften, den Rücken, die Schultern, den Nacken. Er ist klein, dick, mit diesen auffälligen Laufschuhen, knallrote Herzschläge, die auf den harten Boden knallen, dieses Zeichen individueller Vorliebe, einer Auswahl, einer eigenen Ästhetik, die von einer gewissen Freiheit, aber nicht unbedingt von gutem Geschmack zeugen. Er setzt sich hin und legt still die Hände in den Schoss. Lächelt Henny zu und lässt seine Blicke über den Platz schweifen, bleibt am Mann mit dem Mittelklassewagen hängen, der immer noch wartet.

Henny beobachtet den Läufer mit den roten Schuhen und stellt sich vor, dass er vielleicht alleinstehend ist und sich seine Gedanken macht, weil der andere sich in Erwartung seiner Frau in Geduld übt. Doch als Henny seinem Blick folgt, erkennt sie, dass sein Interesse vier Touristinnen gilt, die in hochwertiger Funktionskleidung aus einem Mietwagen klettern. Shirts. Hosen bis zum Knie. Die Atmungsaktivität ist dem Material anzusehen. Leuchtende Farben. Es sind dieselben Farben wie diejenigen der

Container des Lagers Kara Tepe, die an der Felswand hängen – gedeckte, satte Farben, ohne jede Tiefe, die keinen Einlass gewähren, keine Brüchigkeit, keine Unregelmässigkeit zulassen, die keinen Raum für Imagination oder auch nur Empfindungen gewähren, Farben, die nur auf ihren Effekt beharren.

Ein Mann in einem lilafarbenen Shirt schlendert lässig Richtung Supermarkt, er zieht seine Tochter an der Hand hinter sich her, die ein gepunktetes Röckchen und ausgetretene, rosafarbene Gummilatschen trägt und sich träge in den Zug von ihres Vaters Hand fallen lässt, den Kopf hin und her wirft und sich mit der Hand auf den Mund schlägt.

Bei näherem Hinsehen wie verrückt. Das Kind wirkt verrückt.

Eine erschöpft wirkende Mutter mit drei Kindern. Eine runde, junge Frau mit rotgefärbten Haaren. Allein. Zielstrebig. Über den roten Teppich der automatischen Glastür: Sesam öffne dich! Ein Mann mit einem Kind. Immer wieder Männer mit Kindern. Oder dann Mann, Frau, Kind. Die Männer schieben den Kinderwagen, die Frauen tragen die Tüten. Ein junges Paar. Das Kind mit übergrosser Chipstüte. Die Frau ganz in Schwarz, stilsicher und elegant, trägt zwölf Eier im hellblauen Eierkarton. Ein Junge, grüne Hose, schwarzes Shirt und blaue Gummilatschen, schleppt eine übervolle Tasche. Zartgliedriges Kind mit Altmännergesicht. Zusammengesetzter Mensch. Die Meisten gehen Richtung Kara Tepe, Richtung Moria, zur Bushaltestelle oder zu einem der geparkten Autos. Henny sucht den Mann mit den auf dem Rücken verschränkten Händen und seinem Mittelklassewagen und stellt mit Bedauern fest, dass er weg ist. Ein Augenblick der Unaufmerksamkeit reicht für einen Verlust. Sie kann nun nicht beobachten, wie seine Frau zurückkommt, wie sie gemeinsam die Sachen ins Auto laden, wie sie einsteigen und wegfahren. Nicht die Art und Weise, wie sie sich nähern, die Einkäufe einräumen, sie wird niemals wissen, ob er der Frau zugeneigt ist, ob Harmonie herrscht oder Routine, oder ob das Zusammenspiel ihrer Bewegungen einen unterschwelligen Kampf, Krieg, eine Unzufriedenheit, Enttäuschung oder Frustration entblösst. Oder beides? Gut und Böse? Im Sekundentakt wechselnd … Beneide ich ihn? Ich hab mich immer wieder verliebt. Hab immer wieder Männer und Frauen gefunden, die mein Interesse geweckt und die sich auf mich eingelassen haben. Und warum? Diese dauernden Wechsel? Warum ist es mir nicht gelungen, eine Liebesgeschichte aufrechtzuerhalten? Fürchte ich genau diesen Moment? Gemeinsam ein Auto beladen? Diese alltägliche Normalität der Gefühle? Hass. Überdruss. Abhängigkeit. Treue. Sicherheit. Zuneigung. Vertrautheit. Vielleicht Zärtlichkeit. Ein Restbegehren. Und dass es halt ist, was es ist? Und dennoch begebe ich mich immer wieder auf die Suche nach der Geschichte, die im besten Fall auf einem solchen Parkplatz endet … nicht endet … sich befindet … von Zeit zu Zeit … blödes Bild … ein Zuhause finden, ja, eine Art Zuhause finden …

Abendidylle. Familien. Einkauf. Heimkehr.

Abend ist ein Zuhause. Oder eben ein Nichtzuhause.

Warum löst der Blick auf die Kassenreihen hinter den Glasscheiben, auf die Produkte in den Kartonschachteln, die sich hinter den Kassen in der Tiefe des Raums verlieren, auf das helle Neonlicht, das die Kundinnen umhüllt, ja, warum löst dieses lichterfüllte Innen und dieses dämmrige Aussen solche Sehnsüchte aus? Dieser Konsumtempel riecht so sehr nach alltäglicher Geborgenheit der selbstverständlichen Art, die man erst bemerkt, wenn es sie nicht mehr gibt.

Ich gebe mich meiner Lieblingsträumerei hin. Eine Wohnung. Irgendwo. Ein Stadtviertel. Irgendwo. Ein kleiner Supermarkt um die Ecke. Und Freunde. In anderen kleinen Wohnungen. Andere kleine Supermärkte um die Ecke. Andere Stadtviertel. Abend mal da. Abend mal dort. Sepiaschicht überzieht die Szene.

Oder eine andere Lieblingsträumerei. Zimmer, Bett, Tisch, Stuhl, Kleider im Koffer, Toilettenartikel in der Reisetasche, Geldbeutel und Ausweise im Rucksack, Radio, Bücher, Schreibmaterial, Briefe, Ansichtskarten, Landkarten – auf dem Boden und über die Möbel verstreut. Eingerollt und mindestens zweihundert Jahre alt, eine Schlangenhaut, auf die mit einer dünnen Feder ein Gedicht geschrieben wurde. Ein kleines, aber dickes Buch voller Adressen und Telefonnummern … Eine Träumerei. Die meisten hier aufgezählten Dinge sind heute durch Handy und Computer ersetzt worden … Auf einem Zettel, der an einem Nagel in der Wand steckt: »Jedes Lebewesen, das zur Jagd auffordert, will gesucht, gefunden und erkannt werden.« Diese Frau braucht keinen Spiegel, denke ich und ziehe mir einfach über, was gerade rumliegt und laufe zum kleinen Supermarkt und besorge mir gerade so viel, dass es für einen Tag reicht. Mehr nicht. Denke ich. Das ist reisen in der Aufgehobenheit. Die Romantik ungebundener, erfüllender Herumtreiberei.

Der lila Mann verlässt mit seiner gepunkteten Tochter, die den Kopf hin und her wirft und Geräusche macht, hastig den Supermarkt, er schlendert nicht mehr, sondern humpelt gehetzt, den Blick starr nach vorne gerichtet, sie haben nichts eingekauft, keine Tüten, leere Hände.

Jugendliche lachen und pöbeln. Lassen sich neben Henny auf dem Boden nieder und grüssen freundlich. Der Läufer in weisser Joggingkleidung mit knallroten Laufschuhen befindet sich unter ihnen. Er ist also einer von denen, die unfreiwillig hier sind, denkt Henny, das hätte sie sich nicht vorstellen können. Hätte ihn dem Mittelklassewagen zugeordnet.

Junus B: Ich dachte nie über meine Vorstellung von persönlicher Freiheit nach. Ich will einfach ein normales Leben haben. Ohne grosse Probleme. Ein normales, einfaches Leben.

Lizzy O: Was ist lebbar? Lebbar für einen absehbaren Zeitraum ist für mich, wenn ich eine einigermassen benutzbare Toilette vorfinde, wenn ich vielleicht alle paar Tage mal duschen kann, wenn ich trocken untergebracht bin, es nicht schrecklich kalt oder unerträglich heiss ist und ich nicht permanent der Bedrohung durch Gewalt – in welcher Form auch immer – ausgesetzt bin. Wenn ich etwas zu essen und zu trinken habe, nicht hungrig oder durstig sein muss.

Yasmina T: Bevor ich hierher kam, lebte ich zusammen mit meiner Familie, meinem Mann und meinen Kindern, später mit meiner Geliebten, mit Parvis. Hier lerne ich, ganz auf mich gestellt, allein zu überleben. Ich beobachte die anderen Menschen, die im Lager sind, ich lerne viel über ihre Lebensweise, ihre Überlebenstechniken. Ich lerne, wie man für die eigene Sicherheit sorgt. Wie man sich organisiert und schützt. Und ich lerne, die Augen zu schliessen. Wegzuschauen. Die Umgebung auszulöschen.

Véronique L: Meine Schwestern und Brüder brachten mir bei, wie man im Lager überleben kann. Jeden Samstag traf sich die kamerunische Gemeinschaft. Das war eine gute Sache. Wir gaben uns Kraft, um die Moral zu behalten. Persönliche Erfüllung bedeutet für mich, meinen Nächsten Gutes zu tun. Ohne Erwartung. Ich gebe dir alles, ohne von dir eine Flasche Wein zu erwarten. Das ist für mich ein grosser innerer Wert. Das erfüllt mich. Das Schönste ist, wenn Menschen, die sich lieben, zusammenleben. Und falls es deiner Nachbarin besser geht, weil du ihr geholfen hast, dann ist das eine Art von Reichtum. Auch wenn du nicht viel Geld hast, kannst du auf diese Art das Leben deiner Nächsten zum Guten verändern. Dein Stolz ist dein Reichtum.

Abtin S: Es gibt so viele Familien mit kleinen Kindern und viele haben nicht mal ein Zelt. Schlafen auf der Strasse. Manchmal ohne Essen. Manchmal ohne Wasser. Manchmal ohne Elektrizität. Unendliches Warten aufs Interview. Du bekommst deine Bankkarte nicht und hast keinen Zugang zu deinem Geld. Und jeder Winkel ist hoffnungslos überfüllt. Viele fürchten sich vor dem Winter. In diesen Zelten kannst du die Kälte und Nässe nicht überstehen. Ich kenne den Winter sehr gut von zuhause. Ich weiss, was es bedeutet, ihn zu bewältigen.

Am Abend schlagen Bewohnerinnen im Lager ihre Decken auf und verkaufen irgendwelche Waren, die sie irgendwo billig gekauft haben: Essen, Wasser, Kleider, Spielsachen, Medizin, Hygieneartikel. Eine gute Gelegenheit, um etwas Geld zu verdienen oder günstig einkaufen zu können.

Für mich ist Elektrizität und das Internet wichtig. Ich spreche nur für mich. Für andere mögen Waschräume und Toiletten wichtig sein. Aber für meine Arbeit bin ich auf das Internet angewiesen – also auch auf Elektrizität, um meine Geräte aufzuladen. Ok. Ich bin für niemanden verantwortlich. Ich lebe allein. So ist es einigermassen aushaltbar.

Mortaza R: Es tut mir leid, aber ich muss sagen, dass diese Hölle aus mir einen besseren Menschen gemacht hat. Sicher, mein Leben davor war auch hart. Aber ich war sehr selbstbezogen. Nun bin ich weniger egoistisch. Andere Leute haben eine grössere Wichtigkeit für mich. Zuerst die anderen. Dann ich. Und ich schenke den einzelnen Dingen, auch den kleinen Details, mehr Aufmerksamkeit. Das ist Teil meiner Persönlichkeit geworden und gibt mir die Möglichkeit, präzise zu beobachten, mir Wissen anzueignen und darüber nachzudenken, wie ein Problem zu lösen wäre und wie ich die Sache in die Hand nehmen könnte, falls meine Kapazitäten es zulassen.

Karim Q: Ja, natürlich veränderten mich diese Erfahrungen. Aber wie soll ich diese Veränderungen interpretieren? Negativ? Positiv? Ich würde eine positive Interpretation bevorzugen. Ein Buch der Erfahrungen, das mir zu einem besseren Verständnis der menschlichen Natur verhilft.

Abtin S: Ein Gewinn, ein Nutzen oder ein Vorteil für die Geflüchteten ist ein Gewinn, ein Nutzen oder ein Vorteil für die ganze Welt. Die Lebensbedingungen der Geflüchteten betreffen ausnahmslos alle Menschen. Geht es den Geflüchteten schlecht, ist das zum Schaden der ganzen Welt. Was in Moria beginnt, ist zum Schaden für Mytilini, später für Athen, für Europa und schlussendlich für den Rest des Planeten. Ich hörte viel über die europäischen

Länder, über die sogenannte erste Welt. Viele meiner Bekannten leben in Deutschland, Frankreich oder Belgien. Ich denke, das Leben in den europäischen Ländern muss gut sein. Es gibt Freiheit. Religionsfreiheit. Redefreiheit. Ich darf meinen Lebensstil frei wählen.

James B: Sagen wir also, dass die Wahrheit, wie wir sie an dieser Stelle gebrauchen, die Hingabe an jeden einzelnen Menschen meint – an seine Freiheit und seine Erfüllung. Eine Freiheit, die sich nicht gesetzlich regeln, eine Erfüllung, die sich nicht kategorisieren lässt. Denn das Scheitern liegt in der Ablehnung des Menschen, in der Verleugnung seiner Schönheit, seiner Hässlichkeit, seines Beharrens auf Selbstverortung, die nicht auf Normen reduziert werden kann. Diese Art der Wahrheit dürfen wir nicht mit der Hingabe an den Humanismus, mit dem Glauben an die Verbesserung der Menschheit verwechseln – eine Art der Hingabe, die bekanntlich sehr schnell in blutige Gewalt umschlägt.

Fünfzehn Menschen warten an der Haltestelle auf den Bus, um nach Moria zu fahren. Drei Kinder. Sieben Frauen. Fünf Männer. Einige sitzen auf dem Boden.

Ein mit Menschen überfüllter Bus aus Mytilini Richtung Moria fährt mit offenen Türen vorbei.

Die Menschen an der Bushaltestelle, die in Erwartung des herbeidonnernden Busses aufgestanden sind, ihre Taschen und Waren aufgenommen haben, stellen sie wieder hin.

Ein weiterer Bus aus Mytilini Richtung Moria hält an. Drei junge Frauen steigen aus. Die Wartenden hieven ihre Einkäufe ins Gefährt. Geduldig und rücksichtsvoll, bemüht, sich zu beeilen. Ein Mann bleibt zurück. Schwarzer Rucksack, schwarze Reisetasche, hellblaue Plastiktüte, Bart, kleingewachsen, setzt sich auf den nackten Boden, tippt auf seinem Handy herum.

Der nächste Bus. Nach Moria. Fährt vorbei. Werbung auf dem Stahlkörper: Carpe Diem!

Calzederia – Italian Beachwear. Drei hauchdünne Frauen in durchsichtigen Bikinis.

Tally Weil – What's the Secret. Sieben nackte Frauen. Laszives Räkeln … Augen auf mich gerichtet, die wir hier sitzen, vor diesem Lidl mit den schattigen Parkplätzen, Blick aufs Meer mit türkischer Küste und weissen Schiffchen. Sieben fordernde Augenpaare. Sehnsucht, Liebessucht, Anerkennungssucht. Oder zumindest tun sie so.

Und wenn wir in Resteuropa uns mokieren über all die Frauen mit Kopftüchern, den jungen Frauen mit den vielen Kindern, wegen all der angeblichen Rückständigkeit, all diesem Unwissen, können wir uns nicht über den Umstand hinwegtäuschen, dass auch wir in Resteuropa in einer Umgebung leben, in der Frauen sich schlecht behandeln lassen, weil sie Aufmerksamkeit, Liebe und Anerkennung von den Männern wünschen, und dass wir in einer Gesellschaft leben, in der noch vor kurzer Zeit Vergewaltigung ein Kavaliersdelikt gewesen ist, wenn es denn überhaupt eines gewesen ist, ein Kollateralschaden erotischen Begehrens, und die Frauen auch immer noch nicht denselben Lohn bekommen wie die Männer und sechzig Prozent aller unbezahlten Sorgearbeit immer noch von den Frauen erledigt wird ... Henny redet sich in Rage, ihre Lippen bewegen sich, sie weiss es und kann sich doch nicht beherrschen ... 2017 wurden 138.893 Menschen in Deutschland von ihrem Partner oder Ex-Partner misshandelt, gestalkt, bedroht oder getötet. Darunter waren 113.965 Frauen, was 82 Prozent entspricht. Und laut Bundeskriminalamt für Gewalt in Partnerschaften zieht sich das durch alle Schichten ... Henny wundert sich, dass sie diese Zahlen so genau kennt, abgespeichert hat, sie spricht immer noch vor sich hin, den Blick starr, bemüht, die Lippen nicht zu bewegen ... Dieses Bestimmen über andere und diese anderen, die sich so gern in fremde Hände begeben. Und letztlich sind die Scheisse und die Beschissenen wir alle, die wir in Demokratien leben und mitbestimmen. Und nicht, dass ich frei davon wäre, nein, ich bin nicht frei davon! Auch ich hasse meinen Körper! Henny spürt den drängenden Wunsch nach einer Zigarette und sucht die kleine Weissweinflasche in ihrem Rucksack … Ja, wir sind nicht so frei und fortgeschritten, wie wir uns gern sehen … Das jedenfalls sagen mir auch die sieben, fünfsechstel nackten Augenpaare, die für What's the Secret von Tally Weil werben … Und MEINE EIGENE BIOGRAFIE …

Sie nimmt einen grossen Schluck aus der Weissweinflasche … und ob eine traditionelle Frau sich kunstvoll verschleiert, um ihre Reize zu verstecken oder eine moderne Frau – superdünn und fit – sich mit Stoffhäppchen behängt, sich cool präsentiert –, beide Ideale bleiben unerreichbar …

Und wenn die Traditionelle sich gezwungen sieht, ihre Mängel zu verdecken, hungert sich die Moderne freiwillig aus. Und ich kann mir ja grundsätzlich die Frage stellen, was für Anpassungen ich im Leben leisten muss. Egal in welcher Gesellschaft ich lebe. Das gilt für jede Frau, in jedem Land. Das gilt auch für mich … Und wenn ich während meiner Zeit im Iran etwas gelernt habe, dann dass wir weissen Frauen verdammt überheblich sind. Meine iranischen Freundinnen wunderten sich, warum wir Europäerinnen wegen dem Kopftuch einen solchen Aufstand machen und sie, die das Mullahregime und seine harschen Regeln verachteten und am liebsten auf den Mond schössen, sich von uns, den europäischen Feministinnen, bevormundet fühlten – geht uns nicht nur aus der Sonne, hört auf, für uns zu denken!

Henny verschliesst die Flasche und steckt sie ungeduldig in die Tasche zurück. Sie fühlt sich angetrunken.

Im Frauensportclub in Isfahan, mitten in der iranischen Wüste. Zwei ältere, kräftige Frauen auf Hometrainern, trampeln und reden … Eine Gruppe junger Mädchen, knapp bekleidet und mit Piercings und Tattoos, tanzt Aerobic; eine Trainerin im goldenen, hautengen Nylonanzug mit muskulösen Armen und Beinen und explosiven Energieausbrüchen … Im unteren Raum acht Karatekämpferinnen … Unglaublich schnell in der Bewegung, hart im Schlag und konzentriert.

Meine Begleiterin sagt: Schau dir diese Frauen an. Eine hässlicher als die andere. Fette Hüften, Haare an den Beinen und Krampfadern, runde Bäuche, breite Füsse, schlaffe Brüste, zu gross, zu klein, hängende Schultern, dünnes Haar und faltige Haut, Zellulitis. Sollen wir das wirklich enthüllen? Nein! Auf der Strasse zeig ich meinen Körper nicht. Ein Gesicht ist immer schön und bewegen kann sich jede Frau. Sind wir verhüllt, besitzen wir das Privileg fragloser Schönheit und die Strassen sind das Königreich unserer Wirkung auf die Männer. Diese träumen von uns, solange sie nicht wissen, wie wir wirklich aussehen und wer wir wirklich sind.

Wirkung auf die Männer! Königinnen! Geheimnis! Will ich das?

Nein!

Zwei meiner Freundinnen in Resteuropa, überzeugte Feministinnen, die nach konventionellen Kriterien attraktiv, ja, wunderschön sind, die Blicke der Männer auf sich ziehen – wenn wir denn bei der Wirkung auf die Männer bleiben wollen –, die also ohne Probleme Aufmerksamkeit erregen, weigern sich im Sommer, einen Badeanzug anzuziehen und schwimmen zu gehen.

Sie fühlen sich nicht attraktiv genug. Sie schämen sich für ihre angeblich hässlichen Körper.

Will ich das? Nein!

Ich stelle mich nackt vor den Spiegel und frage: Bin ich – ganz mich selbst – überhaupt begehrenswert?

An der Bushaltestelle kauern zwei junge Frauen auf dem Boden. Ihre Körper sind in schwarze Tücher gehüllt – den Tschador. Sie schwatzen leise. Das eine Tuch rutscht über das eine linke Bein, hellblaue »stonewashed« Jeans blitzen hervor, vier nackte Füsse bewegen sich unruhig über das Pflaster! Die Schuhe liegen daneben. Eine ältere Frau steht hochaufgerichtet mit dem Rücken zu den beiden Mädchen. Blickt in die Hügel und raucht. Ein enges Shirt. Ein nackter Bauch. Einen eng anliegenden Wickelrock. Um den fülligen Körper herum. Ein Baseballcape auf dem Kopf.

Ein mit Menschen gefüllter Bus aus Mytilini Richtung Moria donnert mit offenen Türen vorbei.

Bus

James B: Indem wir die gefährlichen Fremden in unser besseres, idealisiertes Selbst verwandeln, indem wir in der Reinigung der gefährlichen Fremden von ihren Sünden unsere eigene Tugend beweisen, können wir unsere Furcht überwinden und sie als Teil der Gemeinschaft akzeptieren und integrieren.

Lizzy O: Es fühlt sich miserabel an, wenn wir die Leute, nachdem sie mit dem Boot am Strand gelandet sind, begrüssen und gleichzeitig wissen, dass sie nach Moria kommen. Erst seh ich das Boot, das auf uns zukommt und hab Angst, dass da etwas nicht in Ordnung ist. Es könnte gerade jemand sterben, es könnte jemand über Bord gegangen sein. Ich hab Dramen erlebt und weiss, was schief gehen kann. Hab ich aber alle mal angeguckt und bestätigt bekommen, dass sie überlebt haben, entspanne ich mich und bin eine Weile beschäftigt, verteile trockene Socken, Rettungsfolien, Wolldecken und Wasserflaschen. Wir müssen die Polizei anrufen und die Leute informieren, dass sie zur Registration ins Lager gebracht werden und ihnen anraten, sich so schnell wie möglich mit einem Anwalt in Verbindung zu setzen. Und natürlich fragen die Leute: Und? Wann kann ich weiter nach Europa? Sind sie aus dem Maghreb oder aus subsaharischen Ländern wäre die einzige und ehrliche Antwort: Naja, legal wahrscheinlich gar nicht. Aber das ist nicht der richtige Moment, um zu sagen: Hey! Du wirst eh abgeschoben. Ich kann aber auch nicht sagen: Hey! Du bist sicher. Alles wird gut! Am schwierigsten ist es, wenn ein Happyboat ankommt, alle super gut drauf sind, singen, tanzen und den Boden küssen. Ok, wir versuchen, es ihnen so schön zu machen, wie das halt am Strand während 45 Minuten möglich ist – vor allem den Kindern. Kommt dann die Polizei, schreien sie die Leute an, stossen sie herum und wir wissen, der nächste Schritt ist Moria. Also geben wir ihnen Wolldecken mit. In der Regel bedanken sie sich und sagen: Danke! Nein! Brauchen wir nicht. Aber wir bestehen darauf: Bitte! Nimm sie mit! Im Lager ist es nicht so schön. Da gibt es keine Decken. Und nimm deine Schuhe mit, auch wenn sie nass und aufgelöst sind. Du bekommst da keine neuen Schuhe. Und auf ihren Gesichtern zeigen sich erste Zweifel … Oh … Oh … Ist es wirklich so schlimm?

Die Busse. Eine wichtige Sache. Medium zwischen der Ausnahmesituation im Lager und der Alltagsnormalität in Mytilini. Die Busse transportieren die Botschaften von einer Station zur anderen, streifen das Meer, erklimmen Hügel, passieren auf ihren Wegen Kara Tepe, das Durchgangslager für Familien und für Leute mit Status of Vulnerability, und den Lidl. Die Busse verkünden, dass es durchaus normal ist, in einem Lager zu wohnen, es morgens zu verlassen, in die Stadt zu fahren und weiter zum Einkaufen und abends wieder ins Lager zurückzukehren. Die Endstationen liegen am Haupteingang zum Lager Moria und an der Hafenmole am Sapphoplatz in Mytilini. Der Bus hält auf dem Hügel beim Lager Kara Tepe. Und an der Talsenke beim Glaspalast von Lidl.

Die Busstrecke führt dem Meer entlang. Eine schöne Fahrt. Viele der Passagiere schweigen und starren über die Wasseroberfläche und zu den Bergketten, die sich der türkischen Küste entlangziehen. Henny drückt sich in den harten Sitz und schaut durch das schmutzige Fenster. Der grobe Kiesstrand ist mit blauen, rosa und weissen Plastikfetzen, Flaschen und Lumpen durchsetzt, das Meer schlägt über den Kies an die Mauer. Fährt man im Winter nach Moria, wurde Henny erzählt, schlagen die Wellen über dem Bus zusammen, das Wasser fliesst am Fenster hinunter und sickert den Passagieren durch die Kleidung und die Haut in die Knochen. An Sommertagen ist die Wasseroberfläche glatt, goldgesprenkeltes Türkis, die Wellen verdichten sich gegen Abend zum tiefdunklen Blau. Nun ist Sommer. Der tiefe Sommer, der die Menschen zu sich herunterzieht, der hohe Sommer, der die Skandale an die Oberfläche zerrt und Ordnungen zerstört, der flache Sommer, der einen einschlafen lässt, der bucklige Sommer, der einem alles als Mühsal erscheinen lässt, auch den Müssiggang … Die Mühsal des Müssiggangs. Denn die Lust am Nichtstun verläuft sich, das Leiden an der Trägheit nimmt überhand.

Der Bus fährt weiter, die nächste Welle schlägt auf den Strand. Henny sinkt noch tiefer in den harten Schalensitz, sie will ihre Ruhe, abgeschottet sein und sich der rauen, groben Fahrweise hingeben. Sie mag es nicht, wenn in einer Übergangssituation, auf dem Weg zu einem unbekannten Ort, jemand sich einmischt, Kontakt aufnimmt, etwas vorschlägt, etwas berichtet und man in diesen radebrechenden, schafartigen Zustand gerät, weil andere wollen, andere entscheiden, andere planen. Ich will das nicht … denkt Henny. Auch wenn es praktisch und in einem gewissen Sinn eine Erleichterung wäre. Aber eigentlich will ich es nicht. Und versuchen, selbst in diesen neuartigen, schwer fassbaren Raum hineinzufassen und schauen, was in der Hand zurückbleibt … Henny starrt aus dem Fenster, prägt sich die Meeresbilder ein und fragt sich, schwimmen oder am Ufer bleiben? Tauchen oder im flimmernden Licht zerstieben? Schmutzig oder sauber? Verwahrlost oder hübsch geordnet? Schatten oder Hitze? Unbrauchbare Parameter an diesem Ort der unsichtbaren Überlebenskämpfe, der unsichtbaren Todesfahrten … Unsichtbar an diesen Sommertagen, unsichtbar, wenn ich während der Busfahrt die Menschen mustere oder durchs Fenster starre, den Wetterstand prüfe, meine Empfindungen überprüfe, die sich beim Starren auf dieses Meer einstellen, unsichtbare Todesangst, unsichtbare Gewalttaten und doch in jedem Augenblick gegenwärtig … In den letzten Jahren sind hunderte Menschen, die in Schlauchbooten von der Türkei nach Griechenland übersetzen wollten, ertrunken.

Am Fuss des Hügels, hinter einer hohen Mauer verborgen, liegt der Friedhof für die abmontierten Schlauchbootmotoren. Eine Beute, die den Fischern einst zu einem Zusatzeinkommen verholfen hatte. Nun wird die Angelegenheit von den Küstenwachen kontrolliert. Auch um dieses Schattengeschäft der abgeworfenen Materialien herrscht Krieg. Wer streicht den Gewinn ein?

Rau ist es hier, zerzauste Gärten, Ruinen, viel Müll, der unwirtliche Süden, den Henny in seiner Härte so viel besser mag als den malerischen, hergerichteten Norden. Henny denkt an den hässlichen, direkt am Strand liegenden Flughafen mit den Abflugbahnen, dem Lärm, den geschmacklosen Hotels, den protzigen Ferienhäusern, den lauten Clubs, den schmutzigen Stränden und dem kleinen Fischerhafen von Agrilia Kratigou.

Der Bus biegt ab, verlässt das Meer und nimmt den Anstieg zu den Hügeln in Angriff. Henny legt die Hand übers Gesicht, die Sonne hat sie nun ins Visier genommen, sie schaut auf den starren Nacken des vor ihr sitzenden Mannes, seine hochgezogenen, verhärteten Schultern erzeugen bei ihr ein Unbehagen, und Erinnerungen an die nächtliche Überfahrt von Agrilia Kratigou zum Fischkutter Sofía steigen in ihr auf.

Der Hafen lag in einer sanft geschwungenen Bucht, die durch eine hohe Mauer aus groben Steinen gegen das offene Meer geschützt war. Die Holzstege lagen eingebrochen im brackigen Wasser. Die ausgeweideten und verrosteten Schiffe ins Wasser gekippt. Gerüche von Urin, Kot, Obstabfällen und Salz. Die obdachlosen Hunde begrüssten jeden überschwänglich. Da kriegte man unversehens eine Zunge ins Gesicht und schlagende Pfoten in den Bauch. Stille. Nur hin und wieder ein Auto. Die Hunde schreckten hoch, liefen zur Strasse, stellten sich dem Eindringling kläffend entgegen, die Fahrer bremsten hupend ab, schlingerten, die Hunde wichen lässig aus, schauten den Störenfrieden beleidigt hinterher. Der Fischerhafen von Agrilia Kratigou.

Sie sprachen wenig. Kannten sich kaum. Ipolito und Martino aus Spanien. Greta aus Polen. Heather aus Kanada. Henny aus der Schweiz. Tauschten Neuigkeiten aus. Witzelten. Lachten. Waren mit ihren Handies beschäftigt. Eine neue Crew fand sich zusammen, um auf dem Schlauchboot aufs Mutterschiff Sofía zu fahren, das für Beobachtungsmissionen im Kanal zwischen der Türkei und Griechenland vor Anker lag.

Ein entrücktes Motorengeräusch kündete das Schlauchboot an, kurz darauf bog es um die Hafenmauer, fuhr langsam in den Hafen ein und suchte nach einem benutzbaren Steg. Der Fahrer warf das Seil, die Gäste zogen das Schlauchboot an den Steg, reichten Gepäckstücke und Einkäufe rüber, tasteten sich über den zerbrochenen Steg, kletterten über die Schläuche ins Boot.

Henny rutschte aus und sank bis zur Hüfte ins brackige Wasser. Doch verfügte sie über genügend Geistesgegenwart, den Rucksack mit dem Laptop hochzuhalten. Wut packte sie. Verdammt! Was denken sie nun von mir? Sie müssen mich für einen unbeholfenen, lästigen Menschen halten. Dabei war es nur ein Ausrutscher.

Der Fahrer lenkte das Schlauchboot aus dem Hafen, beschleunigte, das Boot hob sich am Bug aus dem Wasser und sprang durch die Nacht. Sternenpracht, pechschwarzes Wasser. Wellen schlugen an die Schläuche, spritzten auf, nach wenigen Minuten waren alle durchnässt.

Der Wind presste die nassen Kleider an die klammen Körper, Kälte staute sich zwischen den Stoffen und der Haut. Die Gäste hielten sich an den Seilen fest, kämpften stumm für ihr Gleichgewicht, um nicht aus dem Boot geschleudert zu werden. Trotz des lärmenden Motors herrschte hochkonzentrierte Stille.

Einzelne, nicht einzuordnende Lichter blitzten und glitzerten in der Dunkelheit: die Sofía. Allmählich nahm das Schiff Kontur an, wurde zu einem anmutig geschwungenen, alten Fischkutter. Menschen bewegten sich auf dem Deck, undeutliche, abgehackte Stimmen.

Der Fahrer brachte das Schlauchboot an die Steuerbordseite der Sofía. Seile flogen, Wellen warfen das Schlauchboot hin und her, klatschten es gegen die Bordwand des Mutterschiffes, um es sogleich ins offene Wasser zurückzuzerren. Die Menschen an Deck zogen an den Seilen und hielten das Boot mühselig zurück. Die Gäste reichten Gepäckstücke und die Einkäufe hoch. Hände streckten sich ihnen entgegen. Henny beherrschte sich. Bündelte ihre aufbrechende Panik und beobachtete, wie es die anderen Gäste taten, speicherte den Vorrat an brauchbaren Bewegungsabläufen ab und schöpfte Mut: Reling fassen, kurz bevor das Boot zum Höhepunkt der Welle kommt, den rechten Fuss auf den Schlauch setzen, sich hochkatapultieren lassen, das linke Bein über die Reling schwingen und sich an den Pollern aufs Deck ziehen.

Wie prekär sich eine solche Fahrt anfühlt. Die Wucht der Wellen. Nässe. Kälte. Die unendliche Wasserweite. Die Schwärze der Nacht. Leere.

Geht einer über Bord muss man laut schreien, mit dem Finger auf den Kopf zeigen und den Blick nicht mehr abwenden, weil der Kopf innert weniger Sekunden nicht mehr zu sehen – oder wiederzufinden – ist. Auch deshalb ist es schwierig, Leichen zu finden. Und die Körper von ertrunkenen Menschen treiben nur zwei Stunden auf der Wasseroberfläche, bis sie sinken. Falls sich genug Gas gebildet hat und die Körper nicht von den Fischen angefressen, also noch vollständig sind, kommen sie nach einer Woche wieder hoch.

Karim Q: Ich weiss nicht, an welcher Stelle wir Land betraten. Ich fühlte mich unendlich erleichtert. Ja, meine ganze Familie war vollkommen glücklich. Auch wenn es noch nicht das Ende unserer Reise war, hatten wir Griechenland erreicht. Wir waren völlig durchnässt. Aber da warteten freundliche Leute am Strand. Sie gaben uns trockene Kleider und heisse Suppe.

Junus B: Es war eine solche Freude! Nach unserer Ankunft fühlte ich mich so glücklich! Im Radiosender Deutsche Welle hatte ich zwar von schlimmen Lagern gehört, und dass die Leute für lange Zeit da ausharren müssen. Aber es war mir nicht bewusst, dass diese Lager sich auf den griechischen Inseln befinden. Ich dachte, für zwei oder drei Wochen auf Lesbos bleiben zu müssen, um dann aufs Festland reisen zu dürfen.

Deniz C: Wir landeten an einem flachen Strand … (lacht) Ich dachte, ok, nun hab ich es geschafft … trotz aller Gefahren bin ich angekommen … Ok, ich war erleichtert … Nun bin ich in Griechenland und muss nicht mehr fürchten, verhaftet zu werden. Es war ein regnerischer Tag … Ein Mann fuhr in einem Auto vorbei … Er rief die Polizei … In fünf Minuten waren sie da … Auch Aktivistinnen kamen … Wir waren nass und durchfroren … Sie gaben uns trockene Kleider und Essen … Wir redeten viel … Ich bin diesen Leuten sehr dankbar für die gute Zeit, die sie uns geschenkt haben … Sie kamen von überall her … Argentinien, USA, Libanon, Europa … Ich wünschte, wir hätten länger bleiben dürfen … um uns auszuruhen …

Véronique L: In den ersten Momenten, nachdem wir gelandet waren, fühlte ich eine grosse Erleichterung. Ich und das Baby in meinem Bauch waren in Sicherheit. Man brachte mich in ein Krankenhaus, um zu schauen, ob mit dem Kind alles in Ordnung ist. Schlecht erging es unseren Brüdern. Sie wurden vom Boot weg verhaftet und auf direktem Weg ins Ausschaffungsgefängnis gebracht, in dem sie drei Monate in Isolationshaft gehalten wurden. Sie verhafteten unsere Brüder gleich am Strand.

Abtin S: Als ich in Mytilini ankam, war ich glücklich. Meine Reise hatte lange gedauert und ich hatte viel Geld dafür bezahlt. Wir verliessen das Militärschiff, das uns gerettet hatte. Menschen schauten zu und fragten, woher wir kämen. Ich war besorgt. Ich hatte gehört, dass die Griechen uns abschieben würden.

Mortaza R: Manchmal kamen zehn Leute, siebzig Leute, ich erinnere mich, einmal kamen dreihundert Leute an. Die Atmosphäre war sehr unangenehm. Die Art und Weise, wie die Verantwortlichen von der

UNHCR diese Leute in Empfang nahmen, war total schlimm! Beschissen! Da gab es richtige Arschlöcher. Die hatten so einen aggressiven Tonfall drauf. Die Leute kamen ja alle von den Booten, manche wurden aus einem Schiffbruch gerettet, die benötigten erstmal Hilfe und eine gute Behandlung. Egal in welcher Verfassung sie waren, man hat sie durchsucht, Taschen, Rucksäcke, Kleider, und die Fingerprints genommen, sie mussten alles tun, was ihnen gesagt wurde, jedem Befehl gehorchen, auch wenn es ihnen schlecht ging, sie durchnässt, unterkühlt, hungrig, erschöpft oder krank waren. Sie mussten stundenlang warten und sassen auf dem nackten Boden.

Lizzy O: Wir bringen die Menschen ja nicht nach Moria. Aber manchmal fühlt es sich so an. Meistens gehe ich nach Hause und heule eine Runde. Ich habe Leute, denen ich später wieder begegnet bin, gefragt: Sag mal, hattest du das Gefühl, wir hätten dich verarscht?

Und sie sagen alle durchs Band: Hör mal, ihr wart die Ersten seit Monaten und die Letzten für eine lange Zeit, die uns wie Menschen behandelt haben. Und das war wertvoll. Das hat geholfen über die Zeit.

Daraus habe ich wiederum gelernt: Je schöner man diese kurzen Momente am Strand nach der Ankunft gestaltet, desto besser.

Wenn du gezwungen bist, irgendwo zu bleiben, und da behandelt dich jeder wie der letzte Dreck, wird das eine selbsterfüllende Prophezeiung: Alle gehen schlecht mit mir um, also muss ich schlecht sein, ja, klar, ich habe es verdient, ich bin ein minderwertiger Mensch.

Und wenn da wenigstens einer sagt, hey, ich freue mich, dich zu sehen, schön, dass du hier bist, willst du Kaffee, willst du Tee, willst du Wasser, halten die Leute sich daran fest: Nein, es ist nicht so, dass alle uns hassen.

Mir ist es wichtig zu zeigen, ok, Europa will euch nicht, aber ich empfinde es als eine Ehre, euch begrüssen zu dürfen. Das sind für mich grosse Momente. Dass ich kleiner Hansel da stehen und diese Leute begrüssen darf. Oder muss. Auch egal.

Beim Einsteigen in den Bus spielt Henny ein Spiel. Fahrer beobachten, nennt sie es für sich. Ist der Fahrer freundlich? Oder aggressiv? Gleichgültig? Was sich bei der Station beim Glaspalast vom Lidl zeigt, weil dort viele Leute mit Kindern und vollbepackten Taschen und Paketen mit Wasserflaschen einsteigen müssen. Spätestens da wird klar, wie der Fahrer drauf ist.

Diesmal schlecht: Malaka (Arschloch), schreit er einer Familie zu, die es nicht schafft, ihre Einkäufe in einem Schub in den Bus zu laden. Dem Mann läuft der Schweiss übers Gesicht, die Frau zerrt die Kinder hinter sich her. Henny springt auf, will helfen, doch der Mann drückt sich mürrisch an ihr vorbei, die Frau weicht ihren Blicken aus. Es ist Henny, als wäre ihre Hilfsbereitschaft den Menschen in diesem Bus peinlich. Sie kehrt verunsichert zu ihrem Sitz zurück, rundum ein Gedränge, an allen Türen bemühen sich Leute, ihre Einkäufe so schnell wie möglich in das Gefährt zu bekommen: riesige in braunes Plastik gewickelte Pakete. Mehl. Kartoffeln. Zehn Liter Kanister mit Sonnenblumenöl. Damit wird das Fladenbrot in den illegalen Bäckereien gebacken. Taschen bis oben gefüllt mit Spaghetti im Zehner-Zellophanpack. Kartons mit Getränkedosen und Wasserflaschen. Das Ein- und Ausladen dauert seine Zeit. Malaka! Der Busfahrer schreit nochmals: Malaka! Henny lächelt den hastenden und zerrenden und schiebenden Leuten zu, was für eine beleidigende, unnütze Geste, anstatt dem Busfahrer eine zu scheuern, und Henny lässt das mit dem Lächeln und grübelt darüber nach, wie die Malakaschreie bei den Leuten wohl ankommen, was sie bewirken, sie fragt sich, ob verbale Gewalt eine unmittelbare und messbare Reaktion im Gehirn hervorruft.

Judith B: Doch die Gewalt, die sie fürchten, ist die Gewalt, die sie erzeugen.

Mortaza R: Ok. Sie denken: Ah, das ist ein Flüchtling! Ich kümmere mich nicht darum. Die Kategorien der anderen interessieren mich nicht. Aber ich weiss, was die Leute aus Europa über die Geflüchteten denken: Sie sind arm, schwach, verletzlich, ungebildet, rückständig. Viele meiner Freunde macht es wütend, wenn sie mit einem Verhalten konfrontiert werden, das durch diese Kategorien geprägt ist. Sie drehen total durch. Es ist genau das Gegenteil: Diese Menschen sind stark. Sie hatten alles verloren, mussten alles zurücklassen. Sie gehen durch all diesen Dreck hindurch, bewältigen diese Schwierigkeiten und halten die menschenunwürdigen Lager aus. Es dauert Jahre und scheint, nicht enden zu wollen. Und dies alles mit sehr wenig Hoffnung auf eine bessere Zukunft.

Véronique L: Als ich in einer Bäckerei Brot kaufte, zog die Verkäuferin ihre Hand zurück und forderte mich auf, das Geld auf die Theke zu legen. Als ich nicht gleich verstand, schrie sie mich an, ich soll das Geld sofort auf die Theke geben. Sie wollte nicht, dass ich ihr das Geld in ihre Hand tue. Sie wollte mich nicht berühren.

Viele Griechen behandeln uns, wie man es mit Menschen mit schwarzer Hautfarbe halt tut. Ja! Sie spucken auf uns! In unserer Community sind wir uns einig: Die schwarze Haut ist ein Fluch! Und wir sind keine Geflüchteten. Wir sind bloss Migranten. Diese Unterscheidung ist nicht gerechtfertigt. Wir fuhren alle in einem kleinen, seeuntüchtigen Schlauchboot übers Wasser. Wir sind alle wegen der Fahrt übers Meer gleichermassen traumatisiert. Wir setzten alle unser Leben aufs Spiel. Und wir haben alle unsere Gründe, warum wir unser Zuhause verlassen und die gefährliche Reise unternommen haben. Und gleichgültig, ob du eine Geflüchtete oder eine Migrantin bist, hier in Moria sind wir alle verletzlich. Wir alle haben diese Behandlung nicht verdient. Diese Unterscheidung ist grausam und sinnlos.

Filomela P: Die körperliche und emotionale Verfassung ist ein wichtiges Kriterium für die Bestimmung, wer eine unberechtigte Migrantin oder wer ein richtiger Flüchtling ist. Letzterer muss leiden, einen körperlichen Schaden oder ein psychologisches Trauma haben. Diese diskriminierende Unterscheidung zwischen den richtig Geflüchteten und den Wirtschaftsmigranten und -migrantinnen, zwischen denen, die wahre Geschichten und denen, die Lügen erzählen, basiert auf der Überprüfung des Körpers. Nur der Körper kann dieses Leiden bestätigen. Die Persönlichkeit, die Identität und die Geschichte der Menschen werden auf ihre körperlichen und psychischen Verletzungen und Schäden reduziert.

In hochindustrialisierten Gesellschaften streben wir ewige Jugend an. Wir erheben den gesunden, leistungsfähigen Körper zum Ideal. Stark, gesund, schlank, attraktiv und sexy. Das Unperfekte, die Mängel, die Unzulänglichkeiten, die Verwundbarkeit projizieren wir also auf die anderen, auf die

Geflüchteten, die Migrantinnen. Wir konstruieren über das Prinzip der verletzlichen Körper die allgemeingültigen Aufnahmekriterien, und daraus entstehen marginalisierte Gruppen mit einem begrenzten, schwachen Körper und einer labilen Psyche.

Yasmina T: Die Griechen mag ich nicht. Die mögen mich auch nicht. Sie sind wütend und unfreundlich. Sie denken, ich missbrauche sie. Und dass ich eine schlechte Person sei.

Abtin S: Viele betrachten uns als Feinde. Sind wir unterwegs, beschimpfen die Leute uns. Malaka. Sie sagen uns ins Gesicht: Malaka! Das versteht jeder. Es kam auch mehrmals vor, dass Griechen uns vom Strand vertrieben hatten, wenn wir zum Schwimmen wollten. Das fühlt sich unangenehm und beschämend an. Sie fürchten wohl, dass wir zu viele sind. Dass wir ihr Land verschandeln, ihre Ernte klauen und in ihre Häuser einbrechen.

Deniz C: Niemand spricht dich an … Und ja, ich spreche auch niemanden an … Ich weiss auch nicht … Wir könnten freundlich zueinander sein … Es gibt einen Graben zwischen den Geflüchteten und der Bevölkerung … Ich weiss nicht, wie das begonnen hat … Es gibt grosse Vorurteile gegen Muslime … Und ja … ich fühle mich als Opfer … Ich fühlte mich bereits in Afghanistan als Opfer … Weil ich Hazara bin … Ja, natürlich … auch in Pakistan … Und hier geht die Diskriminierung weiter …

Du schaust dir das alles an … und lachst … Es ist wie ein schlechtes Spiel … Niemand will ein Flüchtling sein … Alle Leute, die in Moria leben, wollen keine Flüchtlinge sein …

Zygmunt B: Geflüchtete im Zeitalter der Globalisierung stehen ausserhalb des Gesetzes – nicht dieses oder jenes Gesetzes in diesem oder jenem Land, sondern des Gesetzes an sich. Diese neue Spezies von Ausgestossenen und Geächteten ist ein Produkt der Globalisierung und der Inbegriff des Grenzlandgeistes (frontier-land spirit)… Geflüchtete treiben ohne Halt in einem Zwischenbereich und wissen nicht, ja können nicht wissen, ob dieser Zustand vorübergehend oder von Dauer ist. Selbst wenn sie für einige Zeit an einem Ort bleiben – sie befinden sich auf einer Reise, die nie zu Ende sein wird, weil das Ziel unklar und ein Ort, den sie als endgültiges Ziel betrachten könnten, immer unerreichbar bleiben wird.

Malaka, schreit der Busfahrer. Er hupt, fährt in die wartende Menschenmenge, lenkt den Bus nah an die mit Stacheldraht verstärkte Mauer und hält vor dem Haupteingang vom Lager Moria an.

Henny bleibt sitzen. Lässt sich überfluten. All das Neue und Unbekannte. Noch ist die Forderung, die dieser Ort an sie stellt, nicht klar formuliert. Nur Formen, Farben, Klänge, Temperaturen und Gerüche. Ein Gastgeber, der jedem die Hand gibt, weil es sich so gehört, ein Ritual, um erst später zu den Regeln überzugehen. Also schaut Henny in dieses Unbekannte, ihr Körper und ihre Gefühle verbinden sich noch nicht mit den physischen Gegebenheiten dieses Ortes. Eine Vorahnung. Die sich im Lauf der späteren Ereignisse als Irrtum herausstellen muss.

Malaka, schreit der Busfahrer immer wieder. Ein älterer Mann kriegt seinen sperrigen Koffer nicht durch die Tür. Er wendet und dreht, ruckt und zerrt, bis ihm schliesslich ein dünner Junge zu Hilfe eilt. Als der ältere Mann heftig atmend auf der Strasse steht und sich erstaunt umschaut, nimmt der dünne Junge eine lederne Mappe und einen Rucksack vom Sitz und fragt: Wo ist das Lager? Der Busfahrer brummt und stösst seine angeschwollene Hand in eine unbestimmte Richtung.

Dieses rassistische Geschwätz. Diese überhebliche Besserwisserei. Diese Aggression. Diese unreflektierte Haltung. Dieses reflexhafte Reagieren: Päng! Klatsch! Und dann diese elaborierten Diskussionen. Wie Eltern, die um die Sandkästen herumstehen und sich leidenschaftlich jeder Regung ihrer Kinder widmen, genauso verbeissen sich Resteuropäer obsessiv in die Verhaltensweisen der Unfreiwilligen. Oder Gäste. Oder Ankömmlinge. Oder Geflüchteten. Oder Migrantinnen.

Und andersherum?

Und ich?

Henny war sechs. Wurde von ihrer Mutter zum Abendessen gerufen. Sie las »Rössli Hü in Afrika«. Und just an der Stelle wurde das Rössli Hü von Kannibalen über dem Feuer geröstet. Mit Blick auf ihr

Bücherregal, in dem noch mindestens sechs weitere Bände mit den Abenteuern vom Rössli Hü standen, sagte Henny sich, dass das Rössli Hü überleben musste. Aber ihre Gefühle waren in Aufruhr. Voller Mitgefühl und Wut. Sie setzte sich an den Tisch und sagte laut: »Afrikaner sind ganz böse Menschen.« Der Suppenlöffel, den die Mutter vom Topf zu den Tellern führte, blieb in der Luft hängen, bevor er im Topf und die Hand der Mutter auf Hennys Wange landete. Zweimal schlug sie zu. »Ich will das nie wieder hören«, sagte sie ruhig und nahm den Suppenlöffel wieder auf. Henny kann es sich nicht erklären. Aber in den Sekunden zwischen dem Schreck und der Erkenntnis, dass ihre Mutter sie geschlagen hatte, verstand sie, dass nicht die Afrikaner, sondern der Autor des Buches das Problem war. Innert weniger Sekunden verlagerte sich Hennys brennendes Mitgefühl vom gerösteten Rössli Hü, das ja nur ein Fantasieprodukt des Autors war, zu den Afrikanern, denen in diesem Buch Unrecht angetan wurde.

Und im weiteren Verlauf ihres Lebens nahm sie die reflexhafte Verhaltensweise ihrer Mutter an. Roch sie eine auch nur andeutungsweise rassistische oder fremdenfeindliche Regung, schlug sie zu. Mit Belehrungen. Sammelte Argumente, um ihre Waffen zu schärfen und die Feinde zu schlagen. Aber es ähnelte wohl eher dem Abschlagen der Köpfe der Hydra. Für jeden abgeschlagenen Kopf wuchsen zehn neue nach.

Aber was denke ich wirklich? Kann ich mich aus dem Rassismus, der in der europäischen Vorstellung so tief und selbstverständlich verankert ist, einfach so herausstehlen? Und sage ich das bloss, weil ich nicht selbstgerecht sein will? Weil ich nicht sagen will: Schaut her! Ich hab es geschafft! Aber ihr seid Dilettanten geblieben!

Bist du nie schwach? Schnauzte eine Freundin zurück, während wir in einem Restaurant in Belgrad weisse Bohnen aus einer roten Sauce naschten und Slivovic kippten. Empfindest du nie rassistische Gefühle?

Ein Diskurs, den wir unbedingt führen müssen. Sagen die Leute. Und so handeln wir unsere Ängste aus, derweil andere Menschen im Meer ertrinken und in den Lagern zugrunde gehen. Wegen uns. Die wir darüber diskutieren. Ob wir das gut finden. Oder nicht.

Der Busfahrer döst, den Kopf in den Händen, die Ellbogen auf dem Steuerrad. Ein grossgewachsener Mann hievt mit Schwung und Berechnung einen roten Rollkoffer aus dem Bus und eilt mit hochgezogenen Schultern, vorgerecktem Kopf und kurzen schnellen Schritten auf den Lagereingang zu.

Gayatri S: … Legt man sich mit einem extrem grossen Feind an, tut man gut daran, sich mit dem Feind in seiner dominanten, dynamischen und spektakulären Form anzulegen, anstatt die vorgetäuschte Ignoranz zu reflektieren.

Street

James B: Sentimentalität, die prahlerische Zurschaustellung übertriebener und falscher Emotionen, ist ein Zeichen gefühlloser Unehrlichkeit; die feuchten Augen der Sentimentalen sind Ausdruck der Abneigung, sich ihrer Lebensangst, ihren ausgetrockneten Herzen zu stellen. Sentimentalität ist immer ein Zeichen geheimer, aber gewalttätiger Unmenschlichkeit. Eine Maske der Grausamkeit.

Deniz C: Haben die Leute ein Problem … und die Leute haben unendlich viele Probleme … sagen die Freiwilligen von Euro Relief: Nein. Die NGO Euro Relief ist für die alltäglichen Belange im Lager verantwortlich … Sie verteilen, was man braucht … Oder sollten das tun … Sie zwangen mich, ein eigenes Zelt zu kaufen … Ok, für mich ist das kein Problem, ich bin ein unabhängiger Mann und habe etwas Geld … Aber eine Familie, die nicht mit anderen Familien in einem Zelt sein will und kein Geld hat, muss diesen schmutzigen Regeln folgen … Sie haben keine Wahl … Nachdem die mir keinen Platz in einem Zelt geben wollten, bat ich sie nie wieder um Hilfe … Ich wollte von denen nichts mehr … Ich schaute ihnen nicht mal mehr ins Gesicht …

Sie laden Leute ein, die Bibel zu lesen, Christen zu werden … Aber nicht nur Euro Relief … Es gibt viele andere NGOs, die das tun … in Moria, in Mytilini, in Athen … Sie sind überall … Sie kommen, sprechen dich an und laden dich ein … Ein christlicher Freiwilliger aus den USA, der mit seiner Familie nach Lesbos gekommen ist, gab mir Tee und fragte mich, was mit mir nach meinem Tod sein würde, was ich über mein Leben im Jenseits denke. Er wollte mir das Paradies verkaufen (lacht) … Ich schaute ihm ins Gesicht und antwortete, ich denke über dieses Leben nach, das Jenseits interessiert mich nicht … Er hat mich nie wieder angesprochen (lacht) … Ein anderer hat mich zu einem Treffen eingeladen, mich aufgefordert, ihn anzurufen … seine Website zu besuchen … Ich hab das nie getan

… Sie können mich nicht zwingen … Religion ist nicht meine Sache … aber für andere Leute … da gibt es sicher welche, die mitgehen … die das brauchen …

Architektur und Anlage

Henny setzt sich auf die Steinmauer gegenüber vom Lagereingang. Im Rücken ein umzäuntes, leeres Geviert. An den Strassenrändern parken Autos und Motorräder, auf dem auf einer Wiese angelegten Parkplatz gibt es keine freien Plätze mehr. Fünfzig geparkte Mittelklassewagen. Wem gehören sie? Was machen ihre Besitzerinnen hier? Ein riesiger Tankwagen zwängt sich durch die Menschenmenge. Benzin oder Öl. Manchmal öffnet sich das grosse, rostige Tor und Autos fahren in das Lager hinein. Mehrere Lieferwagen verlassen es. Ein Mietwagen. Ein anderes, nichtidentifizierbares Auto mit holländischem Kennzeichen. Ein Ambulanzwagen. Henny erkennt hinter dem Metalltor, auf dessen oberen Kante Natostacheldraht angebracht ist, Holzzäune, die einen Korridor bilden, der ins Lagerinnere führt.

Sie findet im Internet folgende Informationen: Es gibt den zweispitzigen, vierspitzigen aber auch den einseiligen und zweiseiligen Stacheldraht. Der Bandstacheldraht wird auch Natostacheldraht genannt. Statt scharfkantiger Spitzen besitzt er ein dünnes Blechband, in das scharfe Klingen eingestanzt sind. Dieser Draht wird nur für militärische Zwecke und für die Grenzsicherung eingesetzt. Stacheldraht wurde in der zweiten Hälfte des 19. Jahrhunderts in den USA entwickelt, damit die Rinderzüchter ihr Weideland schützen konnten. Militärisch kam der Stacheldraht zum ersten Mal während des zweiten Burenkrieges in Südafrika (1899 bis 1902) zum Einsatz. Auslöser der Burenkriege waren die

Abschaffung der Sklaverei und die Entdeckung reicher Diamanten und Goldvorkommen in den südlichen Kolonien.

Zwischen dem Parkplatz und dem Lager liegt die Kinderklinik von Ärzte ohne Grenzen*. Der Warteraum der Klinik liegt in einem Erdloch und ist von den Hütten aus Spanplatten, in denen die Behandlungsräume sind, durch einen hohen Maschendrahtzaun getrennt.

Entlang der Mauer des geschlossenen Lagers geht ein Weg den Hügel hoch zum offenen Lager im Olivenhain. Henny prüft auf Google Map die Lage und kann hinter diesem Olivenhain kein Ziel ausmachen. Kein Dorf. Keine NGO. Kein weiteres Lager. Keine Strasse. Nur ein schmaler, von Ziegen verschissener Schotterweg.

Am Strassenrand eine Tafel: Achtung! Schulkinder!

Die zwei Cafés oder Imbissrestaurants heissen Katrina Shop und Maria Shop.

Zeit und menschliche Tätigkeiten

Menschen strömen rein und raus und stauen sich am Eingangstor. Ein lokaler Bauunternehmer schiesst mit seinem Pickup in die Menge und drückt wütend auf die Hupe. Gruppen von Menschen gehen nach links der Strasse entlang. Oder kommen von dort. Wohin gehen sie? Woher kommen sie? Andere tauchen im Olivenhain zwischen den Bäumen unter oder erscheinen wieder. Es ist ein stilles, konzentriertes Gehen. Man muss achtsam sein. Es gibt unter Laub und Gebüsch versteckte Gruben und ausgetrocknete Bäche, klobige Steine, unversehens auftauchende Abhänge, schlagende Zweige und dornige Äste.

Menschen warten in und ausserhalb der Zone von Ärzte ohne Grenzen. Stecken sich durch den Maschendrahtzaun Dinge zu, die wie Tickets aussehen, und reden miteinander. Wahrscheinlich eilen die einen frühmorgens hin, um rechtzeitig anzustehen, während Familienmitglieder und Freunde versuchen, die heissbegehrten Tickets zu bekommen, ohne die es keine Konsultationen gibt. Andere warten vor dem Zaun und bitten um Einlass. Argumentieren. Betteln. Schreien. Weinen.

Zwei Männer setzen sich neben Henny auf die Mauer. Ein grosser, dicker. Ein kleiner, dünner. Sie tragen rote Shirts und schwarze Hosen aus Nylon. Sie schäkern und blödeln in einer Sprache, die Henny nicht wiedererkennt. Ein Junge schiebt einen älteren Mann im Rollstuhl über den steinigen Weg den Olivenhain hinunter. Sie erreichen die Strasse, biegen um die Ecke, beschleunigen, passieren das Tor und verschwinden im Lager. Die zwei rot-schwarz gekleideten Männer verlassen die Steinmauer und gehen zum Bus, der gerade angekommen ist.

Drei junge Frauen flanieren. Sie halten irgendwelche Tickets in der Hand. Tickets für Dienstleistungen.

Medizin. Duschen. Basteln. Kunst. Sprachen. Sport. Nähen. Die Tickets bekommen sie von Euro Relief, wie Henny später erfahren wird. Morgens um neun. Wer zuerst da ist, bekommt die Besten. Und wer sich gut stellt, bekommt sie immer wieder.

Es gibt anscheinend eine bestimmte Mode in Afghanistan: gemusterte oder bordierte und taillierte Mäntel mit Kragen. Enge schwarze Hosen. Nackte Füsse in Sandalen oder Schlupfschuhen. Bunte Kopftücher … Diese Frauen wirken modebewusst, ja, richtiggehend selbstbewusst, mir gefallen die reich bestickten Mäntel über den engen Stoffhosen und die braungebrannten, sehnigen Füsse in den offenen Schuhen … Würde ich auch gern tragen, aber das wäre wohl lächerlich … Aber warum kann ich mich nicht einfach in der Welt umschauen, abschauen und einfach anziehen, was ich mag und mir gut steht, und warum verlangen wir von den Frauen aus den islamischen Ländern, dass sie sich kleiden wie wir, warum … Und wäre ich eine Modedesignerin, würde ich eine Kollektion entwickeln für die urbane Frau in den grossen, modernen Städten … Tschador und das Spiel mit Verhüllung und Enthüllung … Die Befreiung schlechthin, wenn man die Stoffe den tyrannischen Ideologen aus den Händen reisst und damit macht, was man will …

Zwei Frauen stopfen Abfall in einen der Säcke, die an den Zäunen hängen. Die eine spuckt energisch auf den Boden. Eine stattliche Lady schlendert vorbei. Keep Calm steht auf ihrem grossen Busen geschrieben. I am the Queen auf ihrem Rücken. Sie trägt einen blauen, bodenlangen Rock und einen Strohhut über dem Kopftuch. Eine elegant gekleidete Frau mit zwei hübschen Mädchen an der Hand betritt das Lager. Eines der Kinder stampft mit den Füssen auf und wirft die Arme in die Luft. Drei exakt gleich grosse Frauen gehen vorüber. Jung. Flatterndes Kopftuch. Lange Blusen. Leggins. Nochmals drei junge Frauen. Dunkel gekleidet. Betreten das Lager. Wieder eine Gruppe von drei jungen Frauen. Warum gehen sie fast immer zu dritt? Was steckt dahinter? Oder ist es Zufall?

Zwei Frauen und ein Mann mit einem Baby auf dem Arm verlassen das Lager. Zwei Paare mit Säuglingen kommen aus der Imbissbude Katrina Shop. Betreten das Lager. Ein mittelalterliches Paar läuft vorbei und streitet sich lauthals. Eine junge Frau mit Säugling und ein junger Mann mit einem halbwüchsigen Mädchen an der Hand bewegen sich zielstrebig Richtung wildes Zeltlager im Olivenhain.

Eine Gruppe von ausgelassenen Jugendlichen lässt sich neben Henny auf der Mauer nieder. Einer hebt die Bierdosen auf, die in der Rinne liegen, drückt sie mit Füssen und Fäusten platt, formt eine Art schmale Matte, setzt sich auf eine drauf und bietet die anderen seinen Freunden an. Ein anderer hebt Zigarettenpackungen auf, walzt sie ebenfalls glatt und setzt sich drauf … Zigarettenpackungen und

Aludosen als Sitzmatten, ein modernes Designkonzept. Und wie leicht liesse sich da ein Geschäftsmodell entwickeln … Design, das die Materialien der Verlassenen und Ausgesetzten nutzt und gleichzeitig deren Notsituation thematisiert … Der Erfindungsreichtum, der sich optimal entwickelt, wenn einem das Wasser bis zum Hals steht, wenn es an allem fehlt … Sicherheit ist die Feindin der Schöpfung und des innovativen Denkens … Und darüberhinaus könnte man das Ganze auch noch unter dem Label der ökologisch unbedenklichen Nachhaltigkeit verkaufen … Ich gebe zu, auch ich hege eine Liebe für diese Art vordergründig politischer, aber eigentlich sentimentaler Romantik. Denn diese Sitzunterlagen entstehen nur, weil es so schmutzig ist. Und die Vielen sich vor den Vielen ekeln …

Ein Wachmann stellt sein Motorrad dicht vor Henny ab. Bedrängt sie und versperrt ihr die Sicht. Eine Unhöflichkeit, die er sich in Mytilini niemals leisten würde. Sie bleibt dennoch sitzen, auch nachdem die Jugendlichen mit den Sitzunterlagen zum Bus gegangen sind.

Viele Freiwillige sind aus Holland. Einige von ihnen haben einen religiösen Hintergrund und doch sind sie nicht so aufsässig und aggressiv wie die amerikanische Euro Relief, was dazu führt, dass viele der Unfreiwilligen unbedingt nach Holland wollen … Wenn das die holländische Regierung und all die Rechten und Aufrichtigen in Holland wüssten, die würden sich wundern, was all diese Freiwilligen, die ja nur hier sind, weil die Rechten und Aufrichtigen dafür sorgen, dass es diese scheusslichen Lager und Hotspots überhaupt gibt, und sie also auch dafür sorgen, dass so viele Freiwillige hierherkommen, die dann unbeabsichtigt, einfach aufgrund ihrer perfekten Anwesenheit, wirksame Werbung für ihr wunderbares Land machen und damit den imaginierten Ansturm, den die Rechten und Aufrichtigen so fürchten, zusätzlich ankurbeln. Aber auch das kann man nur sagen, wenn man auf diese Argumentation überhaupt einsteigen will, diese Rhetorik des Sturms, des Ansturms, ja, des Übersturms annehmen will, stürmisches Wetter …

Eine zierliche Frau mit kunstvollem Zopf und Kopfhörern in den Ohren und in einer Weste von Ärzte ohne Grenzen nähert sich zögerlich dem wilden Zeltlager, telefoniert und schaut suchend umher. Es gibt offensichtlich eine bestimmte Mode in Europa. Boxer Shorts oder Hot Pants, Boyfriend oder Skinny Jeans und Shirts mit Spaghettiträgern. Oder bunte Schlabberhosen und bunte Schlabbershirts. Haare irgendwo am Hinterkopf nachlässig hochgesteckt und mit dem Haargummi festgezwirnt.

Die Männer unterscheiden sich weniger …

Die Freiwilligen erkenne ich nicht nur an ihrer Kleidung, sondern auch an ihrem Schritt. In der Regel haben sie einen selbstsicheren, zielgerichteten Habitus. Und es ist bestimmt eine Herausforderung, sich nicht wichtig, ja, überlegen zu fühlen. Und alle müssen sich die Frage stellen: Was tue ich hier? Und auch oder erst recht ich! Was tue ich hier? Sitze auf meiner Mauer, die ich bereits meine Mauer nenne, und kritzle in mein Notizbuch.

Henny beisst in einen Apfel.

Es gibt auch politische Aktivistinnen. Sie sind unbeirrbar in ihrer Haltung. Und wirken mitunter auch verletzlich und verunsichert. Sie sind wütend und aus gegebenen und verständlichen Gründen enttäuscht und desillusioniert. Auch wenn sie es nicht zeigen.

Emmanuel C: Man ordnet sie den mysteriösen No-Borders zu, Aktivisten und Aktivistinnen ohne bestimmte Nationalität, Struktur und Hierarchie und in den Hotspots sehr gegenwärtig; auf ihre Weise hingebungsvolle Idealisten, die man allerdings einvernehmlich als irgendwie boshafte Trolle betrachtet, die nur nach Gelegenheit zum Stänkern suchen.*

Gayatri S: Für die Subalternen unserer Zeit zu arbeiten, heisst in der Tat, die eigene Zeit und die eigenen Fähigkeiten dafür aufs Spiel zu setzen.

Zygmunt B: Alles, was menschengemacht ist, kann auch von Menschen verändert werden. Deshalb akzeptieren wir in solchen Fällen keinerlei Grenzen für die Umgestaltung der Wirklichkeit. Wir weisen es strikt von uns, dass unseren Bemühungen ein für alle Mal festgelegte Grenzen gesetzt sein könnten, die man nicht mit hinreichender Entschlossenheit und gutem Willen überwinden könnte.

Eine Gruppe von Religiösen läuft vorbei. Drei dralle Männer. Sie wirken blasiert und geschäftig, makellose Bundfaltenhosen, weisse Hemden, pastellfarbene Krawatten und offensichtlich teure Rucksäcke. Etwas gehetzter und Anschluss suchend eine dicke Frau in grünem Kleid und mit üppigen schwarzen Locken. Sie gehen sauber und strahlend, wie die personifizierte Waschmittelwerbung, durch diesen Dreck, nur singen sie nicht von Pulvern, Flüssigkeiten, Gels und waschaktiven Substanzen – in früheren Zeiten wurde mit Öl, Holzasche und Urin gewaschen –, nein, sie singen von den Segnungen der seelischen Reinigung, der religiösen Offenbarung durch den alleinseligmachenden christlichen Gott, sie laufen und lächeln siegessicher und von oben herab, wenn da mal wie zufällig die Unfreiwilligen ihre Wege kreuzen … Ich erinnere mich an den schuldbewussten Blick meiner Mutter, als sie von der Spendenkasse am Kirchentor erzählte, ein aus schwarzem Ebenholz geschnitztes Kind, durch dessen geöffneten Mund man Münzen schieben konnte; die Puppe nickte daraufhin dankbar. Ein sowohl kunsthandwerklich als auch technisch ausgeklügeltes Objekt. Meine Mutter hatte jedesmal einen mahnenden Unterton in der Stimme, wenn sie uns davon berichtete, sie, die sich ebenfalls gezwungenermassen in dieser Dorfkirche aufhielt und uns später jegliche religiöse Zugehörigkeit verweigerte mit der Forderung, selbst zu wählen, wo wir hingehören wollen …

Besondere Merkmale

Im Geviert hinter der Steinmauer, in Hennys Rücken, winselt ein Hund, verfällt plötzlich in ein hysterisches Kläffen, als hätte er soeben entdeckt, dass da Menschen sind.

Das sich langsam öffnende Lagertor erzeugt ein dauerndes Knirschen und Klingen. Aus der Ferne Baggergeräusche. Fahrzeuglärm. Der Busfahrer lässt den Motor laufen. Brummende Generatoren. Windstösse.

Stimmen. Der Stimmteppich, der ausrollt und nicht endet; diese von menschlichen Stimmen verdichtete Atmosphäre, die sich stetig verhärtet, aufflammt, abfällt und wieder beruhigt; stimmgewaltige Winde, die sich aufbäumen und wieder legen und den Luftraum niemals verlassen.

Die politische Stimme, die an diesem Ort so schmerzhaft, ja, unerträglich falsch singt und diese Qualen – nicht nur in den Hörgängen – verursacht. Die Stimmung. Die durch Menschen verursachte Stimmung. Oder auch Wetterstimmung. Fast alle Personen, die hier unterwegs sind, tragen Kopfhörer.

Fetzen von Pidgin Französisch. Lachende, tiefe Frauenstimmen. Männerstimmen aus dem Olivenhain. Hallo? Hallo?

Aus den zwei Cafés, Katrina Shop und Maria Shop, dröhnt Musik.

Kindergeschrei im Chor. Taktiert.

Der Hund im Geviert in Hennys Rücken ermüdet, bellt leiser, seine Interventionen kommen in immer grösseren Abständen, als würde er eine Pflicht erfüllen.

Eine Lautsprecherstimme ertönt aus dem Lager. Eine Durchsage. Die Botschaft geht im Geschepper der blechernen Stimme unter. Die Meldung wird mehrmals wiederholt. Die stimmliche Atmosphäre lädt sich auf. Wird hektischer. Heftiger. Der Hund steigert sich lauter werdend in eine ungezielte Wut. Und jault sich in Ekstase. Ein UHU ruft. Uhuuuuuuuu… Uhuuuuuuuuu… Uhuuuuuuuuu…

Ein alter Mann in Boxershorts und Poloshirt wirft dem Hund einen Happen zu. Das Tier verstummt und verbeisst sich in das Stück Fleisch.

Der Bus.

Motorenlärm.

Erste Handlungsstränge

Henny steht in der Schlange, die sich vor dem Kiosk im Maria Shop gebildet hat. Eine Zeltplane bietet notdürftigen Schutz vor der Sonne. Den Planen entlang Plastikstühle und Steckdosen. Henny würde gern ihr Handy aufladen, aber alle Steckdosen sind besetzt. Auf den Plastikstühlen sitzen Gruppen junger Männer mit glasigen Augen, rufen und scherzen.

Unsicher mustert Henny die Jugendlichen. Soll sie hingehen, sich einen Stuhl und eine frei werdende Steckdose schnappen? Prüfend starrt sie die Jungs an, die sie jedoch nicht beachten. Noch ist sie fremd und unsichtbar. Aber sie trägt ein Tuch um ihren Kopf geschlungen, weil sie nicht dazukommt, sich die Haare zu färben, und der stetig anwachsende graue Rand ihr nun doch zu hässlich wird … Mal abgesehen davon, dass es in der engen Dusche des kleinen Zimmers nicht einfach wäre, die Haare zu färben … ist das überhaupt ein Problem? … vermutlich nicht … Henny starrt die zwei Freiwilligen von Euro Relief an, die hinter ihr in der Schlange vor diesem Kiosk anstehen und sich leise unterhalten. Sie wirken selbstgenügsam und gleichgültig, wie Leute, die sich damit abgefunden haben, im Feindesland leben zu müssen … Ich trage also dieses auffällige, minzgrüne Tuch um den Kopf geschlungen und kann zu diesem Zeitpunkt noch nicht wissen, dass just dieses Tuch später mein Erkennungsmerkmal sein wird, weil es so hell leuchtet, und scheinbar wildfremde Menschen, mit denen ich zufällig ein paar Worte gewechselt habe, mich wiedererkennen, in der Folge Bekanntschaften sich anbahnen und verfestigen, dieser minzgrün leuchtende Turban verschafft mir also den Zugang zum Lager und seinen Bewohnerinnen. Der dicke Wachmann am Lagereingang wird mich prüfend anschauen, ihm ist anzusehen, dass er abwägt, ob er der Sache nachgehen soll oder nicht, eine Sekunde zu lang, schon bin ich drin, und beim nächsten Mal wird er seinen gewohnheitsmässigen, leicht überheblichen Blick knapp an meinem Kopf vorbei auswerfen. Vielleicht hält er mich für eine Unfreiwillige, wegen der braungebrannten Haut, den ungewaschenen Haaren, die an den Rändern des Turbans zu sehen sind, den ausgeleierten Sporthosen, den schmutzigen Turnschuhen, den vielen Tüchern, die ich aus praktischen

Gründen um Hüfte, Schultern und Kopf geschlungen trage – so gehöre ich zum Feindesland und darf unbehelligt ins Lager rein und mich drinnen ungestört bewegen.

Der Kiosk bietet Hot Dogs, Kebab, Souflaki, Würste, Lammfleisch, Gurkensalat, Pizza und Pommes Frites an. Tee, Cola, Fanta, Wasser und Bier. Die Speisen sind, wie in Fast-Food Restaurants üblich, grellbunt auf speckigen Plastikunterlagen abgebildet. Hinter der Theke stehen Bewohnerinnen des Lagers. Sind freundlich. Geben sich Mühe, einen guten Service zu bieten.

Henny schaut über ihre Schulter und mustert die zwei Freiwilligen von Euro Relief. Obwohl um die fünfzig oder sechzig Jahre alt haben sie glatte, ungeprägte Gesichter. Blaue Augen. Weisse Haare. Rote Wangen. Die Frau, am Hinterkopf einen Haarknoten, steht breit in der Hüfte, trägt einen knöchellangen Rock und eine bis über die Oberschenkel reichende Bluse, alles in Blau, eine blasse Erscheinung mit rötlichen Flecken. Der Mann, schlaksig, langes Gesicht, schütteres Haar um einen kahlen Schädel, eingefallene Brust, bewegt sich unbeholfen, wenn die Warteschlange ein wenig vorwärts geht, als stünden ihm die eigenen Beine im Weg. Beide tragen Westen: Euro Relief.

Ihre Blicke gleiten an Henny ab. Diese Freiwilligen sind für sich. Abgeschottet von ihrer Umgebung. Von den unfreiwilligen Bewohnerinnen.

Schiesst es Henny durch den Kopf und ihr innerer Redestrom, eine Schimpftirade, reisst sich los … Ich verstehe nicht, warum ich den Zwang verspüre, mich an der Hässlichkeit dieser zwei älteren Menschen festzusaugen, an dieser demonstrativen, ja, schon fast arroganten Unvorteilhaftigkeit. Diese saubere, den Körper vor jeder Wirkung schützende, sackartige Bekleidung, die sogar meine schlampige Sporthose ins Reich der eitlen Oberflächlichkeiten verbannt. Und ja, ich empfinde unwillkürlichen Hass auf diese zwei Alten. Ja, ihr wollt die Muslime abschaffen, alle diese von ihren Männern scheinbar unterdrückten Frauen mit Kopftüchern und Mänteln, aber schaut euch doch an, mit euren körperfeindlichen, verklemmten Klamotten, die nur einen Zweck haben: Sex zu verhindern. Freude zu verhindern. Lust zu verhindern. Hättet ihr besser den Apfel der Erkenntnis aufgegessen und noch einen und noch einen und noch einen … Einen ganzen Apfelbaumgarten, Apfelbaumhain, Apfelbaumwald, ja, Apfelbaumdschungel der Erkenntnis, damit ihr begreift, dass wir Teil dieser Sache sind, dass wir, die Resteuropäer, die Bewohnerinnen der übrigen Ersten Welt und alle diese Freiwilligen, im selben Mass Teil dieser Sache sind wie all die Unfreiwilligen, die Neuankömmlinge, die Leute von der anderen Seite der Strasse.

Soll mir keiner sagen, dass nicht auch ihr eure Klamotten aus ideologischen Gründen trägt.

Ihr seid nicht bloss Missionare, ihr seid Rassisten, denn für einen nicht-rassistischen Menschen gibt es keinen Grund zur Mission, keinen Grund, andere ändern, zum einzig Richtigen bekehren zu wollen, weil diese zu den vielen Falschen gehören.

Der Tee wird frisch gebrüht. Du musst dich einen Augenblick gedulden. Lächelt die rundliche Frau mit den krausen Haaren, die hinter der Kiosktheke geschäftig hin und her läuft.

Ich will eine Reaktion. Eine verdammte Reaktion … Henny ändert ihre Strategie und lächelt. Die zwei Alten schauen durch sie hindurch, ebenfalls durch die betrunkenen, grölenden Jugendlichen, die offensichtlich unter Drogeneinfluss stehen. Sie verhalten sich wie Trümmerarbeiter, die gezwungenermassen in diesem Krieg arbeiten, jedoch nicht Teil davon sind; diese zwei älteren Menschen verkörpern die totale Trennung, die unverhandelbare Distanz. Da sind wir. Die Richtigen. Dort sind sie. Die Falschen. Und wehe! Die Falschen haben keinen anderen Gott. Dann handelt es sich um diejenigen, die nur vom Reichtum der wohlhabenden Länder profitieren wollen. Wahre Diebe. Parasiten! Migranten!

James B. an seinen Neffen: Verliere nie die Wirklichkeit aus den Augen, die hinter dem Wort Integration steht. Du hast keine Veranlassung, so zu werden wie die Weissen, und es gibt nicht die geringste Veranlassung für ihre unverfrorene Annahme, sie müssten dich akzeptieren …

Henny schaut sich um und empfindet plötzlich eine grosse Verwunderung. Wenn tausende, ja, zehntausende Menschen aufstehen, diesen Ort verlassen, und sich zur Stadt bewegen, muss diese falsche politische Stimme, die dieses Lager möglich macht, aufhören zu lallen und sich etwas überlegen, bevor sie weiterspricht.

Lallen. Zum Beispiel über Wolldecken. Das Wolldeckengelalle ist das Lieblingslied, das bevorzugte Unterhaltungsmotiv aller hier auf der Insel Verantwortlichen. Henny hatte die Möglichkeit, als Gast an einigen Sitzungen mit der UNHCR, mit Frontex, mit Küstenwachen, mit verantwortlichen NGOs teilzunehmen, Sitzungen, die im regelmässigen, ja, rituellen oder gar mantraartigen Gejammer über den Mangel an Wolldecken enden. Die Winter, die Regenfälle, die Schneemassen, das Eis, die Kranken, die Erfrorenen, die im Schlamm und Matsch Ertrunkenen, die Toten, sie kommen und gehen, Jahr für Jahr, wie auch die Jahreszeiten erscheinen und verschwinden, und nur das Wolldeckengejammer bleibt. Eine Art beharrlicher Stimmarbeit, um das aussichtslose Unterfangen zu zelebrieren und schlussendlich zu heiligen. Denn nur das Unlösbare, Unerklärliche kann schlussendlich zur Gottessache erklärt werden. Und damit fällt einem wie durch ein Wunder die Verantwortung aus der Hand.

Die dünnen Stimmen der zwei Alten von Euro Relief im Ohr nimmt Henny das heisse, bis oben angefüllte Teeglas entgegen. Bedankt sich bei der rundlichen Frau mit den krausen Haaren, die sich bereits dem nächsten Gast zuwendet. Und geht Richtung Garten, vorsichtig, um nichts zu verschütten, um sich die Hände nicht zu verbrühen.

Das überhitzte Glas, die braune Flüssigkeit, der feuchte Zucker, Henny tastet sich über den unebenen Boden … Ihr verweigert eure Teilhabe nicht, weil die Migrantinnen so schlimme Dinge tun, unter den Migranten gibt es solche und solche, eine Binsenwahrheit, die sich so fad anfühlt wie der ungezuckerte Tee in meiner Hand, nein, ihr seid überheblich und distanziert, verweigert eure Freundschaft und Empathie, weil ihr vom Gefühl der Überlegenheit abhängig seid. Sowohl materiell. Wie auch emotional.

Ja, wenn tausende, ja, zehntausende Menschen aufstehen und diesen Ort verliessen …

Judith B: Es geht um eine Reaktionsweise, die auf ein Angesprochensein folgt, um ein Verhalten gegenüber dem anderen, nachdem dieser andere eine Forderung an mich gestellt, mich einer Schwäche bezichtigt oder mich zur Übernahme einer Verantwortung aufgefordert hat.

Mortaza R: Die griechische Polizei machte die Erstregistration. Die waren beschissen! Total übel.

Jedesmal wenn es Neuankünfte gab, wurde der Bereich der Erstregistration mit einem von Polizisten bewachten Zaun abgeschlossen. Wir durften nicht mal mit den Leuten reden.

Karim Q: Nachdem wir mit dem Bus angekommen waren, empfingen uns griechische Polizisten, die unsere Namen mit den Namen auf ihren Listen verglichen. Einer nach dem anderen wurde abgehakt und durfte das Lager betreten.

Yasmina T: Ein vorübergehender Mann sprach mich an: Bist du aus dem Iran? Ich sagte ja, und er erklärte mir alles, führte mich zu Euro Relief und brachte mich zu EASO.

Véronique L: Wir waren mehr als dreihundert Leute in einem grossen Zelt, das mit Holzplatten ausgelegt war. Wir mussten zwei Monate im Empfangszentrum auf dem nackten Boden verbringen. Wenn du schwanger bist und ohne Matte auf einer harten Unterlage liegen musst, tut dir alles weh und an Schlaf ist nicht zu denken.

Karim Q: Wir harrten vier oder fünf Tage in einem Käfig aus, der sich drinnen im Lager befindet. Hatten wir Durst, mussten wir durch den Drahtzaun rufen und irgendwelche Leute bitten, sie sollen uns doch Wasserflaschen durchreichen. Oder Zigaretten. Oder was zum Essen. Schliesslich wurden wir einem kleinen Zelt zugewiesen, in dem bereits zwei Personen wohnten. Aber unsere Familie besteht aus elf Personen. Wie sollten so viele Menschen sich in dieses kleine Zelt quetschen? Wir konnten nur gebückt kauern und uns beim Schlafen nicht ausstrecken. Der Boden war sandig und steinig. Also benutzten wir die Wolldecken als Unterlage und deckten uns mit unseren Kleidern zu. Wir baten Euro Relief um weitere Wolldecken. Sie sagten: Nein!

Junus B: Sie brachten uns für ein Wochenende in ein grosses, überfülltes Zelt. Es gab für zweihundert Leute eine einzige Toilette. Das war widerlich. Danach kamen wir in einen Käfig. Wir waren acht Personen. Männer, Frauen, Kinder und ein älterer Mann mit einer Behinderung, der im Rollstuhl sass. Der Boden war steinig und dreckig, der Käfig war nicht überdacht und es regnete. Also bauten wir aus einigen Wolldecken ein Dach und die anderen legten wir auf den Boden. In der Nacht drängten wir uns zusammen, um uns zu wärmen und bedeckten uns mit unseren Kleidern. Als nach vier Tagen eine Familie den Käfig verliess, baten wir sie um ihre Wolldecken, um dem Mann im Rollstuhl etwas Erleichterung zu verschaffen. Es war nicht möglich, mit jemandem Kontakt aufzunehmen. Keine Auskunft über den Asylprozess, keine medizinische Hilfe, alle Bitten wurden ignoriert. Schliesslich kletterten wir am Morgen über den Zaun, um das Lebensnotwendigste zu organisieren und am Abend kehrten wir zurück. Wir verbrachten die Tage im Olivenhain. Versuchten zu duschen. Kontakt zum medizinischen Zentrum von Ärzte ohne Grenzen herzustellen. Fuhren nach Mytilini, um Geld zu organisieren. Nach zwei oder drei Wochen kam ich, zusammen mit einem Freund, in ein Zelt. Die Qualität des Zeltes war katastrophal (lacht laut).

Deniz C: Sie brachten uns zu einem Zelt, in dem mehrere Männer lebten … Die wurden wütend … Total aggressiv … Es gefiel ihnen verständlicherweise nicht, dass noch mehr Leute in ihr Zelt gestopft werden sollten … Einer der Männer war völlig verrückt! Ich begriff, dass es Streit mit der Polizei und Schlägereien geben würde … Wir sagten: Hey! Wir sind vor Krieg und Angriffen hierher geflohen … Wir gehen nicht in dieses Zelt! Der Freiwillige von Euro Relief, der uns zu diesen verrückten Männern gebracht hatte, antwortete: Das ist euer Platz und einen anderen gibt es nicht! Wenn es euch nicht passt, müsst ihr selber schauen … Eure Probleme interessieren mich nicht … Wir fuhren nach Mytilini und kauften ein billiges Zweierzelt … Wir lebten zu fünft in diesem Zelt … nach drei Monaten sind drei Freunde ausgezogen …

Yasmina T: Ich bat um ein Zelt. Sie sagten, eine alleinstehende Frau bekäme kein Zelt für sich allein. Ich solle selber schauen. Oder warten. Aber wo? Ich fragte also meine Freundin Shirin und ihren Sohn Kayvan, ob ich in ihrem Zelt schlafen dürfe. Und so wohnen wir nun zu dritt in einem kleinen Zweierzelt. Wir suchten uns einen freien Platz im Olivenhain. Und ein Nachbar bot uns an, für zweihundert Euro eine Grube auszuheben, ein Holzgerüst zu bauen und eine Plane über unser kleines Zelt zu spannen. Nach drei Tagen hatten wir unser Heim. In der Nacht ist es bitter kalt. Ich ging also zu Euro Relief und bat um eine zusätzliche Wolldecke oder einen Schlafsack. Aber sie sagten: Nein! Du bekommst nichts.

Abtin S: In Moria traf ich viele Freunde aus meiner Zeit in Istanbul und Kabul. Sie erklärten mir alles. Wo das Registrationszentrum ist, wie ich mich bei EASO anmelden muss, sie zeigten mir die Foodline, sagten mir, dass ich zu Euro Relief muss, um einen Schlafplatz zu bekommen, sie erzählten mir von One Happy Family, von den Englischklassen und dem Kunstunterricht, ja, mit ihrer Hilfe lernte ich, mich im Lager zu orientieren. Diese Freundschaften sind ein unendliches Glück. Eine unverzichtbare Hilfe.

Die Leute von Euro Relief sagten, sie hätten keinen Platz für mich, ich müsse rausgehen und irgendwo in den Olivenhainen einen Platz suchen, mir ein eigenes, kleines Zelt kaufen oder halt auf der Strasse schlafen. Und sie gaben mir eine Wolldecke. Ich hatte das Geld nicht, um ein Zelt zu kaufen und schlief in den Strassen innerhalb des Lagers. Ich hatte grosses Glück, zu dieser Zeit war das Wetter weder heiss noch kalt. Aber es war schon ein unangenehmes Gefühl. Da liegst du auf deiner Wolldecke, bedeckst dich mit deinen Kleidern und sowohl tagsüber als auch in der Nacht gehen ständig Leute vorbei und starren dich an. Unter den Olivenbäumen wäre es angenehmer gewesen, aber das war zu gefährlich. Es gibt viele Jungs, die dich für ein Handy töten würden. Das sind keine schlechten Menschen, sie sind süchtig nach Alkohol, nach Drogen und brauchen Geld.

Tagsüber waren wir unterwegs. Wir schleppten unser Gepäck mit uns herum, da wir es nirgends lassen konnten. Trotzdem liefen wir und liefen. Einfach nur fortbewegen. Wir wanderten über die Hügel, schauten uns die Dörfer an, rannten den Sehenswürdigkeiten nach, gingen zum Strand zum Schwimmen, sprangen ins Wasser oder hielten uns in Mytilini auf. Wir entdeckten die Insel und verhielten uns wie Touristen. Das Wetter war wunderbar. Ich liebe die vielen Olivenbäume, die es hier gibt. Diese Landschaft erinnert mich an die Landschaft meiner Kindheit. Und das Meer kenne ich aus Istanbul. Wasser? Meer? Ich liebe es. Wir rannten also über diese Insel und redeten und scherzten ununterbrochen. Über unsere Zeit in Istanbul. Über unsere Träume. Unsere Pläne. Politik. Ökonomische Probleme. Über Moria. Die Situation der Geflüchteten. Über die Welt. Über die Bücher, die wir lasen. Fremde Sprachen. Über alles. Wir waren eine Gruppe von fünfzehn Jugendlichen. Wir mussten warten. Hatten nichts zu tun. Nach zwei Wochen bekamen wir ein Zelt.

Inside / Outside

Im Januar 2021 lebt Abtin S. immer noch in Moria Camp.

Im Jahr 2020 verlassen sie Moria Camp: Yasmina T., Nesrin B. und ihr Mann.

Vor Beginn der Recherche hatten sie Moria Camp bereits verlassen: Véronique L., Deniz S., Mortaza R., Karim Q., Junus B., Edem K.

Mit ihnen ist der Kontakt abgebrochen: Arash A., Carter J., Kayvan M., Mina T., Moussa T., Sami T., Sergio U., Shirin M., Ahmed-Ali O. und seine Eltern.

James B. über Harriet Beecher Stowe's Onkel Toms Hütte: Welches Versagen oder welche Verengung der Wahrnehmung brachte sie dazu, sich auf die exzessive Beschreibung der Brutalität und der Grausamkeit zu beschränken – unmotiviert, sinnlos – und die einzig wichtige Frage ausser Acht zu lassen: Was bewegte die weisse Oberschicht zu solchen Taten? Und es bleibt festzustellen, dass wir bis heute in dieser Verengung steckengeblieben sind.

Victor F: Der körperliche Schmerz, den Schläge verursachen, ist nicht das Wesentliche; der seelische Schmerz, will heissen: die Empörung über die Ungerechtigkeit, bzw. die Grundlosigkeit, ist dasjenige, was einem in diesem Moment eigentlich weh tut. Das Schmerzliche an Schlägen ist sonach begreiflicherweise der Hohn, der sie begleitet.

Henny sitzt zwischen den Olivenbäumen auf einem Hügel. Vor ihren Augen ausgebreitet das Lager: Natostacheldrahtverhaue und Mauern umzäunen das streng bewachte und kontrollierte Areal. Zaungeflechte winden sich durch das Innere des Lagers und schaffen eine labyrinthische Struktur, unterteilen jede Zone in mehrere isolierte Bereiche, in denen sich wiederum weitere abgetrennte Sektionen bilden, ornamentiert durch die scharfkantigen Bordüren der Natostacheldrahtwälle. Container oder Isoboxen schimmern weiss und verleihen dem Lager das Aussehen eines militarisierten Outdoor-Krankenhauses. Das abgeschottete, überfüllte Areal wirkt dennoch merkwürdig transparent. Jeder Winkel, jeder Platz ist einsehbar. Kein Schutz vor Blicken, kein Schutz vor Lärm, keine Intimität. Eine überwältigende Peep Show menschlichen Elends.

Deniz C: Die Polizei brachte uns zur Erstregistration … ein mit Stacheldraht umzäunter Hof mitten im Lager … Holzbänke zum Warten … Wir setzten uns hin … Sie begannen unsere Taschen zu durchsuchen … griechische Polizisten … Danach mussten wir in die Container der EASO … Sie nahmen unsere Fingerabdrücke … jeden einzelnen Finger … massen unsere Körpergrösse … machten Fotos … Wir bekamen unseren Ausweis … Sie brachten uns ins Aufnahmezentrum … Und da begannen die Probleme.

Karim Q: Im Registrationszentrum, in einem kleinen Container, kontrollierten sie unser Gepäck, sie durchsuchten alles, nahmen die Fingerprints. Wir bekamen den Ausweis. Im Raum waren ein Befrager von EASO und ein Übersetzer, im Hintergrund standen drei oder vier griechische Polizisten.

Abtin S: Nach der Befragung brachten sie mich in einen zweiten Container, um die Fingerprints zu nehmen. Danach bekam ich die ersten Registrationspapiere. Auf meinen Flüchtlingsausweis, die Refugee ID Card, musste ich länger als einen Monat warten. Nun warte ich bereits seit zwei Monaten auf meine Bankkarte und habe keinen Zugriff auf mein Geld.

Den weissen Stempel in meiner Refugee ID Card muss ich regelmässig erneuern lassen. Krieg ich den blauen Stempel, darf ich die Insel verlassen und ein Asylgesuch stellen. Mit grossem Glück akzeptieren sie mich als schutzsuchende Person und geben mir den roten Stempel und das Aufenthaltsrecht in Griechenland, mit dem ich mich in ganz Europa bewegen darf. Kriege ich den roten Stempel nicht, deportieren sie mich in die Türkei und von dort nach Afghanistan.

Véronique L: Diese Momente, als sie den weissen Stempel in meiner Refuge ID Card verlängerten, waren furchtbar. Die Karte blieb weiss. Es gab keinen blauen Stempel. Sechsmal musste ich meine Registrierung verlängern. Ich fragte mich immerzu:

Wann bekomme ich die Erlaubnis, Moria zu verlassen? Wann darf ich Asyl beantragen? Wann geben sie mir die Aufenthaltsbewilligung? Deportieren sie mich in die Türkei? Ich war vom Gedanken besessen: Eines Tages führe ich ein normales Leben!

Junus B: Sie brachten uns auf einen überdachten Platz. Und EASO Beamte begannen mit der Erstregistration. Dafür brachten sie uns in einen Container. Danach nahmen griechische Polizisten in einem anderen Container unsere Fingerprints. Schliesslich mussten wir im Registrationszentrum warten, bis sie unsere Namen aufriefen und uns zu einem Fotografen brachten. Und wir bekamen das Foodpaper. Gehst du in die Foodline, zeigst du das Papier und bekommst einen Stempel.

Lizzy O: Die Befrager von EASO machen die Interviews, stellen die Papiere aus und geben Empfehlungen ab. Die griechischen Behörden müssen sich theoretisch nicht an diese Empfehlungen halten, aber im Normalfall tun sie es. Da steht dann Akzeptieren! Ablehnen! auf dem Papier. Und die hauen dann einfach den Stempel drauf. Zack!

Filomela P: Nach der Ankunft der Leute in Moria nimmt Frontex die Fingerprints und führt die Erstbefragung durch. In einem zweiten Schritt müssen alle zu Keelpno zu einem Gesundheitscheck.

Mortaza R: Meine Erstregistration erfolgte zwei Monate nach meiner Ankunft. Sie fragten mich, ob ich Medikamente zu mir nähme oder irgendwelche Probleme hätte. Ja, es dauerte zwei Monate, bis sie mich registrierten und medizinisch untersuchten (lacht).

Véronique L: Ich ging zum Schalter von Euro Relief und holte mir das Ticket für das Welcome-Paket. Ich hatte ja nichts als das, was ich auf dem Leib trug. Ich bekam einen Pullover, eine Unterhose, eine Hose, einen Rucksack, eine Wolldecke, eine Seife, eine Zahnbürste und eine Tube Colgate.

Frauen, Männer, Alte, Jugendliche, Kinder laufen, gehen, reden, schreien, streiten, schlafen, sitzen und starren vor sich hin. Menschenstimmen in allen Lagen und Dynamiken. Die Atmosphäre fühlt sich trotz der überflüssigen Zeit, der endlosen Warterei, der lückenlosen Kontrollen hektisch, gestresst und aggressiv an.

Jeder muss sich zwischen den Zelten und Containern durchdrücken, schaut unfreiwillig in die intimsten Bereiche hinein, in denen gekocht, geschlafen, gespielt, geredet, Kinder gestillt, Kleider gewechselt, sich gewaschen oder schlicht gewartet wird. Die dünnen, instabilen Zelte oder die überfüllten Container bieten keinen Sichtschutz. Wer gezwungenermassen einen Blick hineinwirft, tastet sich der schmalen Grenze zwischen Scham und Schaulust entlang. Die Bewohnerinnen wirken müde und resigniert, als besässen sie nicht die Kraft, sich zu wehren, sich ihrer Erniedrigung zu stellen, einen Riegel vorzuschieben – und wenn nur mit einem bösen Blick. Sie lassen es zu, lassen es mit sich machen. Der eigentliche Skandal ist die darunterliegende Gewalt, die diese aufgerissenen Zeltplanen und diese blossgestellte Intimität erzwingt und die Menschen dazu bringt, sich ihrer eigenen nackten Haut erschöpft und schamlos auszuliefern.

Neben den Strassen, Wegen und Pfaden fliessen grünlich schillernde Bäche. Der Gestank nach Kot, Urin und Abfällen durchdringt jede Pore und besetzt jeden Gedanken. Beleuchtungsanlagen fluten das Lager. An Nachtruhe ist nicht zu denken. Und wer es trotzdem schafft, etwas Schlaf zu finden, wird früh am Morgen von den dröhnenden Lautsprecherdurchsagen aus dem Schlaf gerissen.

Haupteingang. Eine Strasse, die ins Innere des Lagers führt. Menschen liegen auf dem Boden, als Unterlage ihre Wolldecke, als Bedeckung ihre Kleider, als Kissen die Gepäckstücke.

Links der Strasse Container für Frauen und Minderjährige, rechts die abgeschlossene Sektion für Minderjährige, die man nur nach einer ausgiebigen Personenkontrolle und mit entsprechendem Ausweis betreten darf. Im Wartebereich für die Neuangekommenen, liegen Jugendliche kreuz und quer und teilweise übereinander in Verliesen, die mit brusthohen Metallgittern und schmutzigem Boden voller Erde und Sand wie Schweinekoben aussehen. Gegenüber das Zelt für neuangekommene Familien. Schwarze

Planen, offen, brechend voll. Die hinter Zäunen und UNHCR Planen verborgene Krankenstation ist geschlossen. In einem vergitterten Turm oder einer Art Vogelkäfig sitzt eine bunt gekleidete Freiwillige von Euro Relief. Sie schiebt hastig Tickets durch eine schmale Klappe, die sie gleich wieder schliesst.

Euro Relief. Sie sind es, die in Moria die alltägliche Macht ausüben. Sie sind die Wächter über die Wolldecken. Eine mehr oder weniger? Das kann im Winter Tod oder Überleben bedeuten. Zelt oder Container? Ein Ticket für Ärzte ohne Grenzen oder das Gesundheitszentrum? Ein Interviewtermin oder Denunziation bei der Polizei wegen einer Übertretung? Eine Empfehlung für die Vulnerable Certification? Oder doch nicht? Das bedeutet Asyl oder Deportation. Einen Schlafsack? Seife? Zahnbürste? Das alles untersteht Euro Relief. Einer in Athen beim Hellenic Ministries registrierten griechischen Non-Profit Organisation. Der Hauptstandort liegt in den USA. Dahinter steht ein Ehepaar, evangelikale Christen aus den USA, die Holloman Family, die unter diesem Label in ihrem Umfeld Millionenbeträge generiert. Ein Teil des Geldes geht in die Anschaffung und Distribution von Bibeln in den Hotspots. Der andere Teil geht in humanitäre Arbeit – wie gerade in Moria. Es wird ihnen nachgesagt, dass sie missionieren, den Geflüchteten Kälte und Gleichgültigkeit entgegenbringen und mit den Autoritäten kooperieren.

Polizisten, mit Schusswesten und Beinschützern, mit Schusswaffen und Knüppeln patrouillieren, und es ist allgemein bekannt, das sie im Fall von Widerstand oder Verstoss gegen die Lagerordnung Gewalt anwenden. Nicht jedoch, wenn es um die Sicherheit der Bewohnerinnen geht. Dann schreitet die Polizei nicht ein und lässt den Dingen ihren Lauf.

Am Ende der Strasse öffnet sich ein Platz, an dem hinter Natostacheldraht das Erstbefragungszentrum der EASO liegt.

Die Strasse wendet sich in einer engen Kurve nach rechts und führt steil den Hügel hinauf, am Central Office von Euro Relief, einem schattigen Zelt hinter rustikalem Holzzaun, vorbei. Hinter einer Terrasse, auf der Menschen spielen, plaudern oder vor sich hin starren, die Foodline. Durch den überdachten, lang gestreckten Schuppen führen Metallzäune im Zick Zack – wie für's Anstehen bei den Bergbahnen, Skiliften und Check Ins an Flughäfen –, um das ordnungsgemässe Durchschleusen zu garantieren und übermässiges Drängeln und Erdrücken einzelner Menschen zu verhindern.

Auf beiden Strassenseiten liegen Wohnsektionen. Enge Gassen gesäumt von Containern, in jedem freien Winkel sind Zelte aufgeschlagen, die Wege sind verstellt mit provisorischen Behausungen, mittendrin die wackeligen Kunststofftoiletten, von denen ein bestialischer Gestank ausgeht. Daneben improvisierte Moscheen.

Abends findet in dieser steilen Strasse der fliegende Bazar statt: Brot, Früchte, Suppe, Gemüse, Kleider, Barbershops.

Am oberen Ende des Hügels angekommen, teilt sich die Strasse links zur Sektion der Minderjährigen und rechts zur Sektion der Familien und weiter zum Hochsicherheitsgefängnis. Hinter dem Maschendrahtzaun beginnt das wilde Lager im Olivenhain.

Henny schaut durch den Zaun. Löcher im Zaun. Um das Lager unerlaubt zu verlassen oder zu betreten. Oder um Umwege zu verhindern.

Deniz C: Die Leute von Euro Relief stecken vier bis fünf Familien in einen Container, oder drei bis vier Familien in ein Zelt … drei bis vier Einzelpersonen müssen sich ein kleines Zelt teilen … Es gibt überhaupt keine Rückzugsmöglichkeiten, keine Intimsphäre … Physische Gewalt wenden sie selbst nicht an … Fühlen sie sich bedroht, rufen sie die Polizei … Sie sagen dir, heute ist dein Name auf der Liste … Geh und hol dir ein Ticket für die Registrierung … Oder du hast einen Interviewtermin … Oder du wirst aufs Festland gebracht … Oder du wirst deportiert … Sie informieren dich über diese Dinge … Entscheiden dürfen sie nicht … Entscheiden tun die Leute von EASO oder die griechischen Beamten …

Véronique L: Drei Toiletten für dreihundert Leute. Die waren immer total verdreckt. Gehst du da hin, holst du dir Krankheiten. Männer und Frauen sind nicht getrennt, wir mussten uns am selben Ort waschen. Ich erinnere mich, eines morgens war die Dusche von oben bis unten mit Blut verschmiert. Kurz davor wurde ein Mann getötet.

Wir waren sieben Frauen in einem kleinen Zelt. Ich bekam für mich keinen Platz. Also holte eine

Freundin mich da rein. Natürlich gab es Streit, weil es den anderen Frauen nicht passte, dass sie Platz machen mussten.

Du liegst nachts in deinem Zelt und hörst, wie Schritte dicht an deinem Kopf vorbeigehen. Du willst nicht schlafen, du bist auf alles gefasst. Die Hitze ist erdrückend.

Yasmina T: In der Nacht kann ich nicht schlafen. Ich fühle mich nicht geschützt. Als Unterlage benutzen wir zwei Wolldecken. Mit der Dritten decken wir uns zu, Shirin, ihr Sohn Kayvan und ich. Die Kleider sind unsere Kissen. Ich fürchte mich vor Schlangen, Ratten, Insekten, Dieben und Vergewaltigern.

Um sechs Uhr morgens gehe ich mit Shirin zu den Toiletten. Sie liegen weit entfernt von unserem Zelt und sind extrem dreckig. Danach wasche ich mir mein Gesicht und putze mir die Zähne am Waschbecken, das gleich hinter den Toiletten liegt. Auch da warten wir länger als eine Stunde. Andere waschen ihre Kleider, baden ihre Kinder. Ich brauche ungefähr drei Stunden für die Morgentoilette.

Das Schlimmste für mich aber sind die Hitze und die Kälte. Und meine Stauballergie. Der starke Wind trägt den Staub überall hin. Und rundherum sind die Menschen krank. Ich stecke mich an. Die ganze Zeit – Grippe, Durchfall – einfach alles.

Mortaza R: Im Samos Lager wohnten alle Leute in einer Sektion, die hoffnungslos überfüllt war. Überall lagen Männer, Frauen und Kinder auf dem Boden, ohne Wolldecken, ohne Zelt. Sie hatten nichts, um sich zu bedecken. Und keine Beschäftigung. Keine Arbeit. Keine Schule. Keinen Zugang zu Büchern, Zeitungen, Papier, Stiften … Nichts!

Es war für mich unerträglich, mitansehen zu müssen, wie alle diese Menschen in dieser furchtbaren Situation ausharren müssen, total ausgeliefert, ohne Kontrolle über ihr eigenes Leben, ohne Wissen, was in Zukunft mit ihnen geschehen wird, ohne etwas. Und ich war in derselben aussichtslosen Lage. Also mussten wir warten. Das Einzige, das die Leute tun, ist warten. Warten auf irgendetwas, das andere entscheiden. Dieses Nichtwissen und der Kontrollverlust sind das Schlimmste überhaupt!

Junus B: Wir baten um das Geld, das uns von Seiten der UNHCR zustand. Aber wir bekamen es nicht. Der Winter begann. Die Regenfälle setzten ein. Und wir konnten uns nichts kaufen, um uns zu wärmen. Wir schliefen in unseren Kleidern, jeder hatte eine Jacke und eine Wolldecke. Damit mussten wir uns vor der bitteren Kälte und der Nässe schützen.

Abtin S: Ich wohne im Olivenhain, aber in der Sektion, die von der NGO Movement on the Ground betreut wird. Die Freiwilligen dieser holländischen Organisation terrassierten das Gelände und bauten Fundamente für unsere Container und Zelte. Unsere Unterkünfte sind also stabiler, wärmer und trockener.

Früh morgens erwache ich und gehe zur Toilette. Ich muss ungefähr eine halbe Stunde anstehen. Man muss schauen, dass man zu den Zeiten die Toiletten aufsucht, wenn sie nicht so überfüllt sind. Am besten ist es zwischen ein und drei Uhr in der Nacht. Um vier Uhr morgens beginnt der Stau. Danach gehe ich zu den Waschräumen, die sehr klein sind. Dort stehe ich ungefähr eine Stunde an. Manchmal fliesst kein Wasser. Dann musst du jemanden suchen, der das Problem löst. Ja, wir sind jede Woche während einiger Tage ohne Wasser.

Lizzy O: Dass die Grundbedürfnisse von Menschen nicht erfüllt werden, ergibt sich aus einer Mischung von Schlamperei, Überarbeitung, Gleichgültigkeit und Nichtwissen, wie man es anders machen könnte. Ich glaube nicht, dass Menschen, die in Moria arbeiten, sich denken, ah, mein Job hier im Lager gebietet mir, alles so schlimm wie möglich zu machen, damit die Geflüchteten eine sklavische Haltung entwickeln und gehorchen. Nein! Das passiert am Ende einfach so. Dann ist kein Geld da und es gibt keine Genehmigung. Und es gibt diese NGOs, die im Olivenhain Abwassergräben buddeln, damit es ein bisschen weniger schlimm ist, wenn es regnet. So kleine Sachen halt, weil sonst herumerzählt würde, dass da gar nichts mehr gemacht wird, das gäbe schlechte Presse.

Wenn dieser Zeitraum länger wird und die Leute nicht wissen, ob sie drei Monate oder sechs Monate oder auch drei Jahre bleiben müssen, kommen auch andere Bedürfnisse ins Spiel. Dass sie etwas Sinnvolles zu tun haben, eine Sprache lernen, an Projekten teilnehmen, Musik machen, mit Freiwilligenarbeit anderen helfen oder politisch aktiv werden, egal, irgendetwas, und natürlich brauchen sie Sicherheit. Und das Wissen, wann über ihre Zukunft entschieden wird. Ob sie bleiben können oder abgeschoben werden. Auf die Dauer ist das nicht aushaltbar.

Und natürlich gibt es Menschen, die traumatisiert sind, Opfer von Folter und sexueller Gewalt. Völlig klar, dass psychologische Unterstützung und medizinische Betreuung ebenfalls zu den Grundbedürfnissen gehören.

Eine Freundin, die in Moria arbeitet, berichtete, dass ein Junge in ihr Büro gekommen war und sich mit Benzin übergossen hatte und dastand mit den Streichhölzern in der Hand und drohte, sich anzuzünden. Das konnte sie ihm zwar ausreden, aber – wohin mit diesem Kind? Nirgends! Sie sass zwei Tage und zwei Nächte neben diesem Jungen, wartete und redete mit ihm, um ihn in einen Zustand zu bringen, in dem man ihn wieder allein lassen konnte.

Filomela P: Ich wollte weinen. Ich hielt es nicht mehr aus. Ich bekam einen Weinkrampf. Aber ich fand keinen Platz, um allein sein und weinen zu können. Es gibt keinen Rückzugsort, keine Privatsphäre, keine Intimität, keine Stille. Und plötzlich fühlte ich diese verzweifelte Not: Ständig von anderen Menschen umflutet zu sein. Überall Leute. Und keinen Ausweg. Also ging ich in die Toilette. Die war so unbeschreiblich dreckig und der Gestank war unerträglich. Aber ich blieb, es war der einzige Raum mit einer Tür, die man schliessen kann. Es gibt keinen anderen Ort, um in Ruhe und allein weinen, um deinen Schmerz vor den Blicken anderer schützen zu können! Ich verstand, was es heisst, während Wochen, Monaten, ja, Jahren unter solchen Bedingungen zu leben.

Victor F: Natürlich ist im Grossen und Ganzen jeder sogenannte Kunstbetrieb im Lager voll des Grotesken; ja, ich möchte sagen, das eigentliche Erlebnis all dessen, was irgendwie mit Kunst zusammenhängt, ergibt sich erst recht aus der gespenstischen Kontrastwirkung des Dargebotenen gegenüber dem Hintergrund des trostlosen Lagerlebens.

Am Eingang zum wilden Lager im Olivenhain ist eine Art notdürftiger Torbogen angebracht worden. Darauf steht in bunten Lettern: You are Welcome!

Als Henny mit Abtin S. durchs Lager geht, entdeckt sie an den Wänden der Container und an den Metallzäunen bunte Graffities: Schmetterlinge. Raupen. Mäuse. Delfine. Sonnen. Sterne. Rosafarbene Blumen. Regenbogen.

Henny fragt Abtin, ob er all diese hübschen, bunten Namen und Graffities, die eher zu einem mitteleuropäischen Kinderladen als zu einem Registrations- und Ausschaffungslager passten, als zynisch empfinde.

Er schaut Henny erstaunt an. Nein, sagt er und lacht. Im Gegenteil. Er schaue diese Bilder an und empfinde für einen Augenblick Freude oder sogar Glück, und das gäbe ihm Kraft.

Er hebt die Hände, dreht sich einmal um die Achse: Viel Auswahl an Freude haben wir nun mal nicht. Warum findest du das zynisch?

Henny versucht es nochmals: Weil es mich an Kindergärten erinnert, weil mit dieser bunten, kinderlustigen Ästhetik etwas in unzulässiger, ja, geradezu geschmackloser Art übertüncht und verfälscht wird, weil wir uns in einer militarisierten Sperrzone befinden, in der gewisse Menschen nur noch Manövriermasse im geopolitischen Powerplay sind, weil illegale Migration, Bordercontrol und das Asylwesen die lukrativen Geschäfte des 21. Jahrhunderts sind, nicht nur für die Mafia und die Traffiker, nein für alle! Weil mit Milliardenbeträgen aus den reichsten Ländern tausende schutzloser Menschen ausgehungert und knapp am Überleben gehalten, deportiert oder getötet werden, weil ich der Meinung bin, dass man Verbrechen gegen die Menschlichkeit nicht mit sattgelben Sonnenblumen und rosa Katzenpfötchen dekorieren sollte, nur weil Mittelstandskids hierher kommen, um in ihren Ferien mit Geflüchteten Kinderbilder zu malen, weil das hier kein Bastelladen ist, weil man die Bewohnerinnnen nicht wie Babies behandeln sollte, weil das hier verdammt KEIN SPIEL ist, mir geht dieses wow, wow, wir sind so solidarisch, wow, wir sind eine grosse Familie, wow, wir schenken Glück und Hoffnung, wow, schau dir die Schönheit dieser Menschen in diesem Elend an, wow, wow, und lass uns bunte Blumen und ein bisschen Freude in dieses Elend pflanzen, Gedichte schreiben, Kerzen anzünden, gemeinsam singen, wow, wow, wow, mir geht es auf die Nerven, dieses we are so great, we are so amazing, we are so strong together, we are living the power of love and nice to meet you, so auf die Nerven … Langsam … Pause … Halt die Klappe … Henny atmet geräuschvoll aus.

Abtin schweigt eine Weile, zuckt irritiert mit den Schultern, sagt, dass Henny aus einer Mücke einen Elefanten mache, dass sie aus einem harmlosen Schmetterling ein hässliches Monster kreiere. Er schüttelt sich, als wolle er Hennys Ärger, der auf ihn übergesprungen ist, wieder loswerden: Besser Bilder malen, als so herumzuschimpfen! Das hilft uns auch nicht. Und ich hab ernstere Probleme als diese Kindereien hier! Ja, erwidert Henny kleinlaut, du hast recht, ich mag ja Freude, Schönheit, Liebe. Und diesen ganzen verspielten Widerstand. Wenn es denn überhaupt Widerstand sein will.

Warum bin ich so verbissen? Ich fühle mich wie ein angebundener Hund, der knurrend auf Feinde wartet, um bei erster Gelegenheit zuzuschnappen. Am Rand des Blickfeldes taucht etwas auf, was die Form einer Bedrohung annimmt und schon beissen die Kiefer zu. Ich presse die Zähne zusammen und reisse an diesem Feind herum. Das schmerzt an der Zahnwurzel.

Mortaza R: Es gab überall sexuelle Gewalt. Gegen Kinder. Minderjährige. Frauen. Und ja, die Lagerleitung wusste Bescheid. Aber sie schauten weg: Lasst die Leute tun, was sie tun wollen. Uns geht das nichts an.

Ein Freund von mir, der noch minderjährig war, wurde von vier durchgeknallten Typen angegriffen, die sein Smartphone klauten. Wir fanden die Männer und es kam zu einer Schlägerei. Eine richtig grosse Schlägerei. Hier – sieht man noch die Narbe in meinem Gesicht. Einer der Typen knallte mir einen grossen Stein ins Gesicht. Er schlug zweimal zu. Meine Freunde sahen das Blut und holten die Polizei, die uns ins Krankenhaus schickte. Das Smartphone bekamen wir nicht zurück. Nach diesem Vorfall besuchten wir in Samos Stadt den Verantwortlichen, der die Unterkünfte für die Minderjährigen verwaltet und baten ihn, unseren Freund aufzunehmen. Nach fünf Monaten wurde er endlich in eine sichere Unterkunft gebracht. Er ist ein schüchterner, stiller junger Mann. Aber ja, niemand sprach darüber, was ihm vermutlich sonst noch angetan worden war.

Eine junge Frau, die allein unterwegs war, erzählte mir, was sie alles erlebt hatte. Unvorstellbar, welche Schwierigkeiten sie zu bewältigen hatte. Täglich wurde sie belästigt, bedrängt und bedroht. Zum Glück wurde sie nie vergewaltigt. Sie konnte ziemlich gut fluchen und schimpfen. Und wusste sich zu verteidigen.

Wollte sie in die Stadt gehen, konnte sie das unmöglich allein tun, der Weg von Samos Stadt ins

Lager führt durch einen einsam gelegenen Friedhof. Sie kam also zu mir und meinen Freunden und bat uns, sie zu begleiten. Und wir organisierten unseren Alltag so, dass wir gemeinsam in die Stadt gehen konnten. An manchen Abenden, wenn wir zusammen unterwegs waren, weinte sie. Und sprach vom grossen Stress, den sie durchzustehen hatte. Schliesslich konnten wir die Lagerleitung überzeugen, unsere Freundin in einem Container mit Familien und alleinstehenden Frauen unterzubringen.

Karim Q: Die Mafiabanden kämpfen wegen Drogen, Prostitution oder banalen Alltagsproblemen. Und die Polizei mischt sich niemals ein. Sie schaut weg und lässt den Dingen ihren Lauf. Egal ob irgendwelche Leute da per Zufall hineingeraten und verletzt oder sogar getötet werden. Ja, zur falschen Zeit am falschen Ort kann dich dein Leben kosten.

Abtin S: In gewissen Sektionen herrschen Mafiabanden, die sich gegenseitig bekämpfen. In jeder Sektion gibt es unterschiedliche Levels, die von einer Bande beherrscht werden. Und die zwingen Jugendliche in die Prostitution. Unbegleitete Minderjährige müssen ihre Körper den Männern im Lager, aber auch den Männern in Mytilini verkaufen. Oder sie transportieren und verkaufen Drogen oder verüben Auftragsmorde und Vergeltungsaktionen. Die Minderjährigen haben viel mehr Bewegungsfreiheit als die Erwachsenen, dürfen von Sektion zu Sektion, wie es ihnen passt, sie fallen nicht unter die Erwachsenengesetze, können von der Polizei nicht verhaftet und eingesperrt werden, und sind deswegen ideal für illegale Geschäfte. Und diese Kids sind abhängig von Drogen und Alkohol. Und obwohl sie eigentlich zur schwächsten Gruppe gehören, rutschen sie durch diese Rolle in eine das Lager beherrschende Machtposition. Sie tun, was sie wollen. Sie töten, stehlen, greifen Leute an. Sie pöbeln. Schreien. Ohne Respekt, egal, ob jemand alt oder krank ist, ohne Rücksicht auf Frauen und kleine Kinder. Und es hat keine Konsequenzen. Alle fürchten sich vor ihnen. Diese Kinder sollten in die Schule gehen! Die Möglichkeit haben, etwas zu lernen! Die sollten nicht vollgeknallt mit Drogen und Wut für die Mafia arbeiten müssen!

Im Lager herrscht ein so eklatanter Mangel an allen überlebenswichtigen Dingen. Und die bekommst du problemlos von der Mafia – wenn du Geld hast. Auch die Vulnerable Certifications, Medikamente. Alles! Und die Polizei kennt diese Leute. Sie wissen genau, wer sie sind. Vermutlich sind sie am Gewinn beteiligt.

Eines Nachts, ich war auf dem Weg zum Zelt, sah ich einen Mann, der einen anderen Mann niederdrückte und mit einem Messer wiederholt auf ihn einstach. Drei weitere Männer liefen herbei und rissen den Messerstecher weg. Als die Ambulanz nach einer halben Stunde endlich kam, war das Opfer bereits tot. Später erzählte man sich, dass die Schwester des Täters eine Beziehungen mit dem Opfer eingegangen ist. Aber vielleicht ist das auch nur ein Gerücht. Es gibt so viele verschiedene Menschen hier und viele von ihnen sind total fixiert auf Sex. Vor allem die Männer aus Syrien und dem Irak. Ok, es gibt auch unter uns Afghanen viele Typen, die nichts anderes im Kopf haben. Aber hier im Lager hat keiner die Möglichkeit, seine Sexualität normal auszuleben. Und dann drehen welche durch.

Deniz C: Die Leute denken, sie hätten nichts mehr zu verlieren … Vor allem die Männer geben alle Hoffnung auf … Sie prügeln sich … schlagen zu … vergewaltigen … sind zu allem fähig … entspannen sich mit Alkohol … mit Drogen … Ich hab es gesehen … Ich hab es gerochen … Es gab Massenschlägereien, die in brutale Prügeleien ausarteten … Ja, die Polizisten blieben passiv … schauten zu … Wut und Aggression waren an der Tagesordnung … Aber sexuelle Gewalt? Ok, ich denke schon, dass viele Leute zum Sex gezwungen wurden … Aber ich habe nie etwas gesehen oder gehört … sexuelle Gewalt … ich weiss nicht … Mir ist es nicht passiert … Ich weiss nichts über diese Dinge …

Yasmina T: In der Nacht gehe ich niemals allein zur Toilette. Es ist gefährlich für Frauen. Ich fürchte mich vor den Männern. Man erzählt sich, wenn ein Mann eine Frau sieht, die allein unterwegs ist, vergewaltigt er sie. Mir ist es noch nie passiert.

Véronique L: Ich kenne so viele Frauen, die vergewaltigt worden sind. Und wenn die Europäische

Union nicht verstehen will, was in Moria abgeht, wird sich diese Art der sexuellen Gewalt epidemisch ausbreiten – über das Lager hinaus. Wir Frauen werden in keiner Weise beschützt. Aber es gibt auch Rassismus. Die Leute streiten und prügeln sich. Messer und Blut und all das. Und man muss verstehen, dass wir, die Schwarzen, die bloss Migrantinnen und Migranten sind, keinen Schutz verdient haben – in gewisser Weise sind wir an allem selbst schuld, was man uns antut. Auch viele Beamte sind gewalttätig. Ich wollte zweimal zu EASO, weil ich dringend etwas brauchte. Die Polizisten schubsten, stiessen und beschimpften mich. Sie bestimmen die Regeln, entscheiden, was recht und was falsch ist, ob du hinaus darfst, ob du etwas bekommst oder nicht, sie können dich hindern zu tun, worauf du ein Recht hast, und keiner schaut ihnen auf die Finger.

Junus B: Sind die Kämpfe beendet, kommt die Polizei, setzt Tränengas ein, jagt die Leute aus den Zelten und vertreibt sie von ihren Plätzen.

Lizzy O: Man muss sich das vorstellen: Zehntausende Menschen zusammengepfercht in einem kleinen Dorf. Na klar laufen da Mafiageschichten. Verkauf von Papieren, von Drogen. Frauen, vermutlich. Jungs, ganz bestimmt. Die haben ja kein Geld. Gerade die allein reisenden Jugendlichen – das ist nicht verwunderlich! Die Banden verkaufen die Kids hier in der Stadt. Das ist ein dickes Geschäft.

Und warum sollte die Lagerleitung etwas gegen die Mafiastrukturen tun? Die halten das Ganze ja irgendwie am Laufen. Alles, was die Lage einigermassen ruhig hält, kommt den Verantwortlichen zugute. Wie überall mit der Mafia. Da sucht sich halt der Polizeipräsident der Stadt XYZ die kooperativste – oder auch die mächtigste – Mafiagruppe aus, um mit denen zu verhandeln. Bis der Chef der Bande sagt: Ja gut, machen wir! Und die regeln das dann untereinander. Ich nehme mal an, dass es in Moria eine ähnliche Struktur gibt. Und natürlich macht die Polizei Geschäfte mit der Mafia. Versuch mal in Moria, etwas zur Anzeige zu bringen! Sag denen, hey, ich bin gerade vergewaltigt worden! Dann antworten sie: Das ist nicht unser Problem! Und wenn du Pech hast, hauen sie dir noch eins auf die Fresse.

Moria müsste nicht so sein. Und solche Strukturen sind einfach ein Faktor, um es noch scheusslicher zu machen.

Victor F: Ich habe es selber oft erleben müssen, wie sehr einem die Hand zuckt und auszurutschen droht, wenn den Hungernden und Übernächtigten der Jähzorn packt.

Emilia R: Die Ausblendung des Begriffs »Rasse« macht das System unsichtbar, das durch diese Kategorie erzeugt wird. Solange Rassismus existiert und sich auf ganze Bevölkerungsteile negativ auswirkt, dürfen wir nicht aufhören, über »Rasse« zu sprechen. Der Rassismus kann nur durch die Begriffe beschrieben werden, die ihn letztendlich hervorbringen, etablieren und begründen.

Achille M: In den modernen, europäischen politischen Praktiken und Vorstellungen repräsentiert die Kolonie den Ort, wo die Souveränität im Wesentlichen in der Ausübung einer Macht ausserhalb des Gesetzes besteht und wo der Friede dazu tendiert, das Antlitz eines Krieges ohne Ende zu tragen.

Audre L: Wir vergeuden unsere Energie darauf, Unterschiede als unüberwindbare Hürden zu betrachten oder sie sogar unsichtbar zu machen. Dies bedeutet dann zum Beispiel, sich freiwillig zu isolieren oder tückische Verbindungen einzugehen. Nicht jedoch konzentrieren wir uns darauf, Werkzeuge zu entwicklen, um menschliche Unterschiede als Sprungbrett für kreative Veränderungen im Leben zu nutzen.

… In diesem Bericht will ich es möglichst vermeiden, die Hautfarbe, Religion und Herkunftsländer der Menschen zu erwähnen, weil diese Merkmale Hauptgegenstand des zerstörerischen öffentlichen Diskurses sind. Aber weil es gerade diese Kategorien sind, die dazu führen, dass Männer wie Carter und Sergio in Isolationshaft geraten, muss an dieser Stelle gesagt werden, dass sie ausnahmslos eine schwarze Hautfarbe haben, und dass dies der alleinige Grund ist, warum sie weggesperrt worden sind …

Carter ist gebrochen. Sagt er. Albträume. Schlaflosigkeit. Depressionen. Erinnerungslücken. Er liegt ausgestreckt im wackeligen Plastikstuhl.

Sergio ist betrunken. Ausgelassen singend wankt er zum Kiosk und besorgt allen eine weitere Flasche Bier.

Du trinkst zu viel, sagt Carter.

Ja, und du kannst nicht schlafen, scherzt Sergio und schlägt uns lachend aufs Knie.

Carter und Sergio. Kaum am Ufer gelandet, wurden sie von der Polizei aus dem Boot geholt und direkt ins Hochsicherheitsgefängnis im Lager Moria gebracht.

Nur zwei Meter Distanz liegen zwischen dem Lager und dem Hochsicherheitsgefängnis. Es liegt etwas erhöht hinter einem dreifach geführten Natostacheldrahtzaun. Gefängniszellen. Tag und Nacht mit Flutlicht übergossen. Die Männer stehen am Zaun und rufen hinaus. Ihre Hände und Gesichter gegen das Maschendrahtgeflecht gedrückt.

Drei Monate verbrachten Carter und Sergio im Gefängnis. In den Containern herrschte höllische Hitze. Zwei Stunden am Tag durften sie unter strenger polizeilicher Bewachung in einem kleinen Geviert ungeschützt in der prallen Sonne herumlaufen.

Drei Monate Isolationshaft ohne Begründung. Ohne Informationen. Ohne Anwalt. Ohne Handy. Ohne Anrufe. Keine Kontakte zur Familie, zu Freunden und zur Aussenwelt. Sie wussten nicht, wo sie sind. Sie wussten nicht, wie lange diese Isolationshaft dauern, was sie für Konsequenzen haben, was man mit ihnen tun, was mit ihnen geschehen würde. Sie wussten nicht, wie die Anklage lautete.

Sie kommen aus einem Land, in dem Gefängnis physische Folter und Exekution bedeutet.

Drei Monate schwere, psychische Folter.

Männer aus subsaharischen Ländern haben kaum Aussicht auf Asyl. Also bringt man sie ohne Umschweife in Ausschaffungshaft. Bereit zur Deportation ohne Asylverfahren. Auch Sergio und Carter. Aber die Türkei will sie nicht zurücknehmen. Und mit den meisten Herkunftsländern existiert kein Rücknahmeabkommen. Und so müssen sie in Griechenland bleiben und nach drei Monaten aus der Abschiebehaft entlassen werden. So viel immerhin schreibt das Gesetz vor.

Im Spannungsfeld der grossen Verzweiflung der Geflüchteten und der panischen Angst der Europäer vor den Fremden sitzt die türkische Regierung, lacht sich ins Fäustchen und lässt sich die heissen Kastanien aus dem Feuer holen: Geld. Visa. Und Kriegsunterstützung. Und das EU-Türkei Abkommen torkelt. Also muss man den Beamten der EASO und den griechischen Behörden gewisse Freiheiten gewähren, um zu experimentieren. Das Projekt mit dem klingenden Namen EU-Türkei Rückübernahmeabkommen ist jung. Es ist in Bewegung. Und muss erst entwickelt werden.

Hey! Come on! Wir sind in der Testphase. Wir probieren aus. Vielleicht ändern wir diese Praxis wieder. Auch für uns ist es hart! Sagt ein Mitarbeiter von der UNHCR, der nicht genannt werden will und fügt an: Ich habe diese Leute nicht eingeladen. Sie sind freiwillig da.

Um diese Praktiken öffentlich zu machen, braucht es Aussagen von Betroffenen. Ein Interview. Henny bittet Sergio und Carter, mit ihr darüber zu reden.

Carter schüttelt den Kopf. Nein. Nein. Nein.

Wenn ich auspacke, bringen sie mich wieder ins Gefängnis, lehnen meinen Asylantrag ab, deportieren mich in die Türkei oder gleich in den Sudan, erregt Sergio sich und öffnet eine weitere Bierflasche.

Ihr kriegt einen anderen Namen, eine andere Nationalität, ein anderes Alter. Wir fälschen die zeitlichen Abläufe. Eine Fake-Identity.

Carter starrt auf seine Hände. Nein! Nein! Nein!

Die einen knasten uns grundlos ein. Die anderen wollen, dass wir dafür geradestehen, die Helden spielen und in der Öffentlichkeit unsere Sicherheit und unseren Ruf riskieren. Lasst uns endlich in Ruhe! Sergio ist wütend.

Yes. I am on the ground. Sagt Carter.

I am on the ground.

Geht Henny auf der Hauptstrasse am Lager vorbei, sieht sie das Gefängnis, das erhöht in der Mitte des Lagers thront. Manchmal Haare, manchmal Gesichter der Männer. Manchmal Hände. Sie hört ihre abgehackten Rufe. Die Polizistin sitzt auf einem hohen Hocker vor dem Wächterhäuschen und schaut auf ihr Handy. Merkwürdigerweise werden diese Gefangenen ausnahmslos von Frauen bewacht. Henny stellt sich hin und starrt hinauf. Die Polizistin rutscht sofort von ihrem Hocker, lässt Henny nicht aus den Augen und macht mit ihrem Handy Fotos von ihr. Zwischen der Polizistin und dem Lager ein Graben. Zwischen dem Lager und Henny eine Mauer.

Lediglich zwei Meter Distanz zwischen einem behördlichen Schreibtischexperiment und der vorsätzlichen Zerstörung eines Menschen.

Und Henny fragt sich beim Weitergehen, ob diese Schlampe von Polizistin ihre Tränen auf dem Display ihres Handys gesehen hat. Tut mir leid wegen der Beschimpfung. Tut mir leid, Sister. Aber solch einen beschissenen Job macht man einfach nicht. Oder was ist bei dir los?

Und warum fühle ich mich genötigt, mich zu entschuldigen? Weil es sich um eine Frau handelt?

Im wilden Lager im Olivenhain. Die Zelte stehen dicht an dicht. Behausungen aus notdürftig zusammengebastelten UNHCR Planen. Manche solide und gut gebaut, andere zerrissen. Trostlose Schlupflöcher, die lose an der ausgetrockneten Erde hängen. Dazwischen kleine, bunte Touristenzelte.

Ein Labyrinth aus schmalen Trampelpfaden.

Vier steinerne Wassertröge mit je einem Wasserhahn.

Junge Männer putzen sich die Zähne und spucken mit Zahnpasta vermischtes Wasser aus. Es scheint sie nicht zu kümmern, dass sie beobachtet werden. Sie schauen einfach nicht hin.

Frauen mit gewaschener Wäsche in bunten Plastikeimern balancieren zwischen den Behausungen hindurch.

Schlangen, Ratten und Mäuse im Sommer. Wanzen, Flöhe, Wespen und Mücken.

Die Bewohnerinnen müssen ihre selbst angelegten Gärten zerstören, um für die Neuangekommenen Platz zu schaffen.

Am Montag kommt ausnahmsweise die Kehrichtabfuhr. Weil eine Delegation mit griechischen und europäischen Regierungsmitgliedern erwartet wird. Am Mittwoch beginnt es zu stinken. Am Donnerstag wird es heftig. Ab Freitag nimmt der Gestank überhand. Am Samstag durchdringt der Gestank die Sinnesorgane, lähmt das Denken und vergiftet die Gefühle.

Ohne Delegation kommt die Kehrichtabfuhr während Wochen nicht.

Essensgeruch.

Brot.

Männer bauen die Lehmöfen oder die in die Erde eingelassenen Tandooröfen. Frauen backen die mit Kümmel bestreuten oder mit Kartoffeln und Zwiebeln gefüllten Fladenbrote.

Oder sie errichten eine Feuerstelle aus groben Steinen. Legen einen kleinen Garten an. Blumen. Kräuter. Schmücken ihre Behausungen mit bunten Tüchern. Erzeugen eine behagliche Atmosphäre.

Zelt. Zelt. Zelt.

Zelt. Zelt. Zelt. Zelt. Zelt. Zelt. Zelt. Zelt. Zelt
Zelt. Zelt. Zelt. Zelt. Zelt. Zelt.

Auf der Anhöhe unter den Olivenbäumen feiern sie den Todestag des Zwölften Imams Hosseini. Männer singen versteckt hinter einer Plane. Frauen und Kinder sitzen auf UNHCR Wolldecken, die sie auf der Erde ausgebreitet haben. Jugendliche bieten Plätze an.

Tourists first! Flirten sie und lachen.

Die Besucherinnen aus Europa sind die Gäste. Die Jungs entscheiden, ob ihre Anwesenheit geduldet wird. Junge Frauen bringen Tee und Cola.

Abendstimmung. Rosafarbenes Licht auf den sanft gewölbten Hügeln. Der Mond am dämmrigen Himmel.

Flugzeuge. Reisen. Tourismus.

Blick aufs Meer und die türkische Küste.

Zelt. Zelt. Zelt.

Ein Mann liegt etwas erhöht auf der Böschung am Strassenrand auf einer Strandliege. Ein Baby auf dem Bauch. Mit halbgeschlossenen Augen überblickt er die Szene. Seine Hand streicht abwesend über den Kinderkopf.

Steinige, rissige Erde.

Abfall.

In den Olivenbäumen ein Gewirr von Schnüren, Seilen und Kabeln, daran hängen Säcke, Kleider und Glühbirnen.

Manche haben ein Holzgehäuse mit Türen und Fenstern um die Planen gebaut und Wassergräben rundherum. Und hübsch eingerichtet. Jedenfalls ist der Wille zur Schönheit spürbar. Mit Wolldecken bedeckte Paletten bilden Terrassen mit Sitzbänken. Bunte Glühbirnen.

Im besten Fall eine Scheinidylle. Diese romantische Vorstellung vom Widerstand der Menschen, ihrem Gestaltungswillen, ihrer Überlebenskraft, eine fixe Idee, die droht, sich einzustellen beim Anblick dieser Leute, die an Feuerstellen aus groben Steinen ihr Essen kochen, reden, rufen, scherzen, beim Duft der frischen Fladenbrote, die sich in den improvisierten Brotöfen aus Lehm und Stroh oder den erhitzten Erdlöchern blähen, beim Geruch nach Feuer und Kohle, beim Anblick von Kindern, die lachen und spielen, eine mit Wasserflaschen gefüllte Kiste an Seilen hinter sich herziehen, ausrutschen und blödeln, sichtlich stolz auf ihre in der Tat stupende Erfindung, von Jugendlichen, die flirten, Musik hören oder lesen und von Erwachsenen, die ihre Gärten in den Holzkisten pflegen – und dann gibt es noch die illegalen, bunt dekorierten Supermärkte, die an kitschige Ferienfotos erinnern und Getränke, Mehl, Kartoffeln, Reis, Spaghetti, Eier und Klopapier im Angebot haben und schliesslich noch die Abendsonne, leuchtend warmes Licht, der Blick auf die schimmernden Hügel, aufs blaue Meer. Es braucht nur einen einzigen Regenfall und ausnahmslos jede Behausung liegt zerstört und aufgelöst unten auf der Hauptstrasse.

Die ausgetrocknete, harte Erde vermag das Wasser nicht aufzunehmen und verwandelt sich innert Minuten in eine reissende Schlammlawine, die alles den Hügel hinunterschwemmt. Alles, was die Menschen mühsam dem Elend abgetrotzt haben, finden sie unten auf der Strasse in einem Haufen mit Dreck, Geröll und Holz wieder. Zeltplanen und Habseligkeiten, als würde sich ihr Schicksal unablässig wiederholen. Auflösung. Verlust.

Wer sein Zelt ein wenig besser gebaut hat, wird im Wasser liegen müssen. Die Gruben um die Zelte herum füllen sich mit Mur. Und im Winter laufen die aus UNHCR Planen gebastelten Behausungen mit Matsch voll oder werden unter den Schneemassen zerdrückt.

Im Winter.

Der Regen. Der Schnee. Die Nässe. Die Kälte. Ausnahmslos in jedem Augenblick und an jedem Ort ist es nass und beissend kalt.

Im Winter erfrieren Menschen.

Ahmed Ali läuft auf Henny zu und springt in ihre Arme. Der Körper des kahlköpfigen Jungen fühlt sich kräftig und angespannt an. Ahmed-Alis Mutter hat Henny am minzgrünen Turban erkannt und ihren Sohn losgeschickt.

Sie setzen sich auf die Böschung.

Henny bietet Mandeln, Ahmed-Alis Eltern bieten Wasser an. Und sie unterhalten sich mit Hilfe von Google Translator und betrachten das aus UNHCR Planen notdürftig zusammengeflickte Zelt, in dem sechzehn Personen wohnen. Daneben im Zweierzelt vier erwachsene Männer. Die Nachbarn versuchen, das grosse Zelt, das zusammengebrochen ist, mit Schnüren am Baum zu befestigen, um es wieder aufzurichten.

Ahmed-Alis Mutter hat in ihrem Abschnitt ein Kopftuch aus braun glänzendem Stoff als Dekoration aufgehängt. Kartonkisten, in denen Wasserflaschen und das Gepäck aufbewahrt werden, sind mit einem blauen Tuch geschmückt und bilden die Grenze gegen die Bereiche der anderen Familien. Keiner kann sich in seiner vollen Länge ausstrecken. Sie schlafen zusammengerollt.

Die kleine Vespergruppe beobachtet eine Freiwillige von Euro Relief, die versucht, die Bewohnerinnen des grossen Zeltes davon zu überzeugen, eine neu angekommene Familie mit drei Erwachsenen und zwei Kindern in ihre Behausung aufzunehmen. Sie sollen das Zelt doch einfach neu aufteilen, schlägt die Freiwillige vor und lächelt stolz.

No! No! No! Ahmed-Alis Vater wehrt sich.

Die Frau von Euro Relief, die eine spitzenbesetzte Bluse und strassbesetzte Sandaletten trägt, und in den blonden, hochgesteckten Locken einen Haarreif mit rosa Stoffblumen, schüttelt empört den Kopf und weist auf die neu angekommene Familie: Hey! Schaut sie euch an! Wenn ihr keinen Platz macht, sitzen sie auf der Strasse. Wollt ihr das? Habt ihr kein Mitleid?

No! No! No! Ahmed-Alis Vater bleibt hart. Keine Nerven für emotionale Erpressung. Das geht zu weit. Wenigstens 1,5 Quadratmeter soll der eigene Abschnitt bleiben. Sollen wir schlafen wie die Tiere? Ist sie vollends verrückt geworden?

Gib mir die Schere zurück, bellt eine andere Freiwillige von Euro Relief. Blutjung, mit Häubchen auf dem Kopf steht sie breitbeinig da und streckt fordernd ihre Hand aus.

Der Nachbar aus dem Zweierzelt gibt ihr die Schere. Ich brauche sie noch, sagt er in gebrochenem Englisch.

Kein Problem, antwortet die Frau kühl, ich glaube dir, dass du sie nicht gestohlen hast. Kein Problem, ich weiss, dass du ehrlich bist.

Ich brauche die Schere aber noch, wiederholt der Nachbar. Das Zelt. Wir müssen das grosse Zelt flicken. Die neue Familie. Er weist auf die neu angekommene Frau, die mit einem Baby im Schoss auf dem Boden hockt und ins Leere starrt.

Die dicke Freiwillige lächelt zerstreut. Bedankt sich und steckt die Schere ein und verschwindet zusammen mit der blumenbestückten Blonden im Gewirr der notdürftigen Behausungen. Sie trippeln in ihren weissen Pantoffeln und goldenen Sandaletten über die Schichten ausgetrockneter Erde und Schmutz.

Die kleine Runde isst weiterhin Mandeln. Die Nachbarn, nun ihrer Schere beraubt, setzen sich ebenfalls dazu. Sie schenken Henny eine Zweiliterflasche mit Wasser. Henny findet in ihrer Tasche eine letzte Packung mit Keksen.

Zwei blasse Männer, die ebenfalls Westen von Euro Relief tragen, tauchen auf. Stehen herum. Rufen schüchtern Hallo, um dann ohne abzuwarten die Plane vor dem Eingangsbereich des Zeltes zurückzuschlagen, hineinzuschauen, sich wieder aufzurichten und etwas auf ihren Listen zu notieren, die sie auf Holzbrettchen vor sich hertragen.

Henny stellt fest, dass auch die Aufmerksamkeit dieser zwei Männer an allem und jedem abrutscht. Sie starrt sie an, lächelt sogar, grüsst, doch die Blicke der zwei Jungs schweben über sie hinweg. Ihre Augen streifen zwar die kleine Gruppe, die Mandeln und Kekse isst und Wasserflaschen austauscht, aber ihr Bewusstsein scheint das Gesehene nicht aufzunehmen.

Es gibt hier viele Freiwillige und Unfreiwillige, die einen Blick, ein Lächeln, einen Gruss nicht erwidern. Aber immerhin schauen sie dich kurz an. Gleichgültig. Gestresst. Unfreundlich. Aggressiv. Aber immerhin ein Kontakt.

Véronique L: Die Verantwortlichen von Euro Relief waren unfreundlich und offen rassistisch. Die Freiwilligen hingegen waren teilweise nett. Sie wiesen uns Plätze zu und teilten Kleider aus und verhielten sich korrekt. Diese blutjungen Männer und Frauen kommen aus den USA, Deutschland, Holland, von überall her. Aber sie sind so verwöhnt und unerfahren, dass sie völlig ausserstande sind, unsere Not zu verstehen. Wenn wir von unseren Problemen reden, lächeln sie, zucken mit den Schultern und sagen: Ich kann dir nicht helfen. Du musst selber schauen!

Deniz C: Euro Relief ist eine dreckige Organisation mit dreckigen Regeln … Ich schaute mir eines ihrer Ausbildungsvideos an … Einer der Freiwilligen zeigte es mir … Und sie haben diese Regel: Sei nicht freundlich zu den Geflüchteten … Verbindet euch nicht mit ihnen … Gebt ihnen eure Liebe, aber auch eure Wut nicht. Das bringt man ihnen bei, bevor sie nach Moria kommen … Vielleicht denken sie, wir sind keine Menschen … Oder sie denken, wir verstehen die Situation, in der wir festsitzen, nicht … Oder sie denken, wenn du als Freiwilliger Gefühle zeigst, Nähe zulässt, du deine Aufgaben nicht erfüllen kannst … Ich weiss es nicht. Ich beobachtete eine Freiwillige, die in einem Container stand und eine Familie anschrie. Sie war ausser sich. Sie schubste die schwangere Frau und den Mann und schrie: Raus hier! Raus hier! Ihr habt nicht das Recht, in einem Container zu leben! Das sind unsere Regeln … Da steht diese Freiwillige vor einer hochschwangeren Frau und schreit sie an: Du gehst hier raus! Sofort!

Es gibt Freiwillige, die mögen diese Regeln nicht und gehen zu einer anderen NGO … Viele wechseln von einer NGO zur anderen … Mal sind sie da … Dann sind sie dort … Manche kommen zu Euro Relief zurück … Ich verstehe das nicht … Die Freiwilligen bezahlen monatlich einen bestimmten Betrag, damit sie in Moria arbeiten dürfen … Sie müssen ja auch ihren Flug bezahlen, eine Wohnung oder ein Zimmer mieten … Ich frage mich wirklich, warum sie das tun …

Lizzy O: Der Lagerleitung oder den Verantwortlichen von Moria kann nichts Besseres passieren als hundertfünfzig Zombies, die rumrennen, genau das machen, was man ihnen sagt, die nichts hinterfragen, die immer nur sagen: Bleib ruhig! Alles hat seine Richtigkeit! Die den Mund nicht aufmachen, für die das ok ist, wenn da einer vor ihren Füssen stirbt oder die Polizei Razzien macht und die Leute sinnlos verprügelt. Du kannst nicht in Moria arbeiten, ohne korrumpiert zu sein. Es gibt keine einzige NGO, die Teil der inneren Struktur von Moria ist, die nicht völlig unpolitisch und opportunistisch ist. Es gibt immer das Argument, wenn wir da nicht drin sind, weiss gar keiner mehr, was da läuft. Aber so, wie es jetzt ist, weiss das auch keiner. Das heisst, wenn man es wissen will, muss man mit den Geflüchteten sprechen, die da wohnen. Dann kriegt man auch eine ehrliche Antwort.

Karim Q: Euro Relief besteht aus Arbeitsgruppen. Eine Gruppe ist verantwortlich für die Reinigung der Toiletten und der Duschen. Sie reparieren die Container, Zelte, die Airconditions, die Überwachungskameras. Eine andere Gruppe ist für die Ankünfte, Aufnahmeprozeduren und Platzierungen zuständig. Eine weitere Gruppe kümmert sich um die alltäglichen Grundbedürfnisse: Medizin. Essen. Wolldecken. Die arbeiten mit der UNHCR zusammen.

Sie sind emotional kalt. Aber korrekt. Wir hatten nur mit ihnen zu tun, wenn wir was brauchten. Sie fragten uns, was und wieviel. Und sie gaben es. Oder auch nicht.

Abtin S: Die Freiwilligen von Euro Relief sind unerfahren und auf ihre Tätigkeit im Lager nicht vorbereitet und sie fühlen sich völlig überfordert. Sie verfügen über gute Ausbildungen und studieren an Universitäten. Also kommen sie nach Moria, um Lebenserfahrungen zu sammeln. Ja, sie hungern geradezu danach. Später gehen sie an ihre Universitäten zurück. Und erwerben ihre Diplome.

Ich sehe doch, dass sie nicht wegen der Arbeit oder aus Überzeugung hier sind, dass sie sich nicht für mich und meine Situation interessieren. Sie folgen ihren eigenen Interessen, allein um der Erfahrungen willen, und wollen uns gar nicht helfen. Dabei ist es schön, sehr schön sogar, wenn Leute kommen, die sich für unsere Situation interessieren, uns unterstützen und Kooperationen mit uns eingehen. Wir sind ja auf solche Leute angewiesen – abhängig und fremdbestimmt wie wir sind. Mein Englischlehrer beispielsweise ist eine gereifte Persönlichkeit. Er will mit uns befreundet sein und zusammenarbeiten.

Aber die Leute von Euro Relief wollen das nicht. Ja klar, macht mich das wütend! Warum auch nicht?

Mortaza R: Es gibt unter den Freiwilligen Leute, die sich überlegen fühlen und uns erziehen wollen. Und viele von ihnen kommen nach Griechenland, um zu helfen, aber sie wissen nichts! Nichts! Sie sind total ahnungslos und unerfahren. Und ich frage mich: Warum sind sie so gleichgültig? Warum sind sie so selbstbezogen? So viele hervorragend ausgebildete Leute mit so eklatant wenig Lebenserfahrung.

Diese Leute waren für mich die grösste Herausforderung überhaupt.

Filomela P: Humanitäre Arbeit ist auch von kolonialen Verhaltensweisen geprägt. Wir helfen diesen Leuten. Und diese tun nichts dafür. Sie nehmen. Wir geben. Diese Stereotypen sind in den westlichen Traditionen tief verankert. Deshalb ist humanitäre Arbeit so radikal entpolitisiert worden. Unter den Leuten, die in den NGOs arbeiten, gibt es aber auch richtige Kämpfer. Sie setzen sich mit aller Kraft und sehr viel Leidenschaft für die Geflüchteten ein. Sie bemühen sich beispielsweise, dass die Leute die Vulnerable Certification bekommen, weil das der einzige Weg ist, um Rechte einfordern zu können. Das gibt ihnen die Möglichkeit, für etwas Konkretes zu kämpfen.

Lizzy O: Die meisten Menschen sind nicht in der Lage, zum Beispiel ein Kind in der Kälte stehenzulassen, auch wenn dieses Kind schwarz ist. Und dieses Gefühl des Mitleids, ah, du siehst schlecht aus, dir geht es gerade richtig mies, du brauchst Hilfe, wäre ja grundsätzlich nicht falsch, daran kann nichts Zerstörerisches sein. Menschen können sich in andere Menschen hineinfühlen und spüren, was andere denken, Empathie und Mitgefühl gehören einfach zu uns. Aber dabei darf es nicht bleiben, so im Sinne von, hier hast du die Wolldecke und jetzt ist auch gut und jetzt hau ab! Das darf nicht das Konzept sein. Es muss weitergehen. Ich muss mir die Frage stellen, wie stehe ich politisch dazu, wie gehe ich damit um.

Filomela P: Eines Tages kam ein hilflos wirkender, dicker Junge in die Klinik. Er hatte Asthma und brachte sein Atemgerät mit. Die Maschine war gross und altmodisch. Schüchtern brachte er vor, er brauche Hilfe, er habe grosse Probleme. Die Ärzte von Keelpno verspotteten ihn und sein altes Atmungsgerät, sie lachten und meinten, um das Ding anzuwerfen, bräuchte er Feuer, aber wahrscheinlich sei er sogar zu blöd, um anzufeuern. Ein Arzt fragte nach seinen Impfungen. Der Junge antwortete verängstigt, ja, er denke schon, dass er geimpft worden sei, seine Mutter habe ihn sehr geliebt. Hau ab, sagten sie zu ihm. Und schickten ihn weg.

Diese Entmenschlichung des Personals ist eines der grössten Probleme. Sie arbeiten unter nicht zumutbaren Bedingungen. Sie sind Teil dieses furchtbaren Systems. Und dennoch: Sie tun es. Sie quälen, demütigen und erniedrigen die von ihnen abhängigen Menschen. Und richten damit viel Leid und Schaden an.

Zygmunt B: Diese dahintreibenden, wartenden Kreaturen besitzen nur noch ihr nacktes Leben, dessen Fortsetzung von humanitärer Hilfe abhängig ist.

Gayatri S: Subalterne zu finden, scheint mir nicht besonders schwierig zu sein, wohl aber, in eine Struktur der Verantwortlichkeit mit ihnen einzutreten, in der

Antworten in beide Richtungen fliessen. Ein Lernen zu erlernen, ohne diese verrückte Suche nach schnellen Lösungen, die Gutes bewirken sollen, mit der Annahme einer kulturellen Überlegenheit.

Wer sich in diesem Wegnetz nicht auskennt, wählt die falsche Abzweigung, landet auf einem geschlossenen Plätzchen oder in einem fremden Zelt, oder kommt wegen einem tiefen Erdloch, einer abschüssigen Grube, einem zu dichten Gewirr von Zeltschnüren oder einer Schlammlache oder einfach, weil der schmale Pfad endet, nicht weiter, muss zurückgehen, um wieder eine falsche Abzweigung zu wählen, deswegen ist es gut, feste Freundschaften zu pflegen, sich den Weg zu merken, zum Zelt von Yasmina, Shirin und Kayvan, zum Zelt von Mina, Moussa und Sami, zum Zelt von Ahmed-Ali, seinen Eltern und den freundlichen Nachbarn, zum Zelt von Abtin, zum Zelt dieser Familie, die das Fladenbrot zubereitet. Henny klettert und balanciert durch dieses dichte Klöppelnetz aus Seilen und Kabeln, das von jeder Behausung ausgeht und in alle Richtungen strebt, sie muss aufpassen und nicht in ein solches Gewirr hineinstolpern.

Lunch bei Yasmina. Henny darf sich auf die Wolldecke setzen, die über einer Holzpalette ausgebreitet wurde. Sie fühlt Dankbarkeit. Eine kleines Plätzchen mit Schatten. Shirin ist im Zelt am Kochen. Kommt zur Begrüssung kurz raus. Schweissüberströmt. Sie schickt Yasmina und Henny zum Einkaufen bei der Bäckersfamilie. Yasmina hängt sich ihre Handtasche über die Brust, und zusammen klettern sie über abschüssige Erdwälle, an verwahrlosten Zelten vorbei, in denen junge Männer liegen, die auf ihren Handies herumtippen, kommen zum Abhang, an dessen Rand das kleine Zelt des älteren Ehepaars steht. Die Frau knetet den Teig, rührt Kartoffelbrei hinein, falzt zusammen, der Mann lässt die Teigfladen in aufzischendes Öl gleiten.

Yasmina und Henny bleiben stehen und warten. Der süsse Zwiebelgeruch, der weiche Kartoffelgeruch, der würzige Ölgeruch vermischen sich mit dem alles beherrschenden Fäkaliengeruch, Rosmarin, trockene Erde, Parfüm, frische Seife, ungewaschene Körper und Wind. Henny fühlt ein tiefes Gefühl der Entspannung. Geschenkter Frieden. Yasmina lächelt.

Eine Familie steigt den Abhang hinauf, die junge Frau mit dem schönen Gesicht, den Kleidern mit floralem Muster und dem Baby im Arm, bleibt stehen, stösst eine Faust in den Rücken, verzieht das Gesicht, Tränen laufen ihr über die Wangen, sie beginnt in auf- und absteigenden Tonschlaufen zu schimpfen, drückt dem Mann, der pralle Plastiktüten trägt, das Baby in den Arm und setzt sich auf die Erde. Ein kleines Mädchen trippelt schnell den Hang hinauf, schleppt eine Plastikflasche, die fast so gross ist wie sie selbst, bleibt stehen, keucht, verdreht die Augen, grinst Yasmina und Henny an, sucht das Gleichgewicht mit ihren schmalen Füssen, die in schwarzen Stoffpantoffeln stecken, lädt sich die Flasche wieder auf, drückt sie gegen Brust und Bauch und nimmt rutschend und stolpernd den weiteren Weg in Angriff. Jugendliche lachen laut und schrill, rufen und spielen Karten, Mädchen, die Köpfe zusammengesteckt, flüstern, Yasmina zählt Münzen auf die Hand der alten Frau und packt die Kartoffelfladen in rosafarbenes Papier, auf dem sich dunkle Fettflecken ausbreiten.

Shirin hat eine Plastiktüte von Lidl aufgetrennt und legt sie als Tischdecke auf die Holzpalette, in einem alten Joghurteimer serviert sie Salat aus aufgeschnittener Gurke und roter Paprika. Dazu gibt es die Kartoffelbrote. Sie essen mit Aluminiumlöffeln direkt aus dem Eimer, die Gurke ist frisch und feucht, die Paprika süsslich-scharf, das Kartoffelbrot trieft und verteilt Säfte aus Salz und Fett auf der Zunge und füllt die Mundhöhle mit Glück.

Die Frau von der benachbarten Familie schlüpft gebückt aus ihrem Zelt, streckt Henny eine Flasche hin, will wissen, was auf dem Etikett geschrieben steht, mikroskopisch kleine Buchstaben, ein anderer Nachbar bringt eine Lupe, Henny kämpf sich mit Hilfe von Google Translator durch die medizinische Beschreibung, sie versteht, dass es sich wohl um ein Mittel gegen Wanzenbisse handeln muss, härteste Chemie, mehrere Icons mit explodierenden Flammen und Totenköpfe mit Knochen über dem Gesicht, das Mädchen jedoch, das später ebenfalls aus dem Zelt kriecht, und ein braunes, sackartiges Kleid aus grober Baumwolle trägt, zu warm, viel zu warm, denkt Henny, das Mädchen jedoch leidet an Krätze. Der Nachbar mit der Lupe verfällt in eine Schimpftirade, er fuchtelt mit den Händen, unbrauchbar, die Medizin, die man hier bekommt ist nicht nur unbrauchbar, sondern auch gefährlich, gesundheitsschädigend, übersetzt Yasmina, die Frau des Nachbarn wäre beinahe gestorben. Eine dröhnende, blecherne Stimme zieht über das Zeltlager hinweg, Lautsprecheransage, EASO fordert die Leute auf, sich zur Registration einzufinden, erklärt Yasmina, in ihrer Runde achtet jedoch niemand auf den eintönig wiederholten Befehl, auf- und abschwellende Gespräche, Lachen, Automotoren von der nahen Strasse. Gegenüber sitzt ein junges, gut gekleidetes Paar in einem salbeigrünen Touristenzelt, die Frau reagiert aufmerksam auf die Gespräche in Englisch, sucht den Augenkontakt und signalisiert mit einem Lächeln, dass sie mithört und versteht, ordnet in perfekter Weise ihr Kopftuch, verlässt das Zelt, der Mann bleibt im Yogasitz und zupft mit einer Pincette die Konturen seines Bartes.

Yasmina T: Obwohl Griechenland in Europa liegt, ist Europa sehr, sehr weit von Griechenland entfernt. Griechenland ist Asien. In meiner Vorstellung gibt es in Europa so etwas wie Griechenland nicht. Wenn das hier Europa sein soll, dann frage ich mich, was denn dieses Europa überhaupt ist?

Mortaza R: Ich wollte nie nach Europa. Und ich will auch nicht unbedingt hier bleiben. Ich erwarte nichts.

Nach dem Lunch ist Tea Time. Die kleine Gesellschaft macht sich auf den Weg ans andere Ende des wilden Lagers, wo Moussa und Mina mit ihrem Sohn Sami vor zwei Wochen ihr Zelt aufgeschlagen haben.

In gewisser Weise auch ein Krankenbesuch. Moussa leidet an schweren Depressionen und an Panikattacken. Roya, die Ärztin von der Krankenstation im Community Center One Happy Familiy kümmert sich seit Tagen um ihn und versucht mit der ganzen ihr zur Verfügung stehenden Überzeugungskraft, ihn von der Selbsttötung abzuhalten. Mach es nicht. Mir zuliebe. Sagt Roya. Ich würde mich so schlecht fühlen. Erpresst sie ihn. Etwas anderes kann sie ihm nicht anbieten. Er verspricht ihr schliesslich, es nicht zu tun.

Der Interviewtermin ist auf den März 2021 terminiert, achtzehn Monate müssen Moussa und Mina also ausharren. Auch Yasmina leidet unter Depressionen und nervösen Schlafstörungen. Henny versucht, sie aufzuheitern, sie spazieren im Olivenhain, essen im Restaurant am Meer Sardinen und Pommes Frites und trinken herben Weisswein, die Füsse auf der Mauer, die Gischt auf der Haut, sie flanieren durch Mytilini und schauen sich Kirchen, Moscheen und die hübschen Plätze an – als führten sie ein Touristenleben.

Die kleine Truppe verirrt sich auf ihrem Weg durchs Lager; steile, rutschige Abhänge und ein undurchdringliches Gewirr von Seilen und Kabeln. Sie lachen, scherzen, rätseln und beraten sich über den Weg, als befänden sie sich ohne Karte in einer fremden Stadt oder im Gebirge.

Endlich! Ein schrille Stimme. Rufe. Arme, die sich trotz der Hitze um andere Körper schlingen. Hände, die andere Hände hinter sich herziehen, komm, komm, setz dich, setz dich! Sie drängen sich alle in eine Reihe dicht an die Zeltwand, drücken sich in den schmalen Streifen Schatten, der im Lauf der nächsten Stunde immer spärlicher werden wird. Die Hitze staut sich zwischen der Böschung, wo sich die Feuerstelle und der kleine, frisch angelegte Garten befinden, und der Zeltwand, die aus UNHCR Planen, Wolldecken und zerrissenen Abfalltüten zusammengebaut ist. Die Gäste haben auf ihrem Weg Holz gesammelt, das Moussa kunstvoll zerkleinert und ins knisternde Feuer legt, die Flammen lösen sich im grellen Mittagslicht auf, Rauchgeruch, Harzgeruch, Aschegeruch, Tee, unreife Birnen, reife Pfirsiche und Kekse.

Gut gegen Husten, sagt Mina und zeigt auf die harten Birnenschnitze. Unreif schmecken sie viel besser. Und auch die Aprikosen und Mandeln müssen unausgereift von den Bäumen geholt werden, weil die Kerne in diesem Reifestadium noch ungiftig sind und süsslich bitter auf der Zunge zerschmelzen.

Wie Bonbons. So gut.

Moussa, aus der Schwärze der Depression erwacht, redet ununterbrochen und leidenschaftlich, fasst Hennys Hände und drückt sie auf seinen Scheitel und seine Arme, rollt das Shirt hoch und zeigt den nackten Rücken und Bauch: wulstige, verhärtete Spuren von Schlägen, Schnitten, Stichen, Verbrennungen und Verätzungen. Folternarben.

Kayvan und Sami, die beiden Jugendlichen, schwitzen und schweigen. Yasmina schiebt die Sonnenbrille vors Gesicht und döst. Shirin hört Moussa zu und nickt beflissen. Mina schneidet weitere Birnen auf.

Henny fragt: Was kocht ihr auf der Feuerstelle?

Und Mina zählt auf: Gemüseeintöpfe, Reis, Omeletten.

Omeletten, immer nur Omeletten, ruft Moussa dazwischen und lacht.

Und ja, Moria ist Griechenland resümiert die kleine Teegesellschaft. Moria ist Griechenland und Griechenland ist Asien und Asien ist Barbarei. Sind wir endlich in Europa, wird schlussendlich alles gut werden.

Henny drückt den Hinterkopf gegen die Zeltwand, legt die Beine übereinander, die Hände in den Schoss und schweigt. Hat gelernt, auf diese Feststellung hin zu schweigen. Einfach den Mund halten.

Moria liegt in Europa, Moria ist ein europäisches Lager, Moria ist Teil der europäischen Asylpolitik, die Griechen erledigen die Drecksarbeit für

Resteuropa, das nicht nur seine Grenzen, sondern auch den Imageschaden auslagert, die scheusslichen Bedingungen in Moria sind Absicht, um euch davon abzuhalten, nach Europa zu kommen … Die Erfahrung hat Henny aber gelehrt, dass solche Aussagen ein feindseliges Schweigen hervorrufen. Und offene Ablehnung … Muss Moria barbarisches Griechenland bleiben, damit Resteuropa als Traum und Hoffnung bestehen bleibt? Lässt sich nur mit dieser Hoffnung die Katastrophe überleben?

Gelten die Menschenrechte nicht auch für uns? Oder etwa nicht? Fragt der 17-jährige Kayvan. Und wischt sich wütend den Schweiss aus dem Gesicht.

Schaut mal! Ihr macht euch Illusionen. Die Mehrheit der Europäer wollen euch nicht. Und die resteuropäische Asylbürokratie ist ein Sisyphussystem. Geschlossene Grenzen. Abschiebepolitik. Unerbittliche, auf das Fehlverhalten fokussierte Kategorien der Auswahl. Diskriminierung. Exklusion. Unmöglichkeit der Diplomanerkennungen. Jahrelanges Warten. Ihr kommt in ein übersättigtes Wettbewerbssystem, das nur wenige zufriedenstellend bewältigen. Und scheitert ihr oder zeigt euch von euren schwachen Seiten, rufen sie: Seht! Integration funktioniert nicht! Und das ist genau das, was die Rechten und die Fremdenfeinde unermüdlich tun, einschüchtern, die Tragweite einer weitgehend hoffnungslosen oder zumindest sehr schwierigen Lage vor Augen führen, ja, sie schenken unermüdlich reinen Wein ein, was im Klartext heisst: Vergesst es einfach. Was in Wirklichkeit bedeutet: Abschottungs- und Abschreckungspolitik.

Schaut mal! Ihr müsst einfach mal von dieser verdammten Insel runterkommen, mit etwas Glück Griechenland verlassen, das schafft ihr, ich weiss es, das schafft ihr, und in Europa erwartet euch ein Leben in Würde, ihr könnt eure Träume verwirklichen, zur Schule gehen, studieren, arbeiten, in Sicherheit leben, in aller Freiheit das tun und sagen, was ihr schon immer tun und sagen wolltet. Welcome in Europe! We want to have you as our guests. Aber das ist eine Lüge. Eine bunt schillernde Blase. Um euch zu helfen, eure stärkende Illusion aufrechtzuerhalten, eure trügerischen Hoffnungen zu nähren. Einlullend und giftig wie eine Droge, weil ihr Moria sonst nicht überleben würdet. Überhebliches Helfergehabe.

Aber was geschähe, wenn diese Lüge mitten in Moria platzen würde? Gäbe es Revolten? Aufstände?

Deniz C: Ich weiss nicht, wer das gesagt hat: Harte Zeiten machen dich stärker … Ja, ich bin kräftiger, widerstandsfähiger geworden … Ehrlicher mit mir selbst … Viel klarer bezüglich meiner Lebensziele … Während meiner Zeit in Moria begann ich mit dem Fotografieren … Ja, ich will ein richtig guter Fotograf werden … Leute treffen, die professionell arbeiten … Freunde in Norwegen zeigten Bilder von mir in einer Ausstellung … Und als ich in Oslo vorgestellt wurde, ging ein Traum in Erfüllung … Ich nahm an einer

Ausstellung teil … Leute schauten meine Bilder an … Und deshalb möchte ich Moria dokumentieren … Über mein Leben in Griechenland berichten … Das hält mich am Leben … Das bedeutet mir die grösste Erfüllung … Harte Zeiten gehen zu Ende … nicht heute … nicht morgen … nicht nächste Woche … nicht im nächsten Jahr … Aber irgendwann kommen gute Zeiten … Und ich fühle mich frei … in schlechten Tagen … in guten Tagen … in Moria … in Pakistan … in der Türkei … Ich entdecke schöne, wunderbare Orte … Ich treffe neue Freunde … Empfinde jederzeit meine persönliche Freiheit …

Véronique L: Gleichgültig, ob die Leute ein schlechtes oder ein gutes Leben hatten, Moria verändert ihre Persönlichkeit. Weil du niemanden hast, keine Familie, du dein nacktes Leben lebst, jeden Morgen das Schlimmste erwartest, wirst du mit deinen schlechten Seiten konfrontiert. In Moria liebt keiner den anderen. Keiner beachtet den anderen. Das ist das Gesetz. Und wenn einer deiner Brüder eine Gelegenheit sieht, sich einen Vorteil zu verschaffen, dann tut er das. Es gibt Polizisten, die bieten dir gegen Geld einen blauen Stempel an, und so nehmen die Leute ihre Kumpels aus oder treten ihre Brüder, die so viel gelitten, die das Wasser überquert haben, um hierher zu kommen, mit Füssen. Du tust das für den blauen Stempel, für einen simplen blauen Stempel.

Ich lernte viel, weil meine Schwestern und Brüder aus Kamerun mir beibrachten, wie man an einem solchen Ort überleben kann. Ich erlebte diese

Kraft und was es heisst, sich gemeinsam fortzubewegen. Jeden Samstag trafen wir uns, um die Moral zu behalten. Diese Erfahrung veränderte mein Bewusstsein.

Ich möchte nach Frankreich gehen und versuchen, eine Arbeitsbewilligung zu bekommen. Alle drei Monate kehre ich nach Griechenland zurück, weil ich das Land nicht länger verlassen darf. Ich möchte alte Leute pflegen, weil ich meine Eltern liebe. Ich musste meine Eltern verlassen, also möchte ich anderen alten Leuten die Aufmerksamkeit geben, die sie brauchen und verdienen. Und ich möchte in Kamerun ein grosses Haus kaufen und ein Heim für Strassenkinder aufbauen. Eine Stiftung, die obdachlose Kinder von der Strasse holt. Waisen. Oder Kinder, die von zu Hause abgehauen sind, weil sie schlecht behandelt oder missbraucht worden sind. Kinder, die ihren Eltern nicht verzeihen können, weil sie sich verraten und verlassen fühlen. Ich will diese Kinder beschützen. Sie verteidigen. Jedes Kind hat das Recht, geliebt zu werden.

Yasmina T: Vielleicht bin ich hier, um viele Dinge zu lernen? Vielleicht bin ich danach stärker? Mein Traum, mein einziges Ziel ist aber, so schnell wie möglich an einen sicheren Ort zu kommen. Und wieder kleine Kinder in persischer und türkischer Literatur unterrichten zu dürfen. Und mich in Ruhe zu erinnern. Über die Vergangenheit zu sprechen. Tagebuch zu führen. Eines Tages schreibe ich meine Geschichte auf. Ich möchte mit meiner Freundin Parvis am Meer spazieren gehen, in einem schönen Café sitzen und Kaffee trinken. Und Käsekuchen. Ich liebe Käsekuchen. Ich möchte mit meiner Geliebten und einem süssen kleinen Hund in einem kleinen Haus wohnen. Parvis und ich kennen uns seit 25 Jahren. Sie ist meine grosse Liebe. Ich möchte mit ihr zusammensein. Nur das. Ein kleiner, gewöhnlicher Traum.

Karim Q: Ich wurde gezwungen, mit all diesen Leuten aus den unterschiedlichsten Ländern mit ihren Überzeugungen, Erfahrungen und Geschichten auszukommen. Das erweiterte meinen Horizont. Und ich kenne die Menschen nun viel besser als davor.

Mortaza R: Englisch zu sprechen, wurde für mich eine Waffe. Ich war in der Lage, mich auszudrücken, mich verständlich und bemerkbar zu machen. Ich schloss Freundschaften mit vielen Personen aus Europa, Freiwilligen oder was auch immer, versuchte zu verstehen, wie sie ticken, wie sie denken, wie das Leben in Europa funktioniert. Aber das war ein Privileg. Denn meine afghanischen Freunde konnten mit denen nicht reden, obwohl auch sie gern Freundschaften geschlossen und neue Dinge entdeckt hätten, auch sie wollten lernen und arbeiten. Ich stand dazwischen und geriet in eine Machtposition. Also begann ich zu übersetzen. Ich lief sozusagen mit offenen Ohren durch die Welt, um jederzeit helfen und vermitteln zu können.

In den letzten Jahren erlebte ich viele unvorstellbar schlimme Situationen. Und ich sehe um mich herum so viele Leute, denen es noch viel dreckiger ergangen ist, oder immer noch geht, als mir. Es ist sehr schmerzhaft, sie alle in dieser katastrophalen Situation zu wissen. Ich möchte die Freiheit und die Ressourcen besitzen, um sie unterstützen zu können. Jede und jeder, auch wenn sie sich idiotisch benehmen und nicht nett sind, verdienen Unterstützung und Verständnis. Wir sollten lernen, unser Leben anzunehmen. Aber wir sollten nicht für das Recht auf unser Leben kämpfen müssen.

Abtin S: Die widrigen Umstände in Moria bekräftigen mich in meinem Wunsch, ein guter Schriftsteller zu werden. Erst hier konnte ich voller Überzeugung diese Entscheidung fällen. Diese scheussliche Situation weckt in mir den Wunsch zu überleben, stark zu sein. Und genau diese Härte soll aus mir einen guten Schriftsteller formen. Wir wollen doch alle ein zufriedenes und erfülltes Leben haben. Ich finde das beim Lesen und Schreiben. Und eines Tages berichte ich über die Situation in Griechenland. Alle werden es lesen.

Und ich will Religionsfreiheit. Warum soll ich meine Religion nicht wechseln dürfen? Ich will Redefreiheit. Das Recht auf Bildung. Und Menschenrechte. Warum soll ich mich nicht frei bewegen, warum soll ich den Ort, an dem ich leben will, und meinen Lebensstil nicht frei wählen dürfen? Warum?

Véronique L: Meine persönliche Freiheit liegt in meiner individuellen Empfindung. Dass ich das Recht habe, das, was ich denke, und wie ich es denke, aussprechen zu dürfen. Ohne Angst, unterbrochen und überhört, misshandelt und unterdrückt zu werden.

Mortaza R: Ich verlor meine Unabhängigkeit. Früher tat ich alles aus freien Stücken, ich hatte mein Geld und gewisse Rechte. Heute handle ich weitgehend unter Zwang, besitze kein Geld und keine Rechte. Meine verlorene Unabhängigkeit ist mein grösster Verlust. Ich kann aber nicht sagen, dass es mich unglücklich macht, ich entwickle dafür Interesse und Mitgefühl für andere. Und gewinne Zeit. Sehr viel Zeit (lacht).

Rosa L: … Ach, heute gab es einen Augenblick, da ich's bitter spürte … Ich lief gerade wie ein Tier im Käfig den gewohnten »Spaziergang« an meiner Mauer entlang, hin und zurück, und mein Herz krampfte sich zusammen vor Schmerz, dass ich nicht fort von hier kann, oh, nur fort von hier! Aber das macht nichts, mein Herz kriegte gleich darauf einen Klaps und musste kuschen; es ist schon gewöhnt, zu parieren wie ein gut dressierter Hund …

Victor F: Wer an eine Zukunft, wer an seine Zukunft nicht mehr zu glauben vermag, ist hingegen im Lager verloren. Mit der Zukunft verliert er seinen geistigen Halt, lässt sich innerlich fallen und verfällt sowohl körperlich als auch seelisch.

Ich verlasse Moria. Sagt Yasmina. Ich finde einen Schlepper, gehe aufs Boot und fahre nach Athen.

Tu es nicht, sagt Henny, ich bitte dich, tu es nicht. Der Weg ist lang und gefährlich und tagelang auf dem Meer in einem seeuntauglichen Schlauchboot, no way, no way, du riskierst dein Leben. Und wenn du ohne blauen Stempel die Insel verlässt, fällst du aus der Registrierung, und wenn sie dich auf dem Meer retten oder nach der Landung erwischen, werfen sie dich ins Gefängnis und du wirst ohne Asylverfahren deportiert. Ich bitte dich! Tu es nicht!

Was soll ich denn sonst tun?, fragt Yasmina. Mit hochgezogenen Schultern und diesem verschlossenen, feindseligen Ausdruck im Gesicht.

Hab ich das Recht, ihr das auszureden? Was kann ich ihr anbieten?

Ja, wir klagen Moria an! Und sagen trotzdem: No Way! Du musst bleiben!

Wer sind wir, dass wir ihnen vorschreiben, was sie zu tun haben?

Krankenstation Duschhaus

James B: Unsere Leidenschaft für ein Leben, das sich sauber kategorisieren lässt, bringt uns in eine Notlage, schafft Verwirrung, führt zu einem Zusammenbruch des Gefühls für das, was von Bedeutung ist. Die Kategorien, die uns helfen sollen, die Welt zu definieren und zu kontrollieren, stürzen uns in ein Chaos. Wir befinden uns in der Schwebe und klammern uns verzweifelt an unsere Definitionen.

Achille M: Die Souveränität drückt sich letztlich vor allem durch die Macht und die Fähigkeit aus, zu bestimmen, wer leben wird und wer sterben muss. Töten oder Leben-Lassen stellen daher die Grenzen der Souveränität dar und sind ihre grundlegenden Kennzeichen. Souveränität ausüben heisst, die Sterblichkeit zu kontrollieren und das Leben als eine Entfaltung und Offenbarung der Macht (Biomacht) zu begreifen.*

James B: Sie triumphieren, indem sie die Menschen, die sie zu Minderwertigen erklären, von der Wirklichkeit dieser Zuschreibung überzeugen. Allein dadurch bekommen sie die Macht, dieses Diktum in der gesell-

schaftlichen Realität zu verankern und die Betroffenen als Minderwertige zu etablieren.

Victor F: Von der radikalen Wertlosigkeit des einzelnen Menschenlebens, zu der es im Lager herabsinkt, kann sich wohl überhaupt nur derjenige einen Begriff machen, der die dortigen Zustände selber miterlebt hat.

Véronique L: Nach deiner Ankunft nehmen sie dir Blut und untersuchen dich. Einige Wochen später bekommst du die Resultate und erzählst dem Arzt von deinen Problemen. Es gibt Leute, die sind fast ertrunken, Frauen, die eine entzündete, verletzte Vagina haben, andere erzählen von Albträumen. Wenn du Glück hast, bekommst du die Bescheinigung als verletzliche Person.

Es gibt Verletzlichkeit A und Verletzlichkeit B. Bist du mit Aids angesteckt, bist du A. Ist die Krankheit ausgebrochen, bist du B. Du musst also dafür sorgen, dass du von A zu B kommst, weil sie dich dann in ein besseres Lager verlegen oder aufs Festland transferieren.

Ich bin vielen Frauen begegnet, die angeblich Krebs hatten, und als man sie im Spital untersuchte, konnte man nichts finden. Ich kenne Männer, die mit dem Aidsvirus infiziert und als verletzliche Person A registriert sind. Sie warten auf B, und die Frauen schlafen mit ihnen, um sich anzustecken, um ebenfalls als verletzliche Person A registriert zu werden. Sie schlafen mit kranken Männern, um selbst krank zu werden! In Moria gibt es so viele Menschen, die Aids haben, aber man versucht nicht, diejenigen, die noch nicht angesteckt sind, zu schützen. Niemand weiss, wer alles HIV positiv, wer eine Gefahr für andere ist.

Aber wenn du krank bist und es dir schlecht geht, sollte man dich behandeln und schauen, dass du wieder gesund wirst und du solltest nicht Papiere kaufen müssen, die dir eine Krankheit bescheinigen, die du gar nicht hast, Schwangerschaft oder ein psychologisches Problem, Schlafstörungen oder Krebs, nur damit sie dich als verletzliche Person einstufen und du den blauen Stempel bekommst.

Bei Ärzte ohne Grenzen bekam ich keinen Termin, also schickte Euro Relief mich ins Krankenhaus. Dort durfte ich aber nur mit einer Sozialarbeiterin hin. Als sich eine bereit erklärte, mich zu begleiten, konnte ich mich endlich untersuchen lassen. Sie bescheinigten mir meine Schwangerschaft und ich wurde als verletzliche Person eingestuft. Nach der Geburt meiner Tochter wurde ich mit Hilfe eines Anwalts von EASO zu einer Organisation gebracht, die Frauen mit Babies in ihrem Haus aufnimmt.

Als ich jedoch ein Verhütungsmittel brauchte, injizierten sie mir ein Mittel, das drei Monate wirken sollte. Ich bekam so starke Blutungen, dass meine Unterhose nach wenigen Stunden vollgesogen war, ich sass unentwegt auf der Toilette, das Blut hörte nicht auf zu fliessen. Ich flehte die Ärzte an, mir doch ein anderes Produkt zu geben, aber sie spritzten mir nochmals dasselbe. Die Blutungen hielten an. Später erfuhr ich, dass sie mich als Testperson missbraucht hatten. Ich ging in Moria auf die offizielle Krankenstation von Keelpno und fragte die Verantwortlichen und ja, sie gaben es einfach zu, dass sie dieses Verhütungsmittel, das auf dem Markt noch nicht zugelassen war, an mir getestet hatten. Ich hatte so viel Blut verloren. Ich war richtig krank.

Stell dir mal vor! Sie probieren irgendein Medikament an deinem Körper aus. Du könntest für immer geschädigt sein oder sogar sterben!

Filomela P: Eine Frau aus Somalia wird vom Arzt automatisch gefragt, ob sie beschnitten worden ist. Sagt die Frau, ja, ich bin beschnitten, muss sie trotzdem ihr Geschlecht zeigen. Alle Frauen aus Somalia werden ungefragt von einer Krankenschwester untersucht. Es ist ein Reflex: Frau aus Somalia bedeutet Beschneidung! Und wenn eine schwangere Frau HIV positiv ist, bekommt sie B-Vulnerability und wird sofort nach Athen gebracht.

Frauen bekommen in der Regel eher den Status als verletzliche Person. Sie setzen auf Schwangerschaft, Depressionen und sexuelle Gewalt, sind ständig krank, brechen beim Arzt hysterisch zusammen und spielen das grosse Drama.

Ein Mann erzählte mir, er hätte Bombensplitter im Kopf. Später stellte sich heraus, dass er Rücken- und Kopfschmerzen hatte, weil er in Syrien als Lehrer den ganzen Tag stehen musste. Er verwandelte also sein Alltagsproblem in eine dramatische Kriegsverletzung. Es gibt auch Leute, die sich selbst verletzen. Ich erinnere mich an einen jungen Mann, der versuchte, sich aufzuhängen. Mitten im Lager. Vor den Augen der Leute. Es war offensichtlich, dass er sich nicht töten wollte, sondern eine B-Vulnerability anstrebte.

Die Männer sind also eher bestrebt, als Opfer von Kriegsverletzungen und Folter anerkannt zu werden und die Diagnose der posttraumatischen Belastungsstörung zu bekommen. Ich erlebte keine einzige Frau, die auf posttraumatische Belastungsstörung plädierte oder die Diagnose bekam.

Das Joint Vulnerable Assessment führt zu einem dynamischen Schwarzmarkt. Du kannst Urin, Schwangerschaftsbescheinigungen – du kannst alles kaufen.

Das grösste Problem ist jedoch, dass Vulnerability als etwas Natürliches, als etwas Gegebenes betrachtet und nicht als Konstrukt erkannt wird: Da gibt es eine Krankheit im Menschen oder eine Schädigung, die, durch Krieg und Gewalt verursacht, den Körper zerstört. Das ist sichtbar, wahrnehmbar und stabil, wir können die Krankheit oder die Beschädigung sehen und objektiv bestimmen. Dabei ist es dieser völlig verengte, wirklichkeitsfremde, rein körperliche Fokus auf die Menschen und ihre Geschichte, der die eigentliche Verletzlichkeit erst hervorbringt. Die Forderung nach Vulnerability produziert Vulnerability.

Mit A-Vulnerability musst du warten und hoffen, dass dein Zustand sich in dem Mass verschlimmert, dass du doch noch B-Vulnerability bekommst. Du fühlst dich deprimiert, kannst nicht schlafen, hast schlechte Träume und gehst zum Psychiater, um ihn davon zu überzeugen, dass du gefoltert worden bist oder unter einer posttraumatischen Belastungsstörung leidest. Und da das Warten das bestimmende Moment, die eigentliche Aufgabe ist, wird diese Situation in medizinische Begriffe übersetzt. Denn

B-Vulnerability eröffnet dir die Chance, das Warten zu beenden.

Die Notwendigkeit, verletzlich zu sein, erzeugt aber auch materielle Kosten. Du musst dir Urin, Krankheitsbescheinigungen und Diagnosen erwerben. Es gibt viele Leute, die ihren Körper dafür verkaufen. Nehmen wir als Beispiel eine Frau, die eine Vulnerable Certification braucht, weil sie aus dem Kongo kommt und keine Chance auf Asyl hat. Sie ist nicht schwanger. Sie wurde nicht vergewaltigt. Sie ist weder HIV positiv noch depressiv. Oder zumindest sieht das der Arzt so. Also kauft sie Urin, um zu beweisen, dass sie schwanger ist. Dazu muss sie sich prostituieren und wird vielleicht gerade deshalb mit HIV angesteckt. Das sind die realen Kosten für eine Vulnerable Certification, für diese Fokussierung auf den Körper und für die Lügen. Dieses Spiel kostet also viel Geld und emotionale Kraft. Es ist nicht leicht, eine solche Lüge aufrechtzuerhalten. Schlussendlich sind die Leute missbraucht, weil sie sich das Geld beschaffen müssen, um die Beweise für Missbrauch zu kaufen.

Deniz C: Die medizinische Versorgung im Lager war katastrophal … Ich hatte heftige Kopfschmerzen … Meine Beine schmerzten … Ich konnte kaum gehen … Und der Arzt sagte: Trink Wasser! Das war wie ein schlechter Witz … Trink Wasser! Und es war für mich schwierig zu schlafen … wegen dem Lärm … wegen den Konflikten und dem Streit … Ich bekam dann doch noch Medikamente zur Entspannung …

Beim Interview sagte ich, dass ich an Schlafstörungen leide und wegen meiner persönlichen Situation deprimiert sei … Nur das! Und da schickte mich die Beamtin von EASO nach Mytilini zum Arzt … Und ich wurde als verletzliche Person eingestuft …

Mortaza R: Ging ich zum Arzt der UNHCR, fragten sie mich jedesmal: Bist du mit deiner Familie oder bist du allein. Ich antwortete: Allein! Und sie schickten mich weg. Hau ab! Du bist gesund! Sie brauchten zwar nette Worte. Aber der Inhalt lautete: Fuck you! Go away!

Ich hatte grosse Angst um mich selbst. Ich war vom Gedanken an Selbstmord besessen. Ich ging also in eine Krankenstation von Ärzte ohne Grenzen und sprach mit einer Ärztin über meine Situation und meinen Zustand.

Und sie sagte: Schau! Das Leiden all dieser Leute anschauen zu müssen, ist eine der grössten Herausforderungen für dich. Geh! Und hilf ihnen! Gib alles, was du hast. Tu für sie, was du kannst.

Sie öffnete mir die Augen: Ja, ich muss nicht passiv leiden, ich kann etwas tun! Das war einer der besten Ratschläge, die ich je bekam. Zum ersten Mal dachte ich über mich und mein Leben nach.

Im Container für Mental Health Cases arbeiten Ärztinnen, Psychologen, Sozialarbeiterinnen und Freiwillige. Die Geflüchteten gehen dorthin und ja, sie erzählen nicht die Wahrheit, sie erfinden die Geschichten, die von den Befragern erwartet werden. Sie tun alles, um den Status der Vulnerability zu bekommen und das Lager verlassen zu dürfen. Für mich ist es völlig verständlich, dass sie es tun – in gewisser Weise eine Art von Gerechtigkeit in einem System, das einem alle zustehenden Rechte verweigert.

Eigentlich hätte auch ich den Status einer verletzlichen Person anstreben können, da ich ja an Depressionen litt. Aber ich war zu stolz. Es verletzte meine Würde, da hineinzugehen und denen irgendwelchen Unsinn zu erzählen. Und ich hätte mich schuldig gefühlt. So viele Leute müssen hier ausharren. Und ich bekomme die Vulnerable Certification und kann das Lager verlassen. Warum ich? Und nicht sie?

Abtin S: Als verletzliche Person bekomme ich den roten Stempel. Das jedenfalls wurde mir gesagt. Oder mit Sicherheit wenigstens den blauen Stempel. Ich würde sicher nicht abgewiesen werden. Ich habe aber keine Ahnung, was ich machen müsste, um als verletzliche Person eingestuft zu werden. Manche Leute sind ja wirklich krank. Oder sind depressiv. Aber ich bin gesund.

Victor F: Der Entlassungstermin war so unbestimmt, dass sich praktisch und erlebnismässig nicht nur eine unabgrenzbare, sondern eine unbegrenzte Haftdauer ergeben musste. Es war nicht abzusehen, ob überhaupt und, wenn ja, wann diese Daseinsform ihr Ende finden würde. Die Existenz im Lager lässt sich definieren als Provisorium ohne Termin.

Krankenstation im Community Center

Schimmernde Quader. Hellgrau schmutzige oder bunte Container aus Kunststoff zwischen Olivenbäumen. Containerland. Isoboxenland. Vertikal verlaufende Musterung an den Wänden. Horizontal verlaufende Musterung an den Türen.

Vier kleine Räume. Liegen. Regale und Plastikkisten voller Waren. Bunte Frottiertücher auf dem Haufen für Dreckwäsche. Ein Waschbecken. Spiegel mit goldenem Rahmen. Schmetterlinge aus Seidenpapier am Fenster. Holzbänke und Couchtisch weiss gestrichen. Kunststoffboden mit runden Noppen. Alles sehr sauber.

Draussen vor der Tür drei Reihen Holzkisten als Sitzgelegenheiten unter einem notdürftig aufgespannten Sonnensegel, das je nach Sonnenstand mehr oder weniger Schatten spendet.

An der Tür ein Schild: Are you stressed? Feeling angry? Sad? Sleepless? Nightmares?

Use TTT – Trauma Tapping Technique!

Keelpno – Hellenic Center for Desease Prevention and Control.

In der Krankenstation sitzt Arash auf dem Polstersessel. Achtzehn Jahre alt. Kurz geschorenes braunes Haar. Blaues Fussballshirt. Er zittert, schliesst die Augen und umklammert mit beiden Händen seinen Kopf, drückt zu, damit der schmerzhafte Zwang des wiederkehrenden Terrors, die Geräusche, die Gerüche, das Blut, die Schreie, die Körper, die Menschen, die waren und nicht mehr sind, die Verluste, das sich

Abbindenmüssen und nirgendwo Anbindenkönnen, damit es Arash nicht zerreisst. Roya, die Ärztin, später dann Henny, fassen ihn an den Armen, schauen ihm ins Gesicht, rufen ihn an, Arash, Arash, here's Roya, here's Roya, please look at me, look at me! Arash lässt langsam los, die Augäpfel rollen zurück, die Pupillen öffnen sich, er schaut die Ärztin an, seine Blicke haken sich in ihrem Gesicht fest, und er sagt rau, yes, it's me, I am here. Henny sitzt auf der Armlehne. Umfasst seine Schultern. Streicht ihm durchs Haar. Dieses weiche, gut riechende Haar. Wie kriegt er das hin in Moria? Er starrt auf ein Malbuch für Kleinkinder. Strichzeichnungen von Schmetterlingen, Elefanten, Blumen, Walfischen, Giraffen, was Kinder halt so mögen, oder was man Kindern so schenkt und zeigt, das ist ein ELEFANT, das ist ein WALFISCH, das ist ein HUND. Arash und Henny zählen die Striche der Zeichnungen, one two three, Englisch lernen, ja, und wenn es nur die Beschäftigung ist, das Bewegen von Hand, Finger und Augen, das Hören von so harmlosen Wörtern wie ELEFANT und one, two, three, nichts Unangenehmes, bloss one, two, three, nichts Gefährliches, nur ELEFANT, one, two, three, four, five, six, seven, eight, nine, ten! Bei Zehn ein Lächeln. Arash beginnt die Tiere auszumalen. Versunken. Nichts existiert. Nur der rote Elefant, der grüne Walfisch, der schwarzes Wasser ausspritzt, die gelbe Blume, der rosafarbene Hund. Henny fühlt die weichen Farbstiftbewegungen auf dem Papier, die Farben, die leuchtend liegen bleiben, diese Befriedigung beim Farbauftragen und kein Strich zu viel, kein

Farbklecks über der Linie, der Grenze, die das Tier von seiner weissen, leeren Papierumgebung trennt.

Die Leute haben soviel Ohrenschmalz, seufzt Roya und läuft raus, da Moussa, der jeden Morgen mit Mina aus dem wilden Lager in die Krankenstation kommt, von der notdürftig zusammengenagelten Wartebank gerutscht ist und zuckend am Boden liegen bleibt, die Kiefer verklammert, schweissüberströmt, dumpfe Geräusche von ganz weit unten aus dem Körper, Moussa, der eine grobe Rundgliederkette um den Hals trägt und auf der Wade und den Unterarmen Tätowierungen: Hard Man! Hard Man!

Roya versucht nach Kräften zu verhindern, dass Moussa sich das Leben nimmt. Stunde um Stunde sitzen sie im Garten oder gehen herum, er redet und Roya ist zugeneigt, saugt jedes seiner Worte auf, erspürt seine Schwingungen, greift auf, ergreift. Der Mann war sechs Jahre im Gefängnis. Der Körper übersät mit Folterspuren.

Mina sitzt in der Krankenstation und weint. Fächelt sich mit der Hand Luft zu, als könnte sie den Schmerz abkühlen, als könnte sie sich genügend Sauerstoff zuführen, um den Schmerzgestank aus der Kehle zu vertreiben; als handelte es sich lediglich um schlechten Atem.

Sie kann es noch nicht glauben. Dass sie in Moria gelandet sind. Und dass Moria ist, was es ist. Sie ist im wahrsten Sinn des Wortes ungläubig, ja, fassungslos.

Mina, eine runde, hübsche Frau. Einen wachen Ausdruck im Gesicht. Selbstgenähtes Kleid. Bunte Blumen auf Kunststoff. Moria, Nähmaschine, mimt sie mit Händen und lacht. Moria schlimm, hechelt sie die Tränen weg und lacht. Dieser Geruch. Unfreiwilliges Ungewaschensein. Unfreiwilliger Schmutz unter den Fingernägeln. Unfreiwilliger Schweiss in den Kunststoffkleidern.

Moria, sagt sie nochmals und schüttelt den Kopf. Tränen schiessen ihr wieder in die Augen. Und sie lacht.

Sie zeigt Henny Bilder aus Teheran. Kinder auf Sofas. Jugendliche, die sich balgen und lachend in einen Fluss schubsen.

Mina und Henny sitzen auf einer Bank im Garten und radebrechen Farsi. Mina bringt Henny die Wochentage, die Monate und die Zahlen bei.

Sie zählen. Yek. Do. Se. Tschahar. Pänsch. Sesch. Häft. Häscht. No. Dä: Henny!

Sie zählen. One. Two. Three. Four. Five. Six. Seven. Eight. Nine. Ten: Mina!

Am Abend verlassen Moussa und Mina das Community Center One Happy Family und laufen Hand in Hand, dicht aneinandergedrängt die vierzig Minuten durch die Olivenhaine zum Lager Moria zurück.

Am nächsten Morgen bringt Roya Schreibzeug, Henny Papier und Kohlestifte, Moussa muss schreiben, Mina muss zeichnen, es eilt, da gibt es Probleme, es eilt, die müssen sofort etwas zu tun bekommen, sonst gibt es eine Katastrophe. Roya ärgert sich aber über Mina. Die soll sich jetzt um ihren Mann kümmern. Der ist nämlich vielleicht bald nicht mehr da. Aber Mina klammert sich an Moussa. Und flieht in den eigenen Traum.

Mina zeigt Henny phantastische Zeichnungen auf ihrem Handy. Abtin ist auch da. Er drückt seine Mappe gegen die Brust, rückt die Brille hoch und übersetzt.

Abtin S: Der dunkelste Moment für mich war, als ich mitansehen musste, wie dieser Mann erstochen wurde. In der Nacht.

Manchmal verzweifle ich und frage mich: Was tue ich hier? Ohne Krieg und ohne Terror würde ich sofort zurückkehren. Das hier ist nicht mein Ort. Nicht meine Welt. Ich möchte zurückkehren und mit meiner Arbeit fortfahren.

Yasmina T: Vor dem Einschlafen und nach dem Erwachen vermisse ich meine Freundin. Es zerreisst mich. Sie ist meine Liebe. Meine wirkliche Liebe. Jeden Tag schreiben wir uns. Vor dem Schlafen. Nach dem Erwachen.

Véronique L: Ich war allein. Schwanger. Ich weinte viel. Als wäre meine Mutter gestorben. Es war für mich schwierig, diese Situation ohne meine Familie, meine Mutter, meinen Vater, durchzustehen. Sie sind meine besten Berater. Ging es mir schlecht, war meine Mutter da, die mir sagte: Alles wird gut! Das half. Und es ging mir besser. In Moria bist du vollständig allein. Niemand hilft dir, die Hoffnung nicht zu verlieren. Meine Mutter weiss nicht, was ich in Moria durchgemacht habe. Sie hat keine Ahnung von meinem Leben im Lager. Nein. Ich will sie nicht beunruhigen. Ihr keine Sorgen bereiten. Sie hätte sich schuldig gefühlt. Eines Tages rief sie mich an und erzählte, dass meine erste Tochter, die ich bei ihr zurückgelassen hatte, von einem Mann vergewaltigt wurde. Sie ist fünf. Er ist dreissig. Meine Tochter spricht nicht mit mir, sie hasst mich. Vielleicht kann ich ihr eines Tages erklären, warum ich sie verlassen musste.

Deniz C: Ich bin glücklich, wenn ich mit meiner Familie zusammen bin … Ich vermisse sie … Ja, natürlich bin ich einsam … Ich fühle mich verlassen …

Junus B: Die schönsten Augenblicke waren, wenn ich mit meinen Freunden zum Fischen ging. Der beste Moment jedoch war, als ich die Insel verlassen durfte.

Yasmina T: Ich gehe nach Mytilini. Ich setze mich ans Meer. Beim Hafen. Ich beobachte die Fische und die grossen Schiffe. In der Nacht sehe ich die Lichter an der türkischen Küste. Ich stelle mir vor, wie ich mit einem dieser Schiffe in die Türkei und danach in den Iran zurückkehre, oder ich stelle mir vor, wie ich mit einem dieser grossen Fährschiffe nach Athen fahre. Ich trinke Kaffee. Ich liebe schwarzen Espresso. Ohne Milch und Zucker. Ich liebe die alten Cafés in Mytilini. Sie sind sehr, sehr schön. Aber mir fehlt das Geld dafür.

Lizzy O: Was mich wirklich verletzt, ist die Situation der alten Menschen, die allein reisen. Dass jemand mit siebzig Jahren den Ort, an dem er oder sie zuhause ist, verlassen muss, und das auch noch allein, macht mich verrückt. Wenn wir dann wieder eine alte Dame oder einen alten Herrn aus dem Boot gezogen haben, bin ich zwei Wochen nicht zu gebrauchen. Damit kann ich schlechter umgehen als mit Menschen, die es nicht schaffen.

Laurie P: Das Geschlecht ist eine Zwangsjacke für die menschliche Seele. Das Geschlecht macht uns fix und fertig, es verwandelt die, die wir lieben sollten, in Feinde, und Frauen setzt es am meisten zu. Für uns ist die Biologie nicht nur Schicksal: Sie ist eine Katastrophe.

Edouard G: Unsere gemeinsame Bedingung ist die Vielsprachigkeit. Die Vielsprachigkeit ist nicht quantitativ. Sie ist eine der Erscheinungsweisen des Imaginären …

Das Duschhaus

Verwucherte Wege und Trampelpfade. Verborgen im dichten Gebüsch ein älteres Haus mit Veranda, rund geschwungener Treppe mit abgebrochenen Stufen. Die in die Steingemäuer eingelassenen Kammern sind mit Plastikspielzeug gefüllt. Putzmittel und Putzgeräte, alte Kisten, kaputte Holzmöbel, stillgelegte Kühlschränke, kreuz und quer gespannte Wäscheseile, angeklammert Handtücher und Waschlappen in allen Farben, Formen und Grössen.

Das Duschhaus für Frauen und Kinder.

Drei einfache Duschen. Gesprenkelter Steinboden. Schwarz-weisse Kacheln. Ein grauer Plastikhocker. Ein Waschbecken. Ein abgeschlagener Spiegel. Ein leeres Regal.

Drei einfache Klos.

Putzmittel aus Backcarbonat und Zitronensaft.

Die Frauen gehen frühmorgens zur Ausgabestelle von Euro Relief und versuchen, ein Dusch-Ticket zu ergattern. Pro Tag kommen ungefähr 24 Frauen mit ihren Kindern ins Duschhaus, das von einer belgischen NGO betrieben wird. Sie dürfen eine Dusche nehmen, sich für eine Stunde entspannen, danach geht es zurück ins Lager. Das sind die Regeln. So wird es den Freiwilligen beigebracht.

Für jede Frau und für jedes Kind ein kleines Becherchen für Shampoo und ein kleines Becherchen für Duschgel, ein Handtuch und ein Körpertuch, eine frische Unterhose und einen Büstenhalter. Die Kinder bekommen Spielsachen, um sich die Zeit zu vertreiben, Malbücher und Brettspiele und Plastiklandschaften. Perlen und Nylonschnüre, um Kettchen zu basteln, Wolle und Haken, um zu häkeln. Und je einen Beutel mit Juice+ Fertigsuppe und Pulver für Multivitaminsaft.

Die Amerikanische The Juice+ Company GmbH mit Sitz in Basel propagieren Liebe, Erfüllung, Wohlbefinden, Wachstum und sind überzeugt, mit ihren Produkten Grossartiges zur Welternährung beizutragen. Ihre Verkäufer werden zu regelrechten Predigern ausgebildet und arbeiten auf Provision. Das Angebot umfasst Ernährungsergänzungspillen und mit Vitaminen angereicherte Gemüsesuppen und Fruchtsäfte in Pulverform. Die Produkte wurden in Deutschland auf den Index der gefährlichen Lebensmittel gesetzt. In Italien musste die Firma wegen betrügerischer Absichten Bussen in Millionenhöhe bezahlen und der Verkauf wurde verboten. Die Produkte by Juice+ sind auf Lesbos jedoch allgegenwärtig. Die Verkäufer besuchen die NGOs, schiessen Selfies mit Freiwilligen und Geflüchteten, veröffentlichen die Bilder auf Facebook und lassen sich als Philanthropen feiern. Und niemand will bemerkt haben, dass es auf den Verpackungen keine Inhaltsangaben gibt.

Henny empfindet solchen Ekel, dass sie aus eigener Tasche Gemüse, Bohnen, Olivenöl und Zitronen kauft und jeden Morgen einen Topf mit frischer Gemüsesuppe kocht. Die Kräuter holt sie im Garten.

Mit professionellen Blicken, die sie sich bei den Verkäuferinnen der Unterwäschegeschäfte abgeschaut hat, begutachtet Henny die Körper der Frauen, um die Grösse für den Büstenhalter und das Unterhöschen abzuschätzen. Das Gewicht ein wenig nach hinten verlagern und die Augen rauf und runter, beim Busen und bei den Hüften verweilen, vielleicht eine Hand ausstrecken und ein loses T-Shirt oder einen weiten Mantel glätten und abtasten, was nicht eindeutig zu sehen ist. Ausnahmslos jede Frau muss lachen, wenn die Unterhose oder der Büstenhalter, die Henny aus den Körben im Hinterzimmer hervorkramt, zu klein sind. Ein Mädchen nimmt seinen ganzen Mut zusammen und wählt einen raffinierten Büstenhalter aus, einen Push-Up-BH aus blauer Spitze, mit Perlen besetzt, die Mutter schimpft, und weist auf einen praktischen Sportbüstenhalter. Das Mädchen bleibt jedoch stur, drückt die blaue Wolke an ihre Brust, die anderen Frauen und Henny reden auf die Mutter ein, versuchen sie zum Einlenken zu bringen, schliesslich gibt sie kopfschüttelnd nach und die Tochter stopft das unnütze Stück hastig in ihre Manteltasche und greift mit triumphierendem Lächeln nach dem hochgeschnittenen himbeerfarbenen Slip, der ein Band für die Pospalte hat und ein Strasskreuz über der Scham.

Nesrin schlägt kurz ihr Handtuch zurück. Der Schamhügel und die Schamlippen nackt wie ein Baby nur mit einem schmalen Haarstrich dekoriert. Sie schaut Henny erwartungsvoll an und flüstert, bring uns Rasiersachen nach Moria, wir brauchen unbedingt Säcke voller Rasiersachen, ich verteile sie an die anderen.

Henny kann es nicht fassen, sie, die entgegen der Mode ihre Schamhaare verteidigt und jeden Liebhaber aus dem Bett wirft, der auf einer nackten Scham besteht. Sie schaut ungläubig, und Nesrin geniesst Hennys Verblüffung in vollen Zügen. Und da hebt plötzlich eine alte Frau ihre Röcke an und zeigt mehrere Schussnarben an Rücken und Bauch. Taliban sagt sie und mimt ein Maschinengewehr. Bumm! Bumm! Taliban.

Drei halbwüchsige Mädchen, zwei Mütter, zwei Grossmütter, vier Kleinkinder. Die Teenager flegeln sich aufs Sofa und vertiefen sich in ihre Handies, flüstern, beobachten die Freiwilligen, verzopfen ihre langen Haare zu einem kunstvollen Knopf am Hinterkopf, binden ihn mit dem Resthaar fest, ein Haargummi drumherum und noch ein Gummi mit

Samtzotteln als Dekoration oben drauf. Damit sich das Kopftuch am Hinterkopf bauscht.

Die Mütter sind lustig, und Shirin, die Freundin von Yasmina, die ihren Beautysalon in Teheran zurückgelassen hat, nimmt sich der kleinen Mädchen an und verzopft ihnen das Haar von der Stirn bis über den Rücken. Schmückt sie mit Haarklammern, Haarreifen, Schleifen und Maschen.

Ein Becherchen mit Shampoo, ein Handtuch, einen Waschlappen, den Hinweis, dass es gerademal fünf Minuten lang Wasser gibt, einen Büstenhalter und einen Slip entgegennehmen und die Tür schliessen. Kleidungsstücke, die runterfallen, Wasser, das an die Haut, an die Wand, auf den Boden schlägt, die Stille des Abtrocknens, das Knarren der Tür, Füsse, die aus den plumpen Kunststoffgloggs in Sandalen hineinschlüpfen, sich leichtfüssig oder schwerfällig zur Veranda bewegen, die Hände im nassen Haar, das Tuch um die Schultern.

Eine simple Dusche. Zwei frische Wäschestücke am Körper. Einige Minuten Sicherheit. Keine Bedrohung.

Sie trinken Tee und Saft, löffeln die ekligen Juice+ Suppen, reden, häkeln, feilen die Nägel, malen sie an, ordnen ihre Kleider, ihre Haare, die Kinder spielen, zeichnen, reihen Glasperlen auf Nylonfäden, schieben Plastikboote durch ein Plastikmeer.

Junge Frau. Fünf kleine Kinder. Und ein Baby.

Mutter, zwei Töchter und vier Enkelkinder.

Eine alleinstehende junge Frau. Drei Mädchen. Eine Mutter mit halbwüchsiger Tochter. Eine Mutter mit zwei kleinen Kindern.

Eine grosse, kräftige Frau kommt aus der Dusche, stöhnt auf, das war so gut, sagt sie, so gut, sie schüttelt ihren Körper, die nassen Haare und wirft das Handtuch über die Schulter, lässt sich in den Sessel fallen, spreizt die Beine, sechs lebende Kinder, sagt sie, und fünf tote Kinder, sie hebt die Hände und zählt langsam an den Fingern ab, elf Kinder wiederholt sie und ruft die Namen der sechs lebenden Kinder an und kann sich vor Lachen kaum einkriegen.

Eines der Mädchen ist umwerfend schön mit starker Ausstrahlung. Grossgewachsen. Schlank. Eine locker sitzende, graue Stoffhose, schwarzer, taillierter Mantel und ein nachlässig gebundenes Tuch um den Kopf. Was für ein Look!

Vermeidet den Augenkontakt und jede Berührung.

Der Chef vom Duschhaus belehrt Henny: Beklag dich niemals. Du lebst nicht in Moria.

Wir sollten uns nicht das Jammern verbieten, gibt Henny verärgert zurück, wir sollten Moria abschaffen.

Du brauchst die Frauen nicht zu verstehen, fährt er mit seinen Unterweisungen fort, schau ihnen einfach nur tief in die Augen und ihr versteht euch. Reden ist nicht wichtig. Einfach jemandem in die Augen schauen.

Henny starrt ihn wütend an. Schweigt, weil sie sein offensichtliches Bedürfnis spürt, sie darüber aufzuklären, was sie zu fühlen, zu denken und wie sie die Angelegenheit zu verstehen hat. Henny erinnert sich an die Parlamentsabgeordnete aus Resteuropa, die sie in einem Café in einem Fischerdorf an der nördlichen Küste von Lesbos per Zufall kennengelernt hatte, und die ihr ungefragt die komplette Insel, die komplette Situation der Geflüchteten, die komplette Politik, das komplette Grenzregime erklärt hat, mit einer Ausführlichkeit und Intensität, die kaum auszuhalten war … So viele Freiwillige aus Resteuropa erzählen mir mit Eifer und Furor, ja geradezu leidenschaftlicher Besserwisserei Dinge und Begebenheiten, die ich bereits etliche Male gehört habe. Alle, die etwas Wissen und Erfahrung besitzen, behandeln mich wie ein leeres, unbeschriebenes Gefäss, das umgehend zu füllen ist.

Bin ich auch so? Ich muss mir wohl eingestehen, dass auch ich mitunter an diesem Zwang leide, ja, geradezu ins Missionieren verfalle und meine Gesprächspartnerinnen mit Skandalen, Anekdoten, politischen Intrigen und Übeltaten zu übertreffen suche. Auch ich höre nicht zu, fahre den anderen über den Mund, belehre sie.

Oder ist es eine Form der Verarbeitung des Ekelhaften, des Unerträglichen? Für wen sind diese Zustände unerträglich? Würden diese Lager, diese Transitzonen existieren, wenn sie für uns, die wir aus Resteuropa kommen, wirklich unerträglich wären?

Wenn die Frauen für eine kurze Weile gut behandelt werden, sind sie danach bessere Menschen, liebevollere Mütter, fährt der Chef des Duschhauses mit seinen Unterweisungen fort … Und warum dürfen diese Frauen nicht einfach nur duschen? Und was gibt uns das Recht, von ihnen zu verlangen, in dieser Katastrophe liebevolle Mütter sein zu müssen? Bieten wir ihnen die Dusche nur an, um aus ihnen bessere Menschen zu machen?

Auch hier die Rollenverteilung. Wie in den Lagern. Die Freiwilligen sprechen. Die Freiwilligen bestimmen. Was es gibt. Und was es nicht gibt. Nein. Leider. Haben wir nicht. Mehr gibt es nicht. Die Freiwilligen sind diejenigen, die die Erfüllung der Grundbedürfnisse regeln und beschneiden. Die Kontrolle über die vorhandenen Dinge. Machtpositionen. Diese unfreiwillig schlecht riechenden Frauen, die sich hier ein Stück Trauer, Verzweiflung und Resignation, auch Scham, abwaschen, oder einfach NUR duschen, sich waschen wollen, sollen selbst entscheiden, was sie brauchen und was sie nicht brauchen … Ich will nicht darüber bestimmen, wer was bekommt und wer nicht … Und so beginnt Henny den Frauen heimlich Dinge zuzustecken: Haaröl, Körpercrème, Gesichtscrème, Sonnenmilch, Wundcrème, Aspirin. Sie erstellt Listen von Sachen, die sie später ins Lager bringen wird: Seife, Malbücher, Wolle und Häkelhaken. Mandeln, Trockenfrüchte. Und Rasiersachen.

Nachdem die Frauen die Dusche verlassen und sich auf die samtbezogene Sitzbank auf der Terrasse gesetzt haben, stellt Henny sich hinter sie und blickt über ihre Köpfe hinweg in den Spiegel.

Eine ist kahlrasiert, viel praktischer in dieser Hölle und dann noch die Läuseplage, wie sie erklärt.

Henny sucht also nach Läusen. Verteilt Öl und reibt es ein. Zieht die Strähnen mit dem Kamm in die Länge und bläst mit dem Fön warme Luft rein. Henny lernt, mit dem Kamm so durchs Haar zu fahren, dass Locken oder Wellen entstehen, den Fön so zu halten, dass die Kopfhaut nicht verbrennt, lernt, die Strähnen mit der Bürste so in die Länge zu ziehen, dass die Haarwurzeln nicht schmerzen. Gefärbtes, brüchiges Haar, dünnes, feines Haar, dickes, volles Haar, weiches, lockiges oder krauses Haar, verfilztes, trockenes Haar, glattes, glänzendes Haar. Crèmes und Öle mit Fingerspitzen einmassieren oder ins Haar einkneten, die Nester mit schnellen, leichten Bürstenstrichen glatt schlagen, die Handkante auf die Haarwurzel gepresst. Henny berührt die Köpfe, die Schultern, massieren und liebkosen.

Die Muskeln geben unter ihrem Händedruck nach. Henny spürt den fremden Stress. Sie nimmt die Schübe auf, die ihre Berührungen, oder auch Massagen, in den Körpern der Frauen auslösen.

Den Kopf in den Nacken sinken lassen. Eingeschlossen in die Intimität der Nerven, Reize und Bedürfnisse. Bevor die Frisuren Form annehmen und die Frauen aus ihrer Berührungsahnung auftauchen und wieder hart werden. Hennys Hände tun instinktiv, was andere Frauenhände schon seit Jahren immer wieder mit ihren Haaren, Schultern oder Gesicht gemacht haben.

Auflockern, glattstreichen, mit den Fingern reinpusten und fragend in den Spiegel schauen: Ist es gut so? Oder eher so?

Erinnerung an die Reinigungsrituale aus Hennys Kindheit … Am Sonntagabend alle Kinder in die Badewanne. Eine Wanne für die Jungs, eine für die Mädchen. Wir kauerten mit gebeugten Rücken im warmen Wasser, pusteten Schaum über die Oberfläche, mieden die Berührung der Füsse unter Wasser. Jede spielte für sich und doch hielten wir uns stets im Auge. Bis die Haut sich rollte und faltete, raus, kratziges Tuch, das von den Jungs bereits feucht war, die Finger in die Zangen der Mutterhände, Nägel schneiden, das empfindliche Gefühl am freigelegten Nagelbett und Haare rubbeln, bis einem der Atem wegblieb … Das Dienen am Körper. Auch eine Art des Wartens, der Geduld. Einen körperlichen Vorgang kann man nicht beschleunigen. Die Prozesse der menschlichen Körper folgen ihren jeweils eigenen Rhythmen, die Körperfunktionen gehorchen ihren eigenen Regeln. Das lässt sich mit dem Willen nicht verändern … Ich mag sie nicht, die körperlichen Vorgänge, die man einfach hinnehmen und berücksichtigen muss, die alltäglichen, repetitiven Handlungen wie Zähne putzen, duschen, Haare waschen. Tätigkeiten, die mir durch ihre Gemächlichkeit eine Art Selbstverleugnung abfordern. Ein Widerwille, oder auch Widerstand, der jedoch lächerlich und aussichtslos ist. Aber im Grunde fürchte ich mich vor der Abhängigkeit, die sich in meinem Körper manifestiert, vor der Erkenntnis, dass die Körperlichkeit die Bedingung meiner Existenz ist und zugleich die grösste Gefahr für mein Leben darstellt. In meiner Körperlichkeit bin ich grundsätzlich und jederzeit verwundbar … Ich fürchte mich vor Krankheit … Unfällen … Davor, mich kümmern, Schmerz ertragen und sterben zu müssen … Und doch ist mein Körper auch meine Lust. Ohne meinen Körper gibt es keinen Genuss. Kein Glück … Wie banal das im Grunde ist … Aber hier … so eng … Ich platze aus allen Nähten … Weg wollen … aus diesem von Nähe, Emotionen und sozialem Anpassungsdruck geprägten Umfeld, das von der Sorge um die Körper und die Beziehungen beherrscht ist … innerer Bewegungsmangel … Wolle, Nadeln, Haken, Glasperlen, Nagellack … diese Spielsachen für Mütter und Kinder … Und irgendwann sind alle geduscht … Alle Handtücher und Shampoos ausgegeben … Alle Haare eingeölt und getrocknet … nichts zu tun … sitzen … radebrechen … Ich beginne zu häkeln. Kann nicht mehr aufhören damit, erwische mich dabei, wie ich mich abschotte und schweigsam mit der Wolle hantiere … Die ruckartigen, sich wiederholenden Kleinstbewegungen beruhigen mich, meine Hände erinnern sich und übernehmen das Regime: Den Faden über den linken Zeigefinger spannen, mit dem Haken den

Faden durch die Schleife ziehen, und langsam bildet sich eine Reihe mit Maschen, ein Stück Stoff, das stetig wächst …

Henny versteht nicht, worüber geredet wird, wenn nach der Dusche alle am Tisch sitzen und warten. Auch ein Übersetzungsvorgang kann nicht beschleunigt werden. Man kann niemanden zwingen, etwas zu verstehen. Aber vielleicht ist ja der Redefluss der Frauen lebhaft, weil die Freiwilligen nicht verstehen. Aber so gibt es keine gemeinsamen Erzählungen, oder die Gemeinsamkeiten der jeweiligen Erfahrungen dringen nicht ins Bewusstsein, weil die Anwesenden sich nicht verstehen. Es sind also nicht die Empfindungen, die trennen, es ist die Unmöglichkeit der Kommunikation, die das Gefühl, unterschiedlich zu sein, erst hervorbringt.

Hennys Drang, ihre Umgebung mit ihrer Wahrnehmung und ihrem Verstand zu durchdringen, bekommt solcherart einen Dämpfer. Das ewige Lächeln, auf Dinge Zeigen und Wörter Stottern, geht ihr auf die Nerven – die Beschränkung auf Mimik, Geste, Gesichtsausdruck, Körperberührung und Warenaustausch.

Sie sticht mit dem Haken in die blutrote Wolle … Und doch! Ja, es ist auch schön … Ich muss einfach aufhören, mich auf eine Rolle zu verpflichten und das tun, worauf ich gerade Bock hab … Umringt von atmenden, sprechenden Körpern den eigenen Gedanken und Empfindungen nachhängen, Eindrücke verarbeiten, emotionalen Spuren folgen und sie ordnen … eigentlich wunderbar für mich, die ich mich so gern in meiner eigenen Welt aufhalte …

Und wider den Drang, alles verstehen und bewerten zu müssen, entdeckt Henny, während sie in ihre Häkelarbeit eifrig Wollfäden verknüpft, nun also den Genuss der Vielsprachigkeit in einer gemischten Welt. Sie starrt auf den roten Faden und folgt den Melodien und Rhythmen, den Emotionen in der Orchestrierung der Stimmen, und versucht hörend das Geflecht der Beziehungen zu entschlüsseln, Wörter aufzuschnappen und zu erkennen. Klänge, Trommelfell, Paukenhöhle, Tam, Tam, Tatam, Imagination. Den Zugriff loslassen. Die Besitzlust und den Kontrollzwang, die mit dem Verstehenwollen einhergehen, fallen lassen. Und wie angenehm und entspannt, ja, beglückend kann es sein, Menschen zuzuhören, die sich in einer unverständlichen Sprache angeregt unterhalten und die Bilder und Vorstellungen geniessen, die solcherart entstehen … Und doch. Vielleicht bin ich einfach nur faul. Und schlussendlich kommen wir nur durch die Sprache zur Welt. Und zwar in dem Augenblick, wenn in unserem Bewusstsein blitzartig Bedeutungen entstehen, wir unsere Stimmen erheben und uns deutlich machen.

Die Erinnerung an einen Film steigt auf, während Henny in der Wärme der sie umgebenden Frauen versinkt. Eine dystopische Umkehrung der aktuellen Situation. Menschen flüchten aus Deutschland, verkaufen sich an Schlepper, überleben mit knapper Not eine Bootsfahrt und landen in einem ungenannten südostasiatischen Land. Die Familie verliert ein Kind. Die Frau ist verzweifelt, weint, schreit, tobt, kämpft und irrt umher. Ob es sich lediglich um einen schlechten Film oder um ein Missverständnis handelt, weiss Henny nicht. Aber diese Frauen hier sind nicht in Aufruhr. Obwohl auch sie Männer, Geschwister, Eltern und Kinder auf der Flucht verloren haben. Und in Moria, aller Rechte beraubt, ausharren. Und kaum Chancen haben, Resteuropa zu erreichen.

Sie sind freundlich. Höflich. Lächeln. Bedanken sich. Erledigen ihre Angelegenheiten. Kümmern sich um ihre verbliebenen Kinder. Reden miteinander. Interessieren sich für Pflegeprodukte. Glasperlen. Häkelwolle. Es wirkt wie den Körper irgendwo hinstellen, abstellen, standby, den neutralen Gang einlegen, sich auf das Wesentliche, das die Situation Verlangende konzentrieren, und alles andere, was aus dir eine vitale, bedürftige Person macht, wegschieben, unterdrücken, einfach vergessen. Die Schauspielerin, die ständig Verzweiflung mimen muss, weiss nicht, dass mit Jammern und Schreien nicht zu überleben ist. Es braucht die Fähigkeit, störende Empfindungen abstellen zu können. Oder so flach zu halten, dass kein grosses, bedrohliches Gefühl ausschlägt, und die brüchige Schale auf einen Schlag zerbräche.

Laurie P: Wenn wir vom Kampf gegen den Sexismus sprechen, ist unser gebrochenes Herz mit von der Partie, der verletzte Stolz, die grauenhaften Zurückweisungen, Enttäuschungen, die Einsamkeit und Sehnsucht, die Erinnerung von Verrat, der Schmerz unserer Kindheit. Mit von der Partie ist auch die begierige Inbrunst unseres Verlangens, die Leidenschaft für unsere Freunde, Partner und Kinder, die Erfahrung, dass ein geliebter Mensch uns sanft die Hand auf die Seele legt und sie tröstet, an einer Stelle, von der wir gar nicht wussten, dass sie schmerzt.

Yasmina T: Ich fühle mich permanent gestresst. Ich mag nicht mit Leuten reden. Ich mag den Kontakt mit meiner Familie und den Freunden nicht. Ja, ich habe gelernt zu hassen. Ich hasse die Männer. Sie haben mich gezwungen, meine Stadt zu verlassen und hier bedrohen und belästigen sie mich. Warum bin ich in der Hölle? Nur wegen der Männer. Sie zwingen mich, einen Ort wie Moria aushalten zu müssen. Es ist nicht meine Wahl, hier zu sein. Ja, ich hasse sie.

Véronique L: Ich begann zu trinken. Ohne Alkohol konnte ich nicht schlafen. Die Gedanken drehten sich in meinem Kopf: Warum bin ich hier? Wie konnte es soweit kommen? Warum geschieht das ausgerechnet mir? Was kann ich tun, damit ich hier wieder rauskomme? Wie muss ich mich verhalten, damit nichts Schlimmes passiert?

Filomela P: Die Menschen sind krank, weil sie dafür sorgen, dass sie nicht gesund werden oder ihre Verletzungen sich verschlimmern. Sie sehen sich gezwungen, beharrlich nach Schmerz zu suchen, ein Leiden zu empfinden – eine Krankheit, eine Verletzung oder ein psychisches Problem voranzutreiben. Viele sagen, ok, das ist ein Spiel. Aber sie täuschen sich. Es fühlt sich für die Betroffenen richtig übel an. Und erzeugt einen immerwährenden Stress.

Deniz C: Ja, viele Neuankömmlinge sind gut drauf, ja, die meisten … Ok, sie sind mit dem Boot übers

Meer gekommen, einige sind von den Küstenwachen oder der Polizei misshandelt worden … Aber sie sind in Griechenland … Sie haben es geschafft … Nach wenigen Wochen oder Monaten in Moria bekommen sie jedoch schwere, psychische oder gesundheitliche Probleme …

Junus B: Ich sah Leute, die zu Beginn in Ordnung waren, sich gut fühlten, und nach ein paar Monaten in Moria depressiv geworden sind. Sie isolierten sich, verweigerten jeglichen Kontakt, hörten auf zu sprechen oder führten nur noch Selbstgespräche.

Mortaza R: Nach einem halben Jahr im Lager wollte ich mich töten. Ein normaler, gesunder, junger Mensch, gewohnt, schwierige und harte Situationen zu meistern, kommt nach Samos und will sich nach einem halben Jahr töten?

Abtin S: Zweifellos fühlen wir uns irgendwann so schlecht, wie sie uns behandeln. Zweifellos verändert sich die Persönlichkeit von Leuten, wenn sie sich länger an einem Ort wie Moria aufhalten müssen. Und ja, ich fühle mich minderwertig. Es gibt aber Leute, die versuchen, sich ihren Frieden zu bewahren, in die Schule zu gehen, Kurse zu besuchen, zu lernen, zu arbeiten, zu helfen, sie versuchen, die alltägliche Angst und die Erinnerung an die lebensgefährliche Reise zu bewältigen. Wenn du eine Leidenschaft hast, wie zum Beispiel das Lesen und Schreiben, ist es einfacher. Es gibt aber auch Leute, die schaffen es nicht. Sie rutschen unaufhaltsam in die Depression und in die Gewalt ab. Sie entfalten sich zu wütenden, aggressiven, letztlich tief beschädigten Persönlichkeiten.

Wenn du nicht über dein Leben bestimmen, nicht selbstermächtigt handeln kannst, drehst du über kurz oder lang durch. Bleibst du fremdbestimmt, hast du keine Chance auf Erfolg und Glück. Und trotzdem würde ich jedem sagen: Ok! Es ist eine Katastrophe! Aber mach was! Lern was. Bilde dich! Hilf anderen Leuten! Knüpf neue Bekanntschaften. Denn egal, wie lange du hier bleiben musst, eines Tages ist es vorbei, und du wirst sehen, es hat sich gelohnt, mit aller Kraft, die dir zur Verfügung steht, diese Hölle zu überleben!

Lizzy O: Ich beobachte vor allem selbstverletzendes Verhalten. Suizidversuche, Leute, die sich schneiden und ritzen, oder so viel billigstes Zeugs trinken, wie sie nur können, Drogen einwerfen, um sich zu betäuben. Das sehe ich viel mehr als Gewalt. Dass Menschen durchknallen, die schwerst traumatisiert und jeden Tag verbalen oder physischen, in jedem Fall aber rassistischen Attacken ausgesetzt sind, die überhaupt keine Hilfe bekommen, jahrelang im Matsch leben und über Stunden an der Toilette anstehen müssen. Hält man Menschen lange genug in einer würdelosen Situation fest, fangen sie irgendwann an, die Entwertungen und Beleidigungen zu verinnerlichen. Sie beginnen zu glauben, was man ihnen erzählt. Du bist minderwertig! Du bist Dreck!

Karim Q: Ein Jahr später traf ich einen Mann, den ich im Lager kennengelernt hatte. Einen netten, fröhlichen Mann. Er war zu allen freundlich und anständig und liebte es, mit den Kindern zu spielen. Als ich ihn wiedersah, war ich total bestürzt. Er sprach laut mit sich selbst, attackierte und beschimpfte wildfremde Leute, er wiederholte sich andauernd und steigerte sich in Wutanfälle hinein. Die endlose Zeit des Wartens in Ungewissheit ohne sinnvolle Beschäftigung hatte ihn verrückt gemacht.

Victor F: Die totale Entwertung der Realität, wie sie der provisorischen Existenzweise im Lager entspricht, verführt einen vollends dazu, sich gehen zu lassen, sich fallen zu lassen – da ja ohnedies alles zwecklos sei.

James B: Der Erfolg der Sklaverei beruht auf der rigorosen Auslöschung der Blitze im Inneren der Unterworfenen.

Parwana A: Wölfe jagen in der Dunkelheit der Nacht, und die Hirten kümmern sich um ihre Herde. Aber hier sind die Wölfe die Schäfer, die Schäfer sind die Schafe, und die Schafe verwandeln sich in Wölfe.

Victor F: Es kommt allmählich zu einem inneren Absterben.

Stage2 *

James B: Die Unterdrückten leben mit den Unterdrückern zusammen. Sie akzeptieren dieselben Kategorien, sie teilen dieselben Überzeugungen. Beide sind von derselben Realität abhängig. Innerhalb dieses Gefängnisses ist es romantisch, mehr noch bedeutungslos, vom Wunsch der Unterdrückten nach einer neuen Gesellschaft zu sprechen. Denn die eklatante Abhängigkeit von den Erfordernissen des Alltags, die sie mit dem Herrenvolk teilen, erschwert es ihnen, sich eine neue Gesellschaft vorzustellen. Das dringlichste Begehren der Unterdrückten liegt jedoch in der Erhöhung ihres Status und in der Akzeptanz innerhalb der bestehenden Gemeinschaft.

Bis Ende 2019 landen viele der ankommenden Boote an der nordöstlichen Küste von Lesbos in der Nähe von Skala Sikaminia oder an den Stränden und Felsen bei Molyvos.

Die Reisenden werden von der Polizei, Mitarbeitern der UNHCR oder Soldaten von Frontex für eine Nacht ins Zwischenlager Stage2 gebracht, das bei Skala Sikaminia in den Hügeln über dem Meer liegt.

Stage2 steht unter der Autorität der UNHCR, wird aber von einer schwedischen, vor Ort ansässigen NGO betrieben. Die Freiwilligen sind freundlich und bemühen sich, den Gästen eine Pause zu gewähren und die dringendsten Bedürfnisse zu befriedigen, bevor diese nach Moria gebracht werden.

Stage2 wird im Januar 2020 auf Druck der griechischen Behörden geschlossen. Im März 2020 brennt das Zwischenlager vollständig ab. Vieles deutet darauf hin, dass das Feuer von rechtsextremen Milizen der europäischen Identitären Bewegung gelegt worden ist.

Im Herbst 2020 wird im Norden der Insel eine Covid 19 Quarantänestation für Neuangekommene erstellt, in denen die Menschen sich selbst überlassen auf die Hilfe von lokalen Aktivisten angewiesen sind.

Aufgrund der exzessiven Pushback* Praxis von Küstenwachen und Frontex erreichen aber nur noch wenige Boote die Ufer von Lesbos.
(Stand Dezember 2020)

Textnachricht auf dem Shift-Handy der Crew des Fischkutters Sofía, der Beobachtungsmissionen im Kanal zwischen der Türkei und Griechenland fährt: 16 Boote mit 600 Leuten gelandet. Hilfe in Stage2 und am Strand in Skala Sikaminia benötigt. Bitte sofort kommen!

Ipolito, Greta, Martino, Heather und Henny befinden sich auf dem Parkplatz vor dem Supermarkt, beladen das Auto, essen Eis und beraten, in welcher Bar sie den Apéro einnehmen sollen.

Greta hört Ipolito mit offenem Mund zu, wie er die Nachricht verliest und schiebt hektisch die letzten Einkäufe ins Auto. Los!, schreit sie. 16 Boote und 600 Leute! Die brauchen unsere Hilfe. Und wir sind nicht dort! Sie reisst Ipolito das Gerät aus der Hand: Hey! Das kam vor einer Stunde! Wir sind zu spät! Wie peinlich! Warum hast du die Nachrichten nicht geprüft?

Das Handy war bei mir, beschwichtigt Martino und fährt sich wie zum Beweis mit der Hand in die Gesässtasche. Er wirkt unschlüssig. Heather wirft den Eisbecher in den Abfallkorb und schlägt die Autotür an ihrer Seite resolut ins Schloss.

Henny zögert. Soll sie mit? Sie muss beim Landing der Boote nicht dabei sein. Kennt das bereits. Und weiss, dass sie vermutlich zu viele Helferinnen sein werden. Fühlt sich aber mitgerissen und bevor sie einen Entschluss fassen kann, sitzt sie eingeklemmt zwischen Greta, die sich vor Ungeduld und Ärger kaum halten kann, und Heather, die gedankenverloren aus dem Fenster starrt, auf dem Hintersitz.

Fahrt in den Norden. In den Bergen, kurvige Strasse, Zikadengeschrei und kalter Wind durchs offene Fenster. Plötzlich Polizei. Ipolito bremst ab. Ein Motorrad, ein Geländewagen mitten auf der Strasse. Ein Mann mittleren Alters liegt im Gebüsch. Die wächserne Blässe seines Gesichts sticht aus dem Flutlicht, tot, ja, Henny sieht auf den ersten Blick, dieser Mann ist tot, kein atmender Organismus, leblose Gestalt, ein Überbleibsel. Die Polizisten haben die Äste auseinandergezogen und betrachten den toten Mann, sie wirken ratlos, als stocherten sie in einer merkwürdigen Flüssigkeit oder in einem verdächtigen Kothaufen herum, ja, sie scheinen angeekelt zu sein.

Ipolito fährt langsam vorbei und beschleunigt wieder. Fahr langsam, fahr vorsichtig, mein Freund, sagt Henny, die einen Druck in der Kehle verspürt, und Ipolito, der von Gretas Willen angetrieben wütend durch die Berge rast, schweigt. Es sind mehr als 600 Leute am Strand, aber das ist kein Grund, uns in den Tod zu fahren, das rechtfertigt diese Raserei nicht, sagt Henny nun lauter. Ich hasse diese Strassen, ich bin sie so müde, stösst Ipolito schliesslich hervor. Die Kurven verengen sich, die Hügel rücken zusammen.

Wir werden zu spät, wir werden die Letzten sein, unsere Glaubwürdigkeit steht auf dem Spiel. Will ich denn wie eine dilettantische Vollidiotin dastehen? Platzt es aus Greta heraus und Henny fährt sie an, es geht nicht um Glaubwürdigkeit, es geht nicht darum, schnell zu sein, was willst du dort? Was weisst du denn, ob du gebraucht wirst? Fragt sich aber gleichzeitig, ob sie Greta anschnauzt, weil der unverdeckte Ehrgeiz der jungen Frau unangemessen ist, oder ob sie sich von Gretas Ungestüm bedroht und ins Abseits gedrängt fühlt, sie fragt sich, ob ihre vorgeschobene Abgeklärtheit nicht einfach nur Ausdruck von Angst vor der eigenen Unzulänglichkeit ist. Das Auto schiesst ruckartig in die Haarnadelkurven, schraubt sich den Berg hoch, Ipolito explodiert und gerät sich mit Greta in die Haare, sie streiten sich lauthals und hemmungslos, während Martino dazwischengeht und zu schlichten versucht, Heather auf ihrem Handy rumtippt und Henny mit den Fingerspitzen Greta begütigend über den Rücken streicht, was diese sich erstaunlicherweise gefallen lässt.

In der Abenddämmerung sind sechzehn Boote mit sechshundert Menschen angekommen. Die türkische Regierung droht Europa: Tut ihr nicht, was wir wollen (Visafreiheit für türkische Bürger, Geld, Kriegsunterstützung an der syrischen Grenze, EU-Beitrittsverhandlungen, Konzessionen in den Grenzstreitigkeiten im ägäischen Meer usw.), öffnen wir unsere Grenzen und schicken die Leute rüber.

Staubige Bäume, Sträucher, Gräser und dieses anhaltende Zikadengeschrei, trockene Erde, schwarze Silhouetten der Hügel, weiter unten ein Schatten von Meer, Ahnung vom Dorf. Häuser, die hinter Zäunen und Maschendraht liegen, tragen die Namen von lokal aktiven NOGs. Grobkörniges, helles Kies. Flutlicht über dem Zwischenlager Stage2.

Hier verbringen ungefähr 300 Gäste die Nacht, bevor sie am nächsten Morgen nach Moria gebracht werden. Die restlichen der 600 Angekommenen wurden bereits transferiert.

Männer in dunkelblauen Polyesteruniformen stehen breitbeinig herum … Warum platzieren sich Männer in Uniform oft mit gespreizten Beinen … Die Polizisten und dieser eine Frontex Soldat, den Henny öfters in den einschlägigen Kafenions der Insel gesehen hat, aufgeplustert und helles Bellen.

Martino beugt sich zu Hennys Ohr runter und flüstert: Ein Rassist, der Geflüchtete beleidigt. Er bezeichnet sie als feige Mäuse.

Die hellblauen Leute von der UNHCR: Kylian mit den dünnen Beinen und der Kaurimuschel um den Hals, und Estelle, die weiss Gekleidete unter den vielen Hellblauen. Die Chefin der lokalen UN-Behörde wirft ihre Blicke ziellos herum und ihr dünnes blondes Haar flust wirr unter der Baskenmütze hervor. Sie wirkt fahrig und erinnert Henny an die Verkehrspolizisten, die den toten Mann in den Büschen ratlos anstarrten.

In staubigen Geländewagen werden die Geflüchteten vom Strand nach Stage2 gebracht. Die Autos kurven auf den Platz. Kies spritzt. Ein kahlköpfiger Mann in Camouflage holt mit seinen Riesenpranken die Menschen aus dem Gefährt, schaufelt die Kinder heraus – ein gutmütiges Monster, das mit Fingerspitzen Babyhaare spreizt.

Eine Frau, grünes Kopftuch, rosafarbenes Kleid, braune Plastikschuhe, kantiges Gesicht, rutscht aus dem Pickup, schiebt den Kahlköpfigen zur Seite und zieht ihre zwei Kinder eigenhändig aus dem Gefährt. Schaut sich kurz um, ihre Hände schiessen vor, packen die Kinder, halten sie fest, ziehen sie resolut mit sich fort, ihr fester, gerader Rücken, ihre starre Kopfhaltung zeugen von ihrer Entschlossenheit, diese Kinder, meine Kinder, lass ich nicht wieder los, das sind meine Kinder, die nimmt mir keiner weg, ihr könnt mir alles nehmen, ihr könnt machen mit mir, was immer ihr wollt, mich auf ein Boot packen, mich aus dem Boot wieder auspacken, über den Strand treiben, in einen weissen Pickup stopfen, mich durch dieses Tor in dieses umzäunte und mit Natostacheldraht bewehrte Geviert und in diese Container schicken, ihr könnt mir befehlen, wo ich hinzugehen habe, ihr könnt mir mein Gepäck abnehmen, mir Nahrung geben oder nicht, Wolldecken oder nicht, aber diese Kinder lass ich nicht wieder los, gehören mir, mir allein und keiner nimmt sie mir weg.

Dieser Handgriff im Nacken der Kinder.

Eine junge, schmale Frau mit dunkelbraunem Kopftuch und türkisfarbenem Kleid über schwarzen Hosen und buntbeperlten Sandalen ist von sechs Kindern umringt. Das Älteste könnte ihr Bruder sein.

Die abgemagerten, schlecht gelaunten Jugendlichen mit fettigen Haaren schubsen, rufen, pöbeln. Heftigkeit in den Gliedern, diese aufgestaute Energie, und aufsässig tun, und wenn es nur ein kleiner Faustschlag in den Rücken des Vordermannes ist, so nach dem Motto, scheiss drauf und lass mich in Ruhe, hey! Ihre Füsse und Hände schlenkern wie Wurfgeschosse.

Menschen mit schimmernden Notfalldecken (Space Blanket) zwischen den nassen Kleidern und der nackten Haut, die glänzend aristokratische Halskrausen bilden, bewegen sich schnell in durchnässten Schuhen über den hellen Kies, reihen sich in die Warteschlange ein, flankiert und teilnahmslos betrachtet von den Breitbeinern in den dunkel- und hellblauen Uniformen. Und sie verstehen sofort: hier anstehen. Hier warten. Hier Auskunft geben. Sie tippen ihr Alter auf die bunten Tasten eines gelben Taschenrechners für Kleinkinder: How old? Family here? Or in Afghanistan? Einige rufen, übersetzen, und doch zeigt keiner richtige Lust dazu.

Name zählt nicht. Die Existenz in der Kategorie beginnt.

Einer nach dem anderen. Eine nach der anderen. Gehen rein. Durch das Tor in das geschlossene Lager hinein. Das sie von nun an von ihrer Umgebung trennen wird.

Noch wird freundlich gefragt. Noch wird freundlich befohlen. Aber auch hier: Mach das! Nicht dahin! Geh dorthin! Wart hier! Setz dich! Bleib! Nein. Gepäck hier lassen! Nein. Babymilch im Rucksack? Nein, keine Babymilch! Nicht jetzt! Nachher! In zwei Stunden! Morgen vielleicht! Trockene Kleidung? Nein! Warmes Essen? Nein! Tee? Später!

Die Freiwillige mit den müden Augen wedelt mit dem Fragebogen und fragt mit heller Stimme die aus dem Süden der Insel angereisten Aktivistinnen von der Crew der Sofía: Wer will zum Strand? Der muss aufgeräumt und von den Booten und Schwimmwesten gereinigt werden. Und wer will ins Lager? Die Schicht im Lager dauert bis morgen früh.

Ratloses Herumstehen. Und so fragen sie Henny, weil sie in dieser Runde die Älteste ist, wohin willst du, aber Henny will den anderen den Vortritt lassen, war ja auch nur zufällig in diesem Auto, als die Nachricht und die Bitte um Hilfe angekommen war, sie zieht sich zurück und beobachtet. Greta und Ipolito fahren schliesslich murrend zum Strand und Martino und Heather betreten das Lager, und ehe Henny sich umschaut, befindet sie sich allein zwischen den Hellblauen vom UNHCR und den Dunkelblauen von Frontex und Polizei, die sie anstarren: Ja, was will die denn hier? Henny folgt Martino und Heather ins Lager. Doch die müde Freiwillige hält sie am Arm fest, tut mir leid, kein Bedarf, wir sind genug. Und Henny platzt: Greta und Ipolito am Strand, Martino und Heather im Lager, das Auto weg, und kein Bus zu dieser Nachtzeit, weit und breit kein Dorf, nur endlose Landstrassen, die sich um die malerischen Hügel kringeln, ja, was soll sie tun die ganze Nacht? Ist sie hierhergefahren, um erschöpfte Geflüchtete anzuschauen und die Dunkelblauen und Hellblauen zu unterhalten, die untätig im knirschenden Kies stehen und sich den nächtlichen Wind um die Ohren schlagen?

Oder soll sie sich in die Warteschlange stellen? Ja, Volunteerarbeit ist ein kostbares Gut. Man muss sich vordrängen. Sagen, ich will. Wie beim Job Interview, wo sie dich fragen: Was gibt dir denn deiner Ansicht nach das Recht, dich auf diesen Job zu bewerben? Es gibt kein Recht auf Arbeit. Es gibt kein Recht, am Strand Schlauchboote zu zerstören und Abfall und Schwimmwesten aufzusammeln, es gibt kein Recht, im Lager zu stehen, Leute einzuweisen, Decken, Kekse und Tee zu verteilen und den Weg zur Toilette zu zeigen, Eltern mit ihren Kinder ins Krankenzimmer zu bringen, und wer einfach so zufällig dasteht, ja, hingerufen, hinbeordert, der stört und muss sich vordrängen. Und doch, es fehlt an allen Ecken und Enden, gerade mal vier Freiwillige haben im Lager Dienst. Und es gäbe so viel zu tun! So viel Mangel an Versorgung. Nicht mal Suppe bekommen die 300 Leute in dieser Nacht, auch nicht diese ekelhaften Juice+ Beutelsuppen, die in Kartonkisten in einer Ecke des Lagers verstauben. So viel Arbeit bestünde, diesen Mangel zu beheben.

Henny nimmt ihre Wut zusammen und marschiert ins Lager, herrscht die müde Freiwillige an, die sie nochmals aufhalten will: Ihr habt uns gerufen und ich bin per Zufall in diesem Auto gewesen und nun bin ich da.

Jesus war in der Lage, aus einem Fisch ganz viele Fische zu machen. Estelle jedoch kann das nicht. Die Chefin des UNHCR, die ihre schlaffe Hand hastig zurückzieht und über Henny hinwegsieht, streicht sich das blonde Haar hinters Ohr und sagt mit leiser Stimme, keine Wolldecken, nicht genügend Wolldecken hier. Ein verlorener Engel. Eine Schauspielerin im falschen Stück: Not enough! Und während Estelle not enough, not enough, not enough, vor sich hin murmelt, gewinnt ihre Stimme an Härte, und allmählich geht eine Autorität von ihr aus. Das unlösbare Wolldeckenproblem ist NICHT weiter verhandelbar und verhilft dieser blassen Person zur benötigten Macht. Denn auch sie muss schauen, wo sie bleibt. Sie zuckt mit den Schultern, lächelt entschuldigend, und verschwindet zwischen den Containern.

Aufgrund des Vertrags zwischen der EU und der Türkei zwingt man die Reisenden, auf den Inseln zu bleiben, bis über ihr Schicksal entschieden sein wird. Ein international anerkannter Vertrag, der die Interessen einiger weniger reichen und mächtigen Staaten schützt. Und nun sind sie, trotz der prominenten Sache, in der unzählige Milliarden von EUROs jährlich die Tischseiten wechseln, NICHT in der Lage, GENÜGEND Wolldecken und Zelte bereitzuhalten? Und Resteuropa ist erleichtert, dass es Griechenland ist, das die Angelegenheit gegen die Wand fährt. So steht man selber ein wenig besser da! Nicht nur die Drecksarbeit, auch der Imageverlust wird in den Süden ausgelagert.

Verdammt! Wo sind die Wolldecken! UNHCR?

Und Kylian, der Hellblaue mit den dünnen Beinen und der Kaurimuschel auf der Brust erwidert:

Sie sind von selbst gekommen. Ich hab sie nicht eingeladen. Was kann ich dafür?

Die Frauen liegen in Wolldecken eingewickelt auf dem Containerboden ausgestreckt. Wo haben sie die bekommen? Nur die Kinder haben das Recht auf eine Wolldecke. In diesem Container warten aber nur ältere Frauen und junge Männer, die mit angezogenen Knien ihre Arme um ihre zitternden Körper schlingen.

Are you cold?
Yes. we need dry clothes.
We have not. I am so sorry.
But we are so cold.

I am so cold.
I can bring you a space blanket.
I don't want.
You don't want a space blanket?
No. no. thank you.

Oh. you have got a space blanket?
Yes.
It helps?
No. no. I am still so cold.
Should I carry a second one for you?
No. no. thank you very much.

Die Frauen rufen belustigt: Ah! Sie ist schon wieder da! Sie amüsieren sich über Hennys Eifer und ihre Unbeholfenheit.

You have to stuff the space blanket between your wet clothes and bare skin.
Where should I do that?
Go to toilet.
No. no.

Der junge Mann versteckt sich schliesslich hinter der geöffneten Containertür und stopft die goldene Notfalldecke zwischen Haut und Hose.

Die Frauen im Container können sich kaum halten vor Lachen.

You have to take off your shoes!
Take off your shoes and put them on here!

Schuhe ausgezogen und mit nackten Füssen über den Kies in die Container auf die dünnen Gummimatten oder in das grosse Zelt.

600 Schuhe. 300 Paare. Scharen sich um die Eingänge. Aufgeweicht. Salzwasser. Benzin. Urin. Waren in der Wüste, im Gebirge, im Wald, in Städten, am Strand. Die Füsse in diesen Schuhen haben türkischen Boden betreten, sind über die Felsen und Steine an der Küste geklettert, haben den Sand durchquert, das rutschige Gummi des Boo-

tes gespürt, sich gegen die Fliehkraft gestemmt, die jeden aus diesem unsicheren Gefährt katapultieren will, wie soll man in einem Refugée Boat*, einem Billigprodukt aus China standhalten, das viel zu klein für so viele Menschen ist, standhalten den unberechenbaren, von allen Seiten angreifenden Wellen, Salzschwall im Gesicht, die Kleider schwer, die Schuhe matschig an diesen arbeitsamen Füssen.

Die kleinen Kinderschuhe vor den Containern. Die pelzigen Babyschuhe. Die bunten Plastiksandalen. Die mit Perlen bestückten Ledersandalen. Pantoletten. Flip Flops. Die an der Ferse niedergetretenen Halbschuhe. Die Schnürschuhe. Boots. Slippers. Pantoffeln. Ballerinas. Mokassins. Canvas. Sportschuhe in allen Sorten, Qualitäten und Farben.

Ein junger Mann hält Henny seine Schuhe hin. Not good! Er hält sie ins Licht. Kneift die Augen zusammen. Look! Here is it so. And here is it so! Das feine Grätenmuster läuft beim einen Schuh von hinten links nach vorne rechts. Und beim anderen ebenfalls. Aber sollte ja dem Gesetz der Symmetrie gemäss beim zweiten Schuh von hinten rechts nach vorne links führen. Sie suchen gemeinsam und finden. Und kombinieren die Paare neu.

Henny kniet im groben Kies, ordnet die Schuhe, sucht die richtigen Partner, zieht die nassen Socken heraus, hängt sie über die Sitzlehne der Bank und über die Zeltschnüre, taucht in dieses Gemisch aus Material, Schweiss, Salzwasser, Benzin, Urin, zuerst mit spitzen Fingern irgendwann mit der ganzen

Hand … Meine Devotion. Mein ganz persönlicher Referenzrahmen. My personal devotion to every single human shoes … Ein älterer Mann steigt aus einem der Container und schiebt Henny weg: No, no, no! We can make it by ourselve! Thank you very much! But we can make it by ourselve!

Die Freiwilligen bilden eine Reihe und reichen oder werfen sich die Gepäckstücke zu, die mitten im Lager auf einem Haufen gestapelt werden.

So übertreten auch die Gepäckstücke die Schwelle zwischen den unterschiedlichen Gefangenschaften. So verlassen auch die Gepäckstücke den Parkplatz vor dem Lager, das Reich der Traffiker, Schmuggler, Militär und Küstenwachen und betreten den Herrschaftsbereich der Bürokratie, der Kategorien, der Kontrollen und der Beamten.

Jedes dieser Gepäckstücke ist nass. Jedes dieser Gepäckstücke ist der einzige Besitz eines Menschen oder einer Familie.

Rucksäcke. Voll und schwer. Halbgefüllt. Leicht. Geschlossen. Halb offen. Offen. In Tücher eingewickelte Habseligkeiten. Stoffsäcke. Zugeschnürte Abfallsäcke. Zusammengebundene Taschen, gewickelte Rollen, Umhängetaschen. Sogar die kleinen Handtaschen hat man den Leuten abgenommen.

Das endlose Warten in der Kategorie. Das wird die Lektion sein, die du im Hotspot lernen musst.

Wehe, du versagst im Kampf um den Aufenthalt in der richtigen Kategorie. Wehe, du landest in der

Falschen! Das sind die nächsten Grenzen, die es zu bewältigen gilt, die Grenzen zwischen den Klassifizierungen. Wobei gewisse Herkünfte, Geschlechter und Alter sich als problemhaft erweisen. Aber am schwierigsten ist es, wenn du gesund bist, wenn du kräftig und jung bist, männlich und aus einem Land kommst, in dem kein Krieg herrscht. Eine Art Entre Billet in die Gefangenschaft. Einige von euch werden es nicht schaffen, da wieder rauszukommen.

Weisst du, dass, wenn du aufs Festland übersetzen darfst, die Grenze erst richtig beginnt? Dass, wenn du keine Wohnung findest oder in ein Programm aufgenommen wirst, in geschlossenen Lagern oder auf der Strasse überleben musst? Dass du während all dieser Jahre damit beschäftigt sein wirst, gefälschte Dokumente zu kaufen? Dass du an der Grenze abgewiesen, zurückgeschafft und gezwungen sein wirst, dich in die Hände der Traffiker zu begeben?

Weisst du, dass dies keine Ankunft, sondern ein Eintritt ist? Dass du in eine internationale Transitzone geraten bist?

Diese leichte Verschiebung von Wörtern. Bewegung. Freiheit. Bewegungsfreiheit. Krise. Strukturkrise. Ökonomische Krise. Klimakrise. Wir schieben, drücken, pressen die Wörter, rücken die Krise in Richtung Hotspot, der ja gerade durch den Verweis auf die Überhitzung nur ein temporärer sein könnte, und noch ein Druck mit der Zungenspitze Richtung Transit und noch etwas mehr, daraus wird Transitzone, denn eine Zone ist befreit von allen Regeln und Gesetzen, die im Normalland herrschen.

Weisst du, dass sie nichts unversucht lassen, um deinen Körper als Manövriermasse zu gebrauchen? Geschäftsmasse, Strategiemasse, Propagandamasse? Als geopolitischen Faktor? Machtfaktor? Dass aufgrund der schlichten Anwesenheit deines Körpers Geschichte geschrieben wird? Und dass die Verfassung deines Körpers – gleichgültig ob gesund oder krank – für Wahlerfolge und politische Verwerfungen in Resteuropa verantwortlich gemacht wird? Weisst du um die Radikalität dieser Angriffe, Übergriffe und Zugriffe?

Wenn der neue Tag anbricht. Kommen die Busse. Die dunkelblauen Polizeibusse. Mit den vergitterten Fenstern. Den harten Schalensitzen.

Die Fahrt nach Moria dauert zwei Stunden. Und danach weisst du es. Die Erkenntnis wird wie ein Schlag in dein Bewusstsein hereinbrechen.

Yasmina T: Ich hatte ein gutes Leben. Arbeit. Kinder. Haus. Auto. Aber mein Mann ist verrückt. Er verfolgte mich und zeigte mich bei der Polizei an (weint). Mein Fall ist also ein wirklicher Fall. Ich sehe viele Geflüchtete, die keine wirklichen Probleme hatten. Sie lügen und erzählen irgendwelche Geschichten, weil sie einfach nach Europa wollen. Sie haben kein Recht und keine Gründe zu flüchten. Ich fühle mich besonders bedroht von Männern aus Afghanistan. Gäbe es mehr Familien aus dem Iran, wäre meine Lage besser.

Véronique L: Es gab Container für die Leute aus Kamerun, Container für die Leute aus dem Kongo, Container für die Leute aus Guinea. Ich jedoch pflegte Freundschaften mit Leuten aus Kamerun, aus dem Kongo, Guinea, Burkina Faso, Nigeria, ja, ich kannte sie alle. Aber unter uns schwarzen Frauen gab es nicht viel Solidarität. Bekommt deine Kollegin den Blauen Stempel, bricht Eifersucht aus. Und die muslimische Kollegin wird beschimpft, weil du als christliche Frau angeblich keine Vulnerable Certification bekommst.

Deniz C: Die Leute aus den afrikanischen Ländern waren meist friedlich … Ich trank oft Bier mit diesen Leuten … Die waren cool drauf … Solidarität fand aber oft nur in den Gruppen mit der gleichen Nationalität statt … Dabei trifft es alle gleichermassen … Keiner kommt an Moria vorbei …

Filomela P: Einige der Geflüchteten reproduzieren die Werte und Ansichten der konservativen, reaktionären europäischen Politik, ja, antizipieren sie gewissermassen. Nicht wenige befürworten das knallharte europäische Kontroll- und Grenzregime. Es gibt auch welche, die die Unterscheidung zwischen Geflüchteten und Migranten begrüssen. Sie sagen, ich bin ein richtiger Geflüchteter und mein Nachbar ist ein falscher Migrant. Und sie werfen sich gegenseitig Lügen vor. Ich sage die Wahrheit. Mein Nachbar lügt. Oder spielen ihre Nationalität gegen die Nationalität der anderen aus. Manche sind auch offen fremdenfeindlich.

Was mich jedoch beschäftigt, ist die Frage des kollektiven Widerstands. Sich den Finger abzuschneiden, sich ins Auge zu stechen, sich Urin zu kaufen, sexuelle Gewalt vorzutäuschen oder Bombensplitter zu erfinden, ist eine Form des persönlichen Widerstands auf der körperlichen Ebene. Ich kämpfe mit meinem Körper für mein individuelles Überleben. Aber weshalb gibt es kaum Formen von kollektivem Widerstand? Er würde den Menschen viel mehr Schutz bieten. Die Vorstellung von widerständigen, rebellischen Migrantinnen, allein aufgrund ihrer menschenunwürdigen Situation, ist vermutlich eine romantische Illusion.

Deniz C: Ich kannte einen Mann … Er hatte Probleme mit den Nieren … Aber keiner kümmerte sich um ihn … Er bekam keine medizinische Unterstützung … Warum musste dieser Mann sterben? Wir marschierten nach Mytilini, um zu protestieren … Wir waren ungefähr zweihundert Leute und campierten auf dem Sapphoplatz … Aber dann kamen die Nazis … viele von ihnen aus Athen … Sie grölten, randalierten und bewarfen uns mit Gegenständen … Schlussendlich schlug die Polizei mit Stöcken und Fäusten auf uns ein und steckte uns ins Gefängnis … auch Kinder und Frauen …

Es ist nicht einfach, solidarisch zu sein, wenn du dafür verprügelt wirst und im Gefängnis landest…

Mortaza R: Kämpfen? Das ist schwierig. Für was denn? Du weisst nicht, wie, wann und wer jemals über deine Zukunft entscheidet. Du weisst nicht, wie dieser Prozess funktioniert. Du kennst deine Rechte nicht. Ja, du weisst nicht mal, wer für den ganzen Schlamassel und deine desaströse Situation verantwortlich ist. Wofür und in welcher Weise willst du kämpfen?

Abtin S: Das wirksamste Mittel wäre, wenn wir uns in Solidarität zusammenschliessen und uns gegenseitig helfen würden. Wir sollten füreinander einstehen, wir sollten füreinander sprechen. Nicht nur miteinander, nein, füreinander sprechen. Alle. Meine Nachbarn und meine Freunde haben so viele Probleme. Wir sollten versuchen, sie miteinander zu lösen. Alte, Junge, Männer, Frauen, Kinder, alle – und aus allen Ländern.

Lizzy O: Soll man People of Colour Rassismus vorwerfen? Ist es nicht so, dass Rassismus nur von weissen Menschen auf schwarze Menschen angewendet werden kann? Aber es gibt durchaus Vorurteile innerhalb der Communities gegenüber anderen Communities. So ein Klassending halt. Man darf jedoch nicht alle über einen Kamm scheren! Es gibt unter den Geflüchteten viele bewusste Menschen, die antifaschistisch und antirassistisch eingestellt – oder einfach nicht so von einem Klassendünkel geprägt sind.

Die Leute aus Afghanistan, die früher ankamen, sind oft sehr sehr arm, aus der Unterschicht, Bauern, Landarbeiter, ein tiefes Bildungsniveau. Viele, die heute ankommen, stammen aus der Mittelschicht. Da gibt es dann schon Leute, die mit Blick auf die Armen sagen, ja, guck die dir doch mal an, die sind ja schon in Afghanistan so unausstehlich, ist ja kein Wunder, wenn alle sagen, die Afghanen seien so schlimm. Und es ist auch viel einfacher zu sagen, der Feind sei die afghanische Familie neben mir im nächsten Zelt, die in derselben, desolaten Situation ist. Es war auch so, dass während einer gewissen Zeit alle Menschen aus Afrika, also solche mit schwarzer Haut, nach Thessaloniki gebracht wurden und die Araber, Syrer und Irakis hauptsächlich nach Athen gekommen sind. Da waren dann Busse voll nur mit afrikanischen Menschen und Busse voll nur mit arabischen Menschen. Die Reaktion von vielen Leuten war dann: Immer dürfen nur die Syrer weiter. Die Syrer, die es eh schon immer besser hatten. Immer nur die Syrer. Und wenn du dann erwidertest, hey!, in den letzten Monaten sind so und so viele Menschen aus Afrika aufs Festland transferiert worden, dann sagen sie: Nein! Ich hab die ganzen Busse gesehen. Da sassen nur Syrer drin. Ja, aber da sind doch auch Freunde von dir mitgefahren. Ja, schon, aber das waren nur drei. Und dann wollen die Moslems nicht mit den Christen, die Afghanen nicht mit den Syrern. Ich brauch mir ja nur einzureden, ich bin ein anständiger Mensch, ich bin kein Verbrecher oder: Ich bin ein Christ oder: Ich bin ein Moslem. Ich bin ein wirklich Geflüchteter und hab einen Grund, hier zu sein. Die anderen sind bloss Migranten. Ich will arbeiten. Die anderen kommen doch bloss her, um sich ein faules Leben zu machen. Ich bin gebildet, ich spreche Englisch. Die anderen können ja nicht mal lesen und schreiben. Oder auch mitgebrachte Kategorien. Dies hier sind alles Sunniten. Die sind doch schuld, dass ich weg musste. Oder: Die aus Kamerun und Nigeria, die haben die ganzen Probleme verursacht, was machen die hier? Und es gibt die psychologische Seite der Sache: Mir passiert das eigentlich gar nicht. Ich bin quasi aus Versehen hier gelandet. Und ich werde auch wieder rauskommen. Diese verrückte Grundhoffnung von Menschen, die sich sagen, alles wird gut, wenn ich nur warte, und: Mich werden sie nicht deportieren. Mich wird es nicht treffen. Ich bin ja einer von den Guten. Oder dann: Ja, so ist es und nun müssen wir das aushalten.

So wird das fortgetragen und verinnerlicht. Das machen Leute, wenn sie sich über längere Zeit in einer entwürdigenden Situation befinden. Da beginnen sie nach unten zu treten. Anstatt zu sagen, was ist denn das hier für ein Mist und warum werde ich überhaupt auf einer Insel gefangen gehalten. Es geht doch nicht darum, ob jetzt zuerst die Afghanen, die Syrer oder die Afrikaner weg können. Auf die ganze Gewalt an den Grenzen kommt also obendrauf noch die Local Restriction!

Und kommen wir nochmals zurück zur Frage, wer der Feind ist. Der Feind ist ja eigentlich das System. Na grossartig! Bekämpfen wir mal das System. Ich wüsste jetzt auch nicht, wen ich gerade angreifen müsste. Die Täter sind nicht sichtbar. Euro Relief? Die stehen dir zwar gegenüber, aber sie sind auch diejenigen, die dir zumindest eine Wolldecke gegeben haben. Die sind auch nicht der wirklich grosse Feind. Und die Polizei? Dasselbe Spiel. Die haben dir zwar schon zweimal auf die Fresse gehauen und deine Kinder mit Tränengas beschossen, aber sie sind ja dann trotzdem da, um dich zu beschützen. EASO? Die sind zwar verhasst, weil die Termine für die Interviews irgendwann, ich weiss nicht in welcher Ferne liegen. Aber sie sind auch deine einzige Hoffnung, dass dein Joint Vulnerable Assessment akzeptiert wird und dein Asylverfahren ins Laufen kommt. Es gibt ja auch immer wiedermal Leute, die EASO Container niederbrennen. Das hilft aber nicht weiter. Ja? Wer ist der grosse Feind?

Wenn man eine Umgebung schaffen könnte, in der Leute erstmal mit Respekt behandelt würden, sie die Chance hätten, oder vielleicht sogar gezwungen wären, sich kennenzulernen, dann könnte so etwas wie Solidarität entstehen. Und es gibt ja schon Leute, die sich gegenseitig unterstützen, die zusammenhalten und irgendwie versuchen, gemeinsam zu überleben. Gewisse Menschen haben aus irgendeinem Grund viel Kraft, Energie oder Hoffnung, so dass sie irgendetwas tun: Das kann Brotbacken sein, das Zelt Schönmachen, durch politische Arbeit versuchen, etwas zu ändern, in Moria eine Schule gründen, Unterricht geben. Ich könnte mir vorstellen, dass innerhalb solcher Strukturen Widerstand sich entwickeln könnte. Aber in Moria? Dass Leute sich unter diesen Bedingungen organisieren? Das sehe ich nicht.

Karim Q: Wir wohnten mitten in der Kampfzone zweier rivalisierender Gruppen, die sich mit Steinen, Holzknüppeln und Messern bekämpften. Ja, die bewarfen sich mit Messern und eines durchdrang den Stoff unseres Zeltes, als wir gerade am Essen waren. Aber wir hatten grosses Glück. Niemand wurde getroffen. Wir gingen zu Euro Relief und baten um einen anderen Zeltplatz. Sie ignorierten unser Anliegen, keiner kümmerte sich darum, die Kämpfe gingen weiter. Tag für Tag. Also verliessen wir das Lager auf eigene Faust und mitten in der Nacht. Im Olivenhain warteten wir, bis der Morgen angebrochen war. Wir diskutierten unsere Lage und beschlossen, uns den Protesten anzuschliessen, die einige Tage zuvor auf dem Sapphoplatz in Mytilini begonnen hatten.

Die Polizei, die bereits wusste, dass wir das Lager verlassen hatten, hielt uns bei der Tankstelle beim Lidl auf. Eine Strassensperre nur wegen uns.! Irgendwann durften die Frauen und Kinder durch und schlussendlich gelang es auch uns Männern, die Sperre zu durchbrechen, und wir erreichten Mytilini.

Die Proteste dauerten achtzig Tage. Die ersten Tage waren wir ungefähr 250 Leute, doch es wurden mehr. Bewohnerinnen von Mytilini kamen dazu, Aktivisten und Geflüchtete aus Moria, andere verliessen uns, weil ihnen ein Platz im Lager Kara Tepe oder der Transfer aufs Festland versprochen wurde, oder weil sie es mit der Angst zu tun bekommen hatten. Nachdem jedoch klar wurde, dass niemand einen Platz in Kara Tepe oder einen Transfer bekommen würde, kehrten viele zu den Protesten zurück.

Irgendwann waren wir eine kleine Truppe von vierzig Leuten, die bis zum Schluss durchhielten. Neun Männer, darunter drei Minderjährige, führten einen Hungerstreik durch.

Aktivistinnen von den antifaschistischen Gruppen, die uns Kleider, Essen, Trinken und Wolldecken brachten, wurden von lokalen Rechtsextremen, die versuchten, die Hilfeleistungen zu verhindern, angegriffen, ältere Menschen, Bewohnerinnen von Mytilini oder Passanten, die zufällig vorbeigingen, beschimpften und bespuckten uns. Journalisten aus der ganzen Welt und Parlamentarierinnen aus der Schweiz befragten uns und wir versuchten, unsere Notlage zu erklären.

Als die Proteste endeten, hatten wir nichts erreicht. Also kehrten wir nicht nach Moria zurück, sondern zogen vor das Gebäude der Syriza Partei und organisierten auf den Treppenstufen ein weiteres Sit-In, das ebenfalls vierzig Tage dauerte. Die Polizei versuchte, uns davon zu überzeugen, die Proteste zu beenden, sie versprachen uns Plätze an Orten mit besseren Bedingungen wie Kara Tepe oder Pipka* oder Reisegenehmigungen, aber wir wussten, dass es sich um leere Worte handelte, also blieben wir.

Erst als sie in unsere Ausweise den blauen Stempel, die Erlaubnis, die Inseln zu verlassen, eintrugen, und uns eine Überfahrt innerhalb von zwei Tagen garantierten, beendeten wir unser Sit-In.

Befreundete Aktivistinnen steckten uns etwas Geld zu und wir machten uns auf die Suche nach einem Hotel. Es war um Weihnachten. Das Wetter war kalt. Es regnete. Wir sind von acht Uhr abends bis zwei Uhr nachts in der Stadt rumgelaufen mit der ganzen Familie, den Kindern, meiner alten Mutter und dem Gepäck, wir fragten in fünfzehn bis zwanzig Hotels nach Zimmern, aber sie wiesen uns alle ab, immer wieder: Nein! Wir waren völlig erschöpft und schliesslich gab uns ein Hotel ein Zimmer für eine Nacht.

Abtin S: Im Sommer 2019 hatte in den geschlossenen Sektionen von Moria ein Kurzschluss ein Feuer ausgelöst. Zwei Feuerwehrautos und ein Helikopter waren im Einsatz. Sie bekämpften das Feuer vom Boden und vom Himmel aus. Die Menschen verschwanden in heftigem Rauch und in ohrenbetäubendem Lärm. In den düsteren Schwaden erweckten sie den Eindruck, als würden sie in der Luft schweben. Kinder schrien nach ihren Eltern. Klänge von Allah-O-Akbar stiegen aus der Menschenmenge auf. Und während ich in einer Wolke aus Rauch und Hitze stand, stellte ich mir vor, wie das für die Frau und ihre zwei Kinder sein musste, die im brennenden Container unter unsäglichen Qualen starben.

Obwohl die Feuerwehrleute versuchten, das Feuer zu bändigen, dauerte es viele Stunden, bis es erloschen war. Einige Leute, die in der Nachbarschaft wohnten, zogen die Leichen der Frau und ihrer Kinder aus dem verkohlten Container. Ich starrte den knochigen Leichnam der Frau an. Ihr Fleisch war mit dem Rauch in den Himmel aufgestiegen. Als jemand die Tote auf eine Decke legen wollte, platzten ihre Knochen und flogen in alle Richtungen. Wir mussten die Stücke auflesen und zusammentragen. Und da entdeckte ich, dass neben dem Container noch weitere, halb verbrannte Leichen lagen.

Wir brachten die Verwundeten zu den Polizeiwagen. Als die Polizisten uns sahen, schlossen sie Türen und Fenster ihrer Autos und versuchten zu fliehen, ohne sich um die Verwundeten zu kümmern. Die aufgebrachte Menge warf mit Steinen nach den Wagen, das Glas der Scheiben zerbrach, die Leute stürzten sich auf die Pickups, rissen die Türen mit Gewalt auf und stiessen die Verwundeten ins Gefährt und schrien die Polizisten an, sie sollten sofort ins Krankenhaus fahren. Schlussendlich fuhren die Polizisten mit den Verletzten davon.

Die zurückgebliebenen Polizisten setzten Tränengas ein, um die Protestierenden auseinander zu treiben. Den Journalisten war es weder erlaubt zu fotografieren noch durften sie den Ort des Unglücks aufsuchen. Und doch schrieben die Zeitungen über die Opfer dieser Nacht: eine Tote und zwei Verwundete. Aber wir waren Zeugen gewesen. Und wir hatten sechs Tote gesehen und dreizehn Verletzte zum Polizeiauto gebracht.

Während der Nacht wurden die Leichen durch die drängenden und schreienden Menschenansammlungen getragen, die Anklagen gegen Griechenland und die Europäische Union skandierten. Die Polizei antwortete mit Tränengassalven.

Wutentbrannte Banden brachen die Türen der Büros von Euro Relief und EASO auf und raubten alles, was sie fanden: Wolldecken, Planen, Medikamente … Und sie zerstörten die Computer und die Einrichtungen. Am nächsten Morgen umzingelte die Polizei das Lager. Sie trieben uns zusammen. Und wir durften nicht mehr raus.

Selektion

Zygmunt B: Die Regierenden der Europäischen Union verwenden einen Grossteil ihrer Zeit und ihrer Hirnkapazität darauf, immer ausgefeiltere Mechanismen zur Grenzsicherung zu entwerfen sowie die zweckdienlichsten Verfahren zu ersinnen, mit deren Hilfe man diejenigen wieder los wird, denen es auf der Suche nach Schutz, Nahrung und Unterkunft trotzdem gelungen ist, die Grenzen zu überwinden.

Gayatri S: Wie kann das ethnozentrische Subjekt davon abgehalten werden, sich selbst zu etablieren, indem es selektiv eine/n Andere/n definiert?

Lizzy O: Würde man die Befragungen richtig machen, müsste man einen viel grösseren Aufwand betreiben. Aber ich glaube nicht, dass das die Absicht ist. Warum auch? Das Ziel ist, möglichst viele Menschen abzulehnen. Allein deswegen wurde ja der EU-Türkei Deal abgeschlossen. Je mehr zurückgeschickt werden, umso besser! Man will die Leute nicht.

Den Befragern von EASO geht es in erster Linie um Glaubwürdigkeit. Viele von ihnen sagen sich, ah, das ist ein interessanter Job, und ich verdiene gutes Geld, traritrara, und das war's dann. Natürlich macht das nicht jeder Beamte mit, es gibt sicher welche, die versuchen, innerhalb dieses Systems korrekt zu arbeiten. Aber grundsätzlich sind diese Interviews darauf ausgerichtet, jemanden festzunageln, ah, jetzt hab ich dich erwischt! Es dreht sich alles um die Glaubwürdigkeit, um Beweise zu finden, dass jemand lügt, die Details und Widersprüche aufzudecken, die einen Negativentscheid möglich machen. Deshalb brauchst du unbedingt Papiere vom Arzt, die Folternarben oder Kriegsverletzungen, dein Recht auf den Status der Verletzlichkeit, belegen. Sonst heisst es, ah, das hast du dir doch selbst zugefügt. Oder: Ist halt Krieg! Wissen wir ja, wie es so läuft.

Manchmal ist das Interview schon nach zwanzig Sekunden verbockt. Vielleicht würde jemand zehn Minuten später noch hinzufügen, ach ja, übrigens, ich war in dieser oder jener politischen Gruppe und bin verhaftet und gefoltert worden und sie töten mich, falls ich zurückkehre. Aber diese Fakten werden nicht mehr als glaubwürdig beurteilt, weil sie zu spät auf den Tisch kommen, die Einschätzung bereits feststeht oder weil sie einer früheren Aussage widersprechen: Ah, warum hast du das nicht von Anfang an gesagt, fragen die Beamten. Und das Interview muss scheitern. Andere erzählen, dass sie hergekommen sind, weil sie in bitterster Armut lebten und damit rechnen mussten, dass sie und ihre Familie an Hunger oder einer blöden Krankheit sterben würden, aber das ist kein legitimer Asylgrund. Der Ausgang eines Interviews hängt extrem von den jeweiligen Interviewern ab und ob diese versuchen, eine Geschichte wirklich zu verstehen oder ob sie ausschliesslich auf der Jagd nach dem einen entscheidenden Fehler sind.

Die meisten Leute, und nicht nur diejenigen, die traumatisiert sind, erzählen niemals in zeitlicher Abfolge. Gespräche zwischen Menschen funktionieren so nicht. Kommunikation verläuft viel komplizierter. Und die Interviewer sind keine Psychologen. Was auch nicht notwendig wäre. Ein wenig gesunder Menschenverstand würde genügen. Und die Dolmetscher spielen auch eine zentrale Rolle. Oft kommen sie aus demselben Land oder derselben Community. Vor ihnen auszupacken, dass du schwul bist oder einer bestimmten politischen Gruppe angehörst, kann gefährlich sein, was passiert, wenn das in Moria herumerzählt wird? Und die Dolmetscher können durch den Tonfall, die Wortwahl oder einfach wie du etwas betonst oder gewichtest, sehr viel Macht ausüben. Das ist eine heikle Sache.

Gerade in den afrikanischen Communities ist es schwierig, geeignete Dolmetscher zu finden, weil es so viele Sprachen gibt. Also führt man das Interview auf Französisch. Aber wir wissen, viele der Leute sprechen Französisch nur mangelhaft, sie sind aufgeregt, verhaspeln sich und finden die richtigen Formulierungen nicht, und die meisten Beamten beherrschen die Sprache auch nicht gerade gut und rennen durchs Interview. Ich meine, wer kann das kontrollieren? Niemand!

Es gibt zum Glück Anwälte, die es sich zur Aufgabe machen, die Leute auf's Interview vorzubereiten. Sie sagen ihnen nicht, was sie erzählen sollen, aber sie gehen mit ihnen ihre Geschichte durch, schau, dass du dich an die wesentlichen Ereignisse erinnerst. Natürlich sollst du nichts erfinden. Nur nicht den Schwerpunkt auf den Teil deiner Geschichte legen, der keine Relevanz hat. Sie unterstützen die Leute darin, ihre Geschichte zu ordnen, sie zeigen ihnen, worauf sie Wert legen sollten.

Ein Bekannter, der wegen seiner Homosexualität aus dem Iran geflohen war, wurde vom Interviewer gefragt: Bist du aktiv oder passiv? Penetrierst du oder lässt du dich penetrieren? Was sind das für Fragen! Beides natürlich, antwortete unser Freund. Ich bin schwul. Nein, sagte der Befrager. Laut dem Koran bist du als Aktiver nicht schwul. Denn heterosexuelle Männer penetrieren ebenfalls während des Analverkehrs. Das hat Mohammed gesagt. Unser Freund wandte ein, dass er Atheist und deshalb im Koran nicht sehr bewandert sei, sich also nicht in der Lage sähe, einen theologischen Diskurs zu führen, aber er sei nun mal schwul. Nein! Du bist nicht schwul. Abgewiesen! Das steht aber im Koran nirgends geschrieben. Und selbst wenn es so wäre, wäre es völlig bescheuert, wenn ein holländischer Beamter der EASO mit dem Koran und den angeblichen Worten Mohammeds argumentierte! Aber so etwas passiert immer wieder.

Es gibt ja auch Leute, die haben noch nie in ihrem Leben über ihre Sexualität gesprochen. Oder sie kommen aus einer Ecke der Welt, in der du dafür ins Gefängnis gehst. Und dann sollen sie plötzlich einer vollkommen fremden Person gegenüber detailliert ihr Sexleben beschreiben? Oft sagen sie dann zum Schluss so nebenbei: Ach ja, ich war dann übrigens auch noch im Gefängnis. Viele Leute aus dem Iran sagen nur, die Geheimpolizei habe sie abgeholt. Und wenn der Interviewer fragt: Ja, und was ist dann geschehen, werden sie oft wütend: Ja, was denn wohl! Was für eine Frage!

Natürlich sind sie gefoltert worden. Wenn du als schwule Person ins Gefängnis kommst, gibt es kollektive Vergewaltigungen. Wenn das für dich logisch ist, verstehst du nicht, warum du das dem Interviewer erzählen sollst. Ich bin schwul, ich komme ins Gefängnis, ich werde gefoltert, was fragst du, das weiss doch jeder! Nein! Das wissen wir eben nicht! Verdammt nochmal! Muss ich das wirklich wiederholen? Ja, musst du!

Viele Geschichten, die mir Freunde aus dem Kongo, Uganda oder Ruanda erzählen, sind für mich völlig absurd, ich denke, das kann doch nicht sein, das klingt verrückt, total abgefahren. Und obwohl ich es mir nicht vorstellen kann, glaube ich meinen Freunden. Warum sollen sie mich anlügen? Ein Interviewer, der aber darauf trainiert ist, genau das anzunehmen, sagt in jedem Fall, das kann nicht sein, das ist unglaubwürdig. Aber nach einer kurzen Recherche könnte er herausfinden, dass so etwas durchaus existiert. In gewissen Dorfstrukturen gibt es diese Geschichten mit Vodoo und Hexern und Heilern und Geistern, die Bestandteil des Glaubenssystems sind, es kann passieren, dass das ganze Dorf glaubt, du bist besessen. Also musst du gehen. Du hast keine Wahl. Und dann hängt es davon ab, ob ein Interviewer sich die Mühe macht, der Sache nachzugehen.

Filomela P: Im Zug des EU-Türkei Deals ist EASO und Keelpno die Hauptverantwortung für das Joint Vulnerable Assessment übertragen worden. EASO entscheidet darüber, wer in Griechenland Asyl beantragen darf, wer ins beschleunigte Verfahren kommt, das heisst, die Inseln verlassen und aufs Festland übersetzen darf, wer verhaftet und in die Türkei oder in andere Länder deportiert wird. EASO setzt dafür sogenannte Vulnerable Experts ein. Das sind junge Leute aus ganz Europa, zwischen zwanzig und fünfundzwanzig Jahre alt, die eine kurze Ausbildung durchlaufen, um danach mit ihrer Befragertätigkeit zu beginnen. Sie bekommen im Monat zweitausend Euro, was in einer Zeit, in der die Menschen in Griechenland durchschnittlich siebenhundert Euro verdienen, unglaublich viel Geld ist. Und natürlich zieht der hohe Lohn viele Menschen an. Sie sind jung, unerfahren und entscheiden über das Schicksal von Menschen, ohne dafür die Verantwortung übernehmen, ohne sich näher mit dem Thema auseinandersetzen zu müssen. Das ist sehr, sehr gefährlich. EASO argumentiert, die Befragerinnen würden ja nicht die Entscheidungen fällen. Ist einer Person die Vulnerable Certification zugesprochen worden, geht der Fall zu den Ärzten von Keelpno, die den Verletzlichkeitsstatus bestätigen müssen. Keelpno hingegen stellt klar, sie würden das Papier zwar ausstellen, aber EASO sei die entscheidende Instanz. Beide ziehen ihren Kopf aus der Schlinge und schieben sich gegenseitig die Verantwortung zu. Menschen gehen also zu Keelpno und jammern: EASO gibt mir kein Vulnerable Attest, ihr müsst mir eine bessere Bescheinigung geben. Und die von Keelpno antworten: Ok, du bekommst das Papier, aber EASO ist verantwortlich für den Entscheid. Und EASO sagt zu den Leuten: Geh! Hol dir eine bessere Bescheinigung bei den Ärzten von Keelpno. Das sind verwirrende, schwer durchschaubare, aber sehr dynamische Prozesse, die oft über Leben oder Tod entscheiden.

Ich beobachtete Menschen, die völlig verängstigt zur Erstuntersuchung kamen. Und als der Arzt sie fragte, ob sie gesundheitliche Probleme hätten, sagten sie ausnahmslos: Nein! Nein. Nein. Ich bin völlig gesund. Sie befürchteten, im Krankheitsfall deportiert zu werden. Wenn die Erstuntersuchungen sich jedoch wegen der vielen Ankünfte um einige Tage verzögerten, gaben die Leute an, krank zu sein, erzählten von ihren gesundheitlichen Problemen, von ihren Leiden und Beschwerden. Was heisst das? In der Zwischenzeit sprachen sie mit anderen Leuten und informierten sich darüber, wie das Spiel hier läuft. Sie lernten, was man von ihnen hören will und wie sie sich verhalten müssen, um in diesem System zu überleben.

Die Geflüchteten spielen dieses Spiel, sie bemühen sich, die an sie gestellten Erwartungen zu erfüllen. Sie erzählen Geschichten, und natürlich, sie erzählen auch Lügen. Die involvierten Beamten und Befragerinnen hingegen wissen, dass sie von den Geflüchteten gebraucht und damit auch missbraucht werden. Und das weckt Wut und Frustration. Aber sie machen einen grossen Fehler, weil sie den Kontext, in dem die Geflüchteten sich befinden und der sie dazu zwingt, Lügen zu erzählen, und die Art und Weise der Befragungen vollständig ausblenden. Sie sind blind für die Machtstrukturen, in denen sie sich bewegen und für die Position, in der sie sich befinden.

Ich erinnere mich an eine Frau, die erzählte, dass sie mehrmals vergewaltigt worden ist. Keiner glaubte ihr. Alle sagten: Du lügst! Du spielst ein Spiel! Diese Situation war furchtbar. Sie konnte es nicht beweisen. Die Frauen haben den Ruf verlogen, unehrlich und manipulativ zu sein. Weil sie grössere Chancen haben, B-Vulnerability zu bekommen und weil die meisten Befrager Männer sind, spielen sie das Spiel, indem sie weinen, schreien, in Ohnmacht fallen, allgemein grosse Schwäche markieren.

Im westlichen Konzept gibt es einerseits den aktiven, starken, männlichen und den passiven, schwachen, weiblichen Körper. Es gibt den gesunden, hochentwickelten weissen und den kranken, unterentwickelten schwarzen Körper. Das ist eine sehr europäische Sichtweise. Und ich beobachtete, dass innerhalb des Joint Vulnerable Assessments diese Sicht auf die Körper das eigentliche Konstrukt ist. Es ist auf unserem Mist gewachsen, dient in erster Linie unseren Interessen und spielt bei der Entscheidung, wer politischen Schutz verdient oder Rechte einfordern darf, eine wesentliche Rolle. Diese Sicht auf die Körper wird direkt in die Debatte hineingetragen und konkret angewendet. Man könnte auch sagen, die Körper der Geflüchteten sind das Territorium, auf dem die globalen Machtkämpfe ausgetragen werden, das Experimentierfeld innerhalb dieser komplizierten Aushandlungsprozesse. Und alle spielen ihre Rollen in diesem Spiel. Dabei haben diese Konzepte von Körperlichkeit nichts mit dem Asylrecht oder mit den internationalen politischen Gesetzen und Konventionen zu tun. Auch fragen wir nicht, ob diese Sichtweisen von den betroffenen Menschen geteilt werden.

In anderen Fällen geht es um die Frage der Macht. Verfügt Keelpno über genügend Macht, dass ihre Einschätzung, ob ein Mensch gefoltert worden ist oder nicht, von den anderen akzeptiert wird? Oder kann EASO seine Einschätzung, ob eine Frau vergewaltigt worden ist oder nicht, geltend machen? Diese Machtstrukturen wechseln ständig, sie sind von der aktuellen politischen Lage abhängig. Letzthin trat der Bürgermeister vom Dorf Moria in den Hungerstreik, weil die Dorfbewohner das Lager nicht wollten. Und plötzlich wurden die Vulnerable Documents von Ärzte ohne Grenzen akzeptiert. Denn so konnten mehr Leute aus dem Lager aufs Festland gebracht werden. Gibt hingegen Deutschland die Direktive durch, dass die europäischen Grenzen besser geschützt werden müssen, verlieren plötzlich viele Dokumente – oder Organisationen, die Dokumente ausstellen – ihre Macht. Das ist ein hochkomplexes Spiel zwischen unzähligen mächtigen und weniger mächtigen Akteuren, das niemand wirklich durchschaut, und das sich ständig verändert.

Rosa L: … Mein inneres Gleichgewicht und meine Glückseligkeit können leider schon beim leisesten Schatten, der auf mich fällt, aus den Fugen gehen, und ich leide dann unaussprechlich, nur dass ich die Eigentümlichkeit besitze, dann zu verstummen … Ich kann dann kein Wort über die Lippen bringen.

Gayatri S: Mit Sprechen meine ich eine Transaktion zwischen Sprechen und Zuhören. Das ist es, was nicht stattfindet … Und wir handeln nicht ausgehend von einem an Details ausgerichteten Denken; unser Handeln vollzieht sich in einem Bereich der »Nacht des

Nicht-Wissens«. Sogar die richtige oder gerechte Entscheidung denkt sich selbst in der »Nacht des Nicht-Wissens«.

Junus B: Da war ein Befrager. Der trug die blaue Weste von Frontex. Und ein Übersetzer. Sie stellten mir einfache Fragen. Woher kommst du? Dein Geburtsdatum? Wohin willst du?

Mortaza R: Jeden Tag gingen die Leute zu den Beamten und fragten: Wie lange müssen wir bleiben? Sie wollten nur wissen: Wie lange müssen wir bleiben? Alle waren beherrscht von dieser Frage: einen Monat, zwei Monate, drei Monate, vier, fünf, sechs, sieben Monate? Und keine Antwort.

Ich wurde nach neun ungewissen Monaten zum Interview gebracht. Ich hatte keine Ahnung, wie die Prozedur ablaufen würde, was sie von mir wissen wollten, was sie vorhatten, was mit mir passieren, wie meine Zukunft aussehen würde.

Karim Q: Sie fragten nach meinem Namen, meinem Alter, woher ich komme, warum ich weggegangen bin. Sie wollten wissen, was passieren würde, wenn ich zurückkehren müsste. Sonst nichts. Es waren griechischen Polizisten. Da waren aber auch noch andere Personen anwesend. Ich erinnere mich nicht, wer das war. Sie waren korrekt. Nicht freundlich, aber korrekt.

Dieselbe Befragung wiederholte sich drei Tage später. Diesmal waren es englischsprachige Beamte von EASO. Es gab auch einen Dolmetscher. Die waren sehr freundlich und angenehm. Danach bekam ich den Termin für mein Interview. Im April 2020 wird sich herausstellen, ob ich in Europa bleiben darf.

Deniz C: Für die Asylgesuche sind die griechischen Asylbehörden und EASO verantwortlich … EASO bestimmt die Interviewtermine und stellt die Fragen … Sie prüfen die Entscheide der griechischen Behörden und entscheiden letztendlich, wer angenommen und wer abgelehnt wird … Vierzig Tage nach meiner Ankunft bekam ich meinen ersten Interviewtermin … Ich hatte grosses Glück … Andere müssen viel, viel länger warten … Bei diesem Interview waren zwei Personen anwesend … eine Beamtin von EASO und ein Übersetzer … Danach wurde ich als verletzliche Person eingestuft und den griechischen Behörden übergeben … Ich bekam die Erlaubnis, das Lager zu verlassen und aufs Festland zu gehen …

Im Norden von Mytilini an der Ausfallstrasse Navmachias Ellis, die dem Meer entlangführt. Restaurant an Restaurant, eins am anderen, einige sind voll, andere leer, aber allen ist das Interieur gemein: Plastikplanen, die vor Salz und Wellen schützen und die sich vom Wind geklatscht in die Lokale bauschen, Holzstühle mit Sitzflächen aus Bast, Holztische für vier Personen, gestreifte Tischdecken. Und dasselbe Essen: gegrillte Sardinen, Oktopusse, Fleisch und Gemüse, Salate, Pommes Frites, in Weinblätter eingewickelter Reis oder zu Paste verarbeitete Erbsen, Olivenöl, Zitronen und Oregano. Weissbrot. Wein und viel Wasser. Die Bars und Küchen befinden sich auf der stadtgelegenen Seite der vielbefahrenen Navmachias Ellis. Jede Bestellung geht über die zweispurige Strasse, die Frauen und Männer, die bedienen, balancieren ihre voll beladenen Tabletts zwischen den fahrenden Autos hindurch.

Edem, der Moria überlebt und schlussendlich in Griechenland Asyl bekommen hat und nun als Übersetzer für EASO arbeitet, erklärt sich bereit, Henny in einem dieser Restaurants zum Abendessen zu treffen. Er redet ununterbrochen. Zwischendurch schüttelt er den Kopf, dehnt den Nacken zur Seite, als wolle er sich von einer Spannung, einem Druck befreien. Er lehnt sich weit über den Tisch, seine Hände und Arme kommen nah bei Henny zu liegen, und er schaut ihr direkt in die Augen. Schiebt seine Erzählung auf direktem Weg von seinem Kopf in ihren Kopf, als wolle er den Umweg über die Worte und ihre Verarbeitung vermeiden. Henny hört ihm zu, gehalten von seiner Intensität. Ohne eines seiner Worte zu verpassen, begutachtet sie die Speisen, steckt die Happen mit spitzen Fingern hastig in den Mund, als hätte sie Angst, jemand könnte ihr den Leckerbissen entreissen, kaut und schluckt schnell.

Später kann sie sich nicht daran erinnern, ihn beim Essen gesehen zu haben, sie hat kein Bild davon, wie er isst, keinen Eindruck von seinen Kaubewegungen, von der Dynamik seiner Hand, die zugreift und zum Mund führt, es müssen unscheinbare Bewegungen gewesen sein, kurzgehalten, aber die Platten und Teller sind leer, das heisst, er muss gegessen haben.

Edem wäre in Moria beinahe gestorben. Er führt nicht aus, was genau passiert ist. Er wurde ins Lager Pipka für besonders verletzliche Personen gebracht. Aber das war nur möglich, weil er unter den Aktivistinnen Freunde hatte, die um sein Leben kämpften. Später kam er nach Athen und schlüpfte im Hotel City Plaza unter, Edem lacht und breitet die Arme aus … So lovely people, so incredible lovely people … Er neigt den Kopf … So nice, so beautiful, I lived with a guy from Pakistan in a room, he loved me, he really loved me, it was so nice … Nur die jungen, internationalen Freiwilligen sind schwierig gewesen, die gleiten durch ihre verwöhnten Leben, fliegen nach Athen, bereichern ihre Urlaube, ohne etwas zu wissen, ohne sich zu informieren, landen an Orten wie dem Hotel City Plaza und machen alle Fehler, die man nur machen kann: Machtmissbrauch, Desinteresse und das Fokussieren auf Sex und Fun. Ja, so kommt es, dass die Freiwilligen und die Unfreiwilligen je unter sich bleiben, des Nachts in getrennten Gruppen im orange-schwarz düsteren Licht der Strassen der Exarchia stehen und ihr Bier trinken. Natürlich gibt es Ausnahmen, es gibt Freiwillige, die wissen, wo sie sich befinden, was abgeht, die politische Zusammenhänge analysieren, die sich für die Menschen interessieren, die sich hingeben, sich auf den Tresen werfen, bevor sie was zurückverlangen, und es gibt die griechischen Aktivistinnen, Freunde, die alles für uns tun, ohne sie gäbe es Orte wie Pipka und das City Plaza nicht … they are angels, I have seen angels, you cannot believe it … Und nun zurück nach Lesbos, endlich ein Job, eine Wohnung … Ich bin Übersetzer in Moria … Yes! Ich bin Übersetzer im Dienst der Feinde. Erstregistration …

Der Fluss aus Worten und Lachen läuft über. Vergnügen an der Absurdität, dass Edem, der nicht nur Überlebender von Moria, sondern auch ein politisch aktiver Mensch ist, nun für die von der anderen Seite arbeitet, eine Volte, eine Kaprice des Lebens, die ihm nach dieser ganzen Katastrophe einen Lohn, eine Wohnung und ein würdiges Leben ermöglichen … me in Moria again, you cannot believe. Und er erzählt von Frontex, die den Strand kontrollieren, von den Passagen vom Meer zum Lager, von EASO, die Interviews und Erstbefragungen durchführen, von Europol*, die inkognito Antiterrorismus betreiben, von der griechischen Polizei, die so gern eigenständig sein möchte und immer wieder trotzig ihre Kompetenz und Autorität demonstriert, indem sie einfach mal draufhaut: Das ist unser Lager, hier bestimmen wir, egal, wie nutz- und sinn- und würdelos ist, was wir hier beschliessen und durchsetzen – und doch sind sie nur die Erfüllungsgehilfen, die Marionetten an den Schnüren und in den Händen der europäischen Union. Er holt aus und berichtet von seiner Arbeit, von den Übersetzern, die so viel unsichtbare Macht besitzen. Weil die Befrager nichts wissen. Sie wissen nichts über Afghanistan. Nichts über Syrien.

Irak. Iran. Kongo. Kamerun. Guinea. Sudan. Palästina. Sie wissen nicht, was eine Volksgruppe, was eine Religion ist. Sie wissen nicht, was ein Schlauchboot, was ein billiger Motor ist, sie wissen nicht, wie es sich anfühlt, ohne Kenntnisse ein solches Boot zu fahren, sie wissen nicht, wie ein Schmuggel funktioniert, sie wissen nicht, was Flucht ist, sie wissen nicht, was ein Fluchtgrund sein kann, sie kennen keine unaufgeladenen Handies, keine verzweifelten Verwandten, kein Warten im Ungewissen. Sie wissen nichts. Es gibt Freiwillige im Lager, die wissen nicht, was das Wort Rape bedeutet. Die sind erstaunt: Was? Vergewaltigung? Hier im Lager gibt es Vergewaltigung? Heute kam ein dreizehnjähriges Mädchen. Sie schickten sie weg. Rape? Hier? Come on … Ist doch alles bewacht!

Edem hält inne und schöpft Atem. Er schaut Henny an. Geniesst ihre Empörung. Die Wirkung, die seine Worte auf sie haben.

Ok. Es gibt ein universales Recht auf Nichtwissen. Wirft Henny ein. Aber warum tun sie alle so, als ob sie wüssten?

Edem fährt fort, ohne auf Hennys Frage einzugehen: Und weil die Befrager nichts wissen, behandeln sie die Übersetzer als Experten, sie befragen die Übersetzer, wie die Situation einzuschätzen ist, wie diese Person, die da sitzt und unter Einsatz von Gut und Leben den Weg hierher geschafft hat, zu beurteilen ist. Denn das eigentliche Prädikat, das über Deportation oder Überleben entscheidet, heisst Glaubwürdigkeit. Und Glaubwürdigkeit wird mit

Wahrheit übersetzt. Und mit Wahrheit ist eigentlich Faktizität gemeint. Fakten. Die Fakten müssen stimmen. Und wenn jemand also seine Geschichte glaubwürdig rüberbringt, schafft das Fakten. Die Performance ist die eigentliche Kreatorin von Wirklichkeit. Und an diesen Schnittstellen entfalten die Übersetzer ihre Macht.

Eine kollektive Kunstproduktion, die verborgen in diesen elenden Containern im Gange ist und sich nur im Resultat der Asylentscheide zeigt … eine verkürzte, verdinglichte, funktionale Produktion von Erzählungen unter Mitwirkung von Frontex, EASO, Polizei, Anwältinnen, Übersetzern und den Ansuchenden selbst.

Sie geben uns so viel Macht. Edems Augen blitzen: Wie erzähle ich die Geschichte? Wie gewichte ich? Wo frage ich nach? Was lasse ich unter den Tisch fallen? Denn im Raum bin ich der Einzige, der sowohl Moria, das griechische Asylsystem als auch die Behörden kennt. Im Normalfall holen sie die Übersetzer aus Westeuropa. Die bekommen sechs- bis achttausend Euro im Monat. Ich bekomme zweitausend Euro im Monat. Sie holen mich nicht, weil ich tatsächlich ein Experte bin, nein, weil ich billig bin … Er zerkrümelt Brot. Daran kann Henny sich erinnern. Er zerkrümelt immer mal wieder Brot, wenn er für einen Moment verstummt und auf die windgeplagte Plastikplane starrt.

Aber die Leute trauen mir nicht. Sie denken: Warum sitzt er auf der anderen Seite? Wird er uns verpfeifen? Ist er ein Spion? Es braucht Zeit, dieses

Vertrauen aufzubauen. Sie wissen ja nicht, dass ich Moria nur knapp überlebt habe, dass ich das alles hasse. Er trinkt sein Glas Wein leer und füllt es wieder auf.

Edem ist einer der vielen, deren Einkünfte von den Ankünften der Boote abhängig ist. Wie viele Menschen würden ihre Arbeit und ihre Einkünfte verlieren, wenn niemand mehr landen würde? Eine nicht abreissende ökonomische Kette … Edem ist auf der Seite der Geflüchteten und Migrantinnen. Und versucht, seine Macht zu ihren Gunsten zu nutzen. Eine Macht, die jedoch Grenzen kennt.

Deniz C: Sie befragten mich sieben oder acht Stunden … Sie wollten alles wissen … über meine Vergangenheit … über mein Leben im Lager … Wie es mir geht … Was ich fühle … Sie versuchten, mich auszutricksen … Fragten zum Beispiel, bist du verheiratet? Ich sagte, nein … Später fragten sie unvermittelt, wie viele Kinder hast du? Sie suchten nach Fehlern … Versuchten, mich einer Schuld zu überführen (lacht) … ein Kreuzverhör … wie bei einem Verbrecher …

Leider wollten sie nicht über meine Zukunft reden … Das ist ein grosser Fehler … vielleicht auch eine Art Spiel … Dabei musst du ja über deine Zukunft nachdenken … Pläne machen … Diese Ungewissheit und die Art und Weise, wie sie deine Fragen überhören, wie sie dich spüren lassen, dass allein sie entscheiden, was mit dir geschehen wird, dieses Geheimnis, das konstruiert wird … Das ist einer der Hauptgründe, warum die Leute vollständig durchdrehen …

Véronique L: Bei meiner Erstregistration fragten sie nach den Namen meiner Mutter und meines Vaters, sie zeigten mir Flaggen und fragten mich, welche Flagge die von Kamerun ist, sie fragten nach dem Namen der Hauptstadt, sie wollten wissen, wie ich die ökonomische Situation in unserem Land einschätze, den Namen des Präsidenten, das politische System, solche Dinge wollten sie wissen, wahrscheinlich hatten sie sich zuvor bei Google informiert. Sie prüften, ob ich auch wirklich aus Kamerun komme. Im Raum war ein Mann, der die Fragen stellte und ein Übersetzer. Der Befrager war freundlich, aber er sagte mir, meine Situation sei schwierig und es bestehe nicht viel Hoffnung auf Asyl. Er war nicht von EASO, er war ein griechischer Beamter.

Yasmina T: Bei der Erstregistration waren zwei Beamte von EASO aus Holland und Deutschland anwesend. Ich wurde jedoch von einem Beamten der UNHCR befragt. Er zeigte mir meine Möglichkeiten auf. Er sagte, ich muss mindestens drei Monate in Moria bleiben, gleichgültig, ob ich einen Asylantrag stelle oder bereit bin, in den Iran zurückzukehren. Und er meinte, es wäre für mich viel besser, einer Deportation in die Türkei und später in den Iran zuzustimmen. Der vierte Mann, ein Übersetzer, sagte jedoch: Moria ist ein guter

Platz für dich. Deine Geschichte ist sehr überzeugend. Du wirst sehr, sehr bald nach Athen und nach Deutschland oder in ein anderes europäisches Land reisen können. Für dich in deiner Lage ist das kein Problem. Ja, dieser Übersetzer, er trug auch diese hellblaue UNHCR Weste, wiederholte mehrmals, mein Fall sei ausgezeichnet und sie würden mir helfen, nach Holland zu kommen. Also sagte ich, dass ich Asyl beantrage. Ich fühlte mich plötzlich sehr schlecht, brach zusammen, weinte und sagte, ich würde meine Kinder vermissen und hätte Angst, allein nach Athen, allein nach Deutschland oder Holland zu reisen. Der Beamte von der UNHCR meinte, ich solle mich beruhigen. Kein Problem. Wir schicken dich nach Athen. Dort kaufen wir dir für fünfzig Euro ein Ticket in den Iran. Aber der Übersetzer schärfte mir ein: Sie schicken dich in die Türkei. Und dort kommst du für Monate ins Gefängnis. Und du weisst, dass du nicht in den Iran zurückkehren kannst. Und er wiederholte: Du wirst Griechenland bald verlassen und in das Land deiner Wünsche reisen. Er bot mir seine Hilfe an: Ich suche dir in Mytilini ein Zimmer oder eine Wohnung.

Jeder erzählt dir irgend etwas. Und wem sollst du glauben? Und ich weiss nicht, warum dieser Übersetzer mir diese Lügen auftischte. Mir diese Wunder versprach.

Zum Schluss fragten mich die zwei Beamten von EASO: Warum bist du hier? Iran ist doch ein gutes Land? Als ich antwortete, dass ich kein Geld habe, fragten sie: Du hast kein Geld? Wie bist du denn hierher gekommen?

Henny drückt den Saft einer Zitrone in ihr Wasserglas. Edem schaut erstaunt zu. Viel zu wenig, sagt er, du tust viel zu wenig Zitronensaft ins Wasser. Henny schiebt ihm den Teller mit den Zitronenhälften hin, mach du, deine Hände sind kräftiger als meine. Er drückt Saft in beide Gläser, das Wasser riecht schwach nach Kräutern und Fisch, für die diese Zitronen gedacht sind. Sie trinken die Gläser leer. Der Wind hat sich beruhigt. Die Plastikplanen hängen im Rahmen. Edems Eltern waren beide Waisenkinder. Nur seine Mutter hatte noch ihre Mutter, die sieben ihrer acht Kinder verloren hatte. Der böse Blick, sagte die Mutter der Mutter. Epilepsie, sagt Edem.

Seine Mutter und sein Vater trafen sich zur Zeit der Ernte auf einem Reisfeld. In der Nacht kamen die Vögel, sie sangen im Mondlicht, pickten die reifen Reiskörner auf und trugen sie in die Wälder. Seine Eltern verliebten sich in der Nacht auf einem Feld beim Bewachen der reifen Reiskörner unter dem Gesang der in die Wälder fliehenden Vögel.

Sein Vater war bereits eine internally displaced person (IDP). Binnenflüchtling – nach der Kategorie.

The Bill. Let us fix the bill … Edem schaut nach der Besitzerin des Restaurants: Um Mitternacht ist

Bettruhe, morgen früh um acht Uhr muss ich in Moria sein, und ich arbeite bis abends um zehn Uhr … Er hält Henny die Finger hin, zählt die Stunden, kommt auf den Tisch zu liegen, versenkt sich nochmals in ihre Augen: Stell dir mal vor, bis zehn Uhr in der Nacht, die Holländer jedoch, um sechs Uhr sind die weg, Bürozeit!

Sie schlendern durch die menschenleere Ermou. Mytilinis Fussgängerzone. Altmodische Strassenlaternen verströmen Pfirsichlicht. Und Henny fühlt sich unmittelbar von einem Gefühl der Verlassenheit erfasst … einsam … nicht allein … nein … verlassen … ausgelassen … Ja, ich fühl mich ausgelassen … Und Edem hat dieses Bedürfnis zu reden … diesen Drang … Es muss raus … zu wem auch immer! Es muss raus … Er ist kein guter Zuhörer … aber ein hervorragender Erzähler … und Charme … Klugheit … Humor …

Das Verlassenheitsgefühl hat mit ihm nichts zu tun … Es existiert … egal … gleichgültig … Es ist …

Epilog

Achille M: Mehr als das Denken in Begriffen der Klasse hat letztlich die Rasse/Race den gegenwärtigen Schatten des Denkens und der Praktiken der abendländischen Politiken ausgemacht, besonders dann, wenn es darum geht, sich die Unmenschlichkeit fremder Völker auszumalen oder die Herrschaft, die es über sie auszuüben gilt. Rassismus ist in der Tat die Technologie, die darauf ausgerichtet ist, die Ausübung der Biomacht zu gestatten, dieses alte Recht der Souveränität, sterben zu machen oder leben zu lassen. Innerhalb der Ökonomie der Biomacht übernimmt der Rassismus die Aufgabe, die Verteilung des Todes zu regulieren und die mörderischen Aufgabenbereiche des Staates zu ermöglichen. Rassismus ist die Bedingung für die Akzeptanz des Tötens.*

Moria. Prinzip Moria. Lagerwirtschaft. Was heute geschieht, hat seinen Ursprung in der europäischen Geschichte. Lager und Transitzonen gehören zu unserem europäischen Bewusstsein. Oder anders gesagt: Seit dem Beginn des europäischen Kolonialismus im 15. Jahrhundert sind die Bedingungen gegeben, die das Lager als unverzichtbaren Ort der politischen Praxis hervorbringen. Für Bestrafung, Zucht und Ordnung. Aber auch zum angeblichen Schutz und Wohl der Eingesperrten und der sie umgebenden Gesellschaften – entsprechend erfanden die deutschen Nationalsozialisten den Begriff des Lebensraumes, um ihre Vernichtungslager und ihre Rassenpolitik zu beschönigen.

Das Prinzip Moria wirft alte Fragen auf, obwohl der Kontext sich verändert (Achille Mbembe).

Während unserer Kindheit spielten wir Indianer und Cowboy. Wobei ich mich nicht genau erinnere, welcher Rolle wir den Vorzug gaben. Vielleicht waren es eher die Coolen, die Indianer sein wollten, und eher die Streber, die sich mit der Cowboyrolle identifizierten. Hingegen weiss ich mit Sicherheit, dass wir – die siegreichen Indianer – meine jüngere Schwester, die aufgrund ihres Alters keine Wahl hatte, in ihrer Rolle als Cowboy an eine Tanne fesselten und über Stunden dort vergassen. Erst als wir am Abendtisch – zurückmutiert zu braven Kindern – von unserer Mutter gefragt wurden, wo denn die Schwester sei, erschraken wir und stürmten los, die vergessene Kolonialistin aus ihrer misslichen Lage zu befreien.

Hinter dem kindlichen Indianer- und Cowboyspiel steht die europäische Wirklichkeit von Ausrottung und Unterwerfung auf militärisch erobertem Terrain in Amerika und Australien und der Erstellung von abgeschlossenen Reservaten als einziger Möglichkeit zur Rettung der entrechteten, ausgebeuteten und verwalteten Menschen. Selbstverständlich fehlt es nicht an zahlreichen Erzählungen über verbreiteten Alkoholismus, Gewalt und Arbeitslosigkeit. Als würde das Reservat geradezu zum idealtypischen Modell, um der Welt zeigen zu können, was wir schon immer über die sogenannten Ur-Einwohner wussten.

Da sind die Lager auf dem afrikanischen Kontinent. Konzentrations- und Arbeitslager in Südafrika und in Südwestafrika (im heutigen Namibia) kosteten Millionen von Menschen das Leben und hinterliessen schwere Traumata, die über Generationen hinweg wirkten – und es noch immer tun.

Forschungen zeigen, dass die Lager ursprünglich nicht als Vernichtungslager geplant waren, sondern der Kontrolle der kolonisierten Bevölkerung und der effektiven staatlichen Durchdringung der Kolonie dienten. Sie fungierten als Haftstätten und Orte der Erziehung und vor allem der Arbeitskräftebeschaffung (Jonas Kreienbaum).

Ums scheinbar unabsichtliche Töten ging es ebenfalls in den Euthanasieprogrammen der psychiatrischen Kliniken in Deutschland während des 2. Weltkriegs. Wir wissen viel über die medizinischen Experimente an lebenden Menschen, aber wir wissen kaum etwas über die wilde Euthanasie: Tötung durch Mangelkost, Verwahrlosung, Misshandlung und scheinbar absichtslose Vergiftung. Mangelnde Pflege, körperliche Gewalt und Nahrungsentzug brachten hunderttausenden Patientinnen und Patienten den langsamen Tod. Offiziell hiess es, dass man sich gezwungen gesehen habe, Kosten zu sparen. Dass man das Volk vor Parasiten habe schützen müssen. Dass man das Leiden der Betroffenen verkürzen und beenden – und nicht zuletzt – die Betroffenen vor dem Volkszorn habe schützen wollen (Götz Aly).

Auf diesen Traditionen politischer Praxis basiert das Lager Moria. Und all die aktuellen Lager in Spanien, Italien, Griechenland und Libyen und nicht zuletzt all die geschlossenen und überwachten Asylzentren und die Ausschaffungspraxis auf dem europäischen Kontinent. Sie wurden nicht als Tötungslager geplant, kosten aber dennoch tausenden Menschen das Leben und werden noch weitere abertausende Menschenleben kosten. Und wenn wir an die Toten denken, die wegen unterlassener Hilfeleistung oder gewalttätiger Übergriffe auf dem Meer ihr Leben verloren haben und tagtäglich verlieren, dann sind es bereits Zehn-, wenn nicht Hunderttausende. Die Anzahl der Ertrunkenen ist bekannt, wenn auch nicht korrekt, da die Dunkelziffer hoch ist. Es existieren jedoch keine verlässlichen Statistiken über die Anzahl der Menschen, die in den Lagern aufgrund dortiger Verhältnisse gestorben sind. Diese Aussage stützt sich also auf Erfahrungen vor Ort, Erzählungen und Berichten von Betroffenen und rapportierten Einzelfällen.

Meine Kindheit war geprägt von Frauen. Sie sassen, ganz dem Geist der fünfziger, sechziger und frühen siebziger Jahre verpflichtet, in den Wohnzimmern und Küchen, widmeten sich ihren Handarbeiten und Kochereien und erzählten. Sie berichteten von den Lagern. In Deutschland. In Osteuropa. Sie erzählten von den Deportierten. Von Toten. Von Überlebenden. Von schmutzigen Nazinachbarn, versteckten Faschistenverwandten. Jüdischen Nazis. Und christlichen Antifaschisten. Von jüdischen und politischen Widerstandskämpfern. Deutschen und Schweizern, die gern Juden wären, und Juden, die keine Juden mehr sein wollten. Ein Durcheinander im Chaos der Kategorien. Im Spannungsfeld zwischen Erzählzwang und Tabuisierung. Und ich lernte, dass diese Kategorisierungen zur Bestimmung dienten, wer ins Lager musste und später, wer die Schuld an der Existenz der Lager trug.

In der Schule und in der Familie lehrte man uns, die Überlebenden der Nazilager zu bewundern. Ihren Mut, ihre Unerschrockenheit, ihren Humor, ihren Widerstand und ihre Fähigkeit zum Verzeihen.

Was für Menschen! Und wie bedeutungslos wir im Vergleich mit ihnen waren: Schweig! Was sprichst du von Problemen. Du hast keine Ahnung, was wirkliche Probleme sind. Du warst nicht in Auschwitz.

Wie oft hörten wir diesen Verweis.

Unsere Regale waren gefüllt mit Büchern über die Lager. Die Bibliotheken und Buchhandlungen waren gefüllt mit Büchern über die Lager. Unsere Lehrerinnen und Lehrer erzählten von den Lagern und galten deshalb als fortschrittlich.

Aufgrund meiner gelegentlichen Tätigkeit als Dozentin an einer Hochschule begegnen mir immer wieder Studierende, die sich weigern, über die Lager zu sprechen – sowohl über die der Vergangenheit wie auch über die der Gegenwart –, weil sie die Schnauze voll haben. Die Schnauze voll kann man aber nur von einem Zuviel haben.

Wir lernen also, die Lager in ambivalenter Weise mit einer Art voyeuristischen Abscheu zu betrachten, eingeklemmt zwischen dem Zuviel und dem Tabu. Wir lernen, sie als Teil unseres widersprüchlichen Bewusstseins und unserer komplizierten Geschichte widerstrebend anzunehmen. Wir lernen, die Lager als Teil unserer Familien und unserer Körper zwangsläufig in unseren Zellen aufzubewahren.

Und wir lernen, davon ausgehend, Aufstände anzuzetteln und zu skandieren: Nie wieder!

Der Wunsch junger Leute, diesen Teil europäischer Geschichte hinter sich zu lassen, ist in gewissem Sinn zu verstehen. Aber sie täuschen sich. Wir sind mitten drin. Und es ist nicht so, dass heute an den Grenzen etwas geschieht, das wir nicht für möglich hielten, nein, es ist lediglich etwas an die Oberfläche gekommen, das zwar viele von uns nie wieder wollten, das aber jederzeit und ununterbrochen da war.

Aber was nun? Es ist hart zu akzeptieren, dass unsere Aufstände von 1968, 1980, 2011 keine Wendepunkte waren. Es handelte sich um Illusionen, rosarote Wolken, die am Horizont auftauchen und wieder verschwanden.

Das Konzentrationslager sei eine englische Erfindung, soll Adolf Hitler im Berliner Sportpalast am 30. Januar 1940 gesagt haben. In einem englischen Gehirn sei die Idee geboren worden. »Wir haben nur im Lexikon nachgelesen und haben das dann später kopiert.«

Die Lager, auf die Hitler anspielte, waren während des Südafrikanischen Krieges (1899–1902) entstanden, mit dem Grossbritannien versucht hatte, die unabhängigen Burenrepubliken des Transvaals und Oranje-Freistaats (ebenfalls Kolonialisten) ins Empire zu integrieren. Im Zuge dieses Krieges wurde der Stacheldraht, der in diesem Bericht eine wichtige Rolle spielt, zum ersten Mal zu militärischen Zwecken genutzt.

Es ist ekelhaft, Adolf Hitler zu zitieren. Ekelhaft und geschmacklos. Und doch. Die gegenwärtigen europäischen Regierungen und Mitglieder der Zivilgesellschaften kopieren auch. Wir lesen nicht nur nach, was die englischen Erfindungen waren, nein, wir lesen auch nach, was in Deutschland während des 2. Weltkriegs kopiert worden ist und kopieren in

Griechenland, Spanien, Italien, Libyen, Marokko, Tunesien, Niger, Mali usw.

Von den berüchtigten Internierungslagern in Australien ganz zu schweigen.

Und wir argumentieren: Was sollen wir tun? Es können ja nicht alle Geflüchteten und Migrantinnen nach Europa kommen. Haben wir eine Alternative? Und diese Leute sind nicht zu integrieren. Sie würden in Europa ein unglückliches Leben führen. Also müssen wir die Schlepper bekämpfen und das Leiden in den Lagern und das Sterben auf den Meeren beenden. Und unsere europäische Lebensart schützen (Ursula von der Leyen).

Wir argumentieren solcherart und kopieren unsere eigene Geschichte. Gleichzeitig stellen wir unser von Rassismus, Kolonialismus und Lagerwirtschaft geprägtes Bewusstsein in Abrede – da wir merkwürdigerweise davon ausgehen, dass es so etwas in Europa nicht mehr gibt.

Wir studieren unsere Historien, graben in unseren Familiengeschichten, lesen Artikel, Reportagen über die aktuelle Lage und die Zustände in Griechenland und Libyen, echauffieren uns über unterlassene Seenotrettung und doch: Wir kopieren. Wir kopieren und kopieren und kopieren immer weiter …

Es gibt jedoch Widerstand von unten, es gibt solidarische Netzwerke und emanzipatorische Bewegungen, die migrantische und politische Gruppen zusammenführen und gemeinsam agieren lassen. In diesem Bericht werden sie vernachlässigt und nicht gebührend erwähnt. Es bleibt jedoch die Hoffnung, dass dieser Bericht einen – wenn auch kleinen – Teil zu einem anderen Archiv beiträgt. Ein Archiv, das eine Ethik der Welt vertritt, einer Welt, in der jedes lebendige Wesen anerkannt wird und seinen Platz bekommt (Achille Mbembe).

Mytilini liegt im Abendlicht. Zwei Frauen und zwei Männer stehen an der Reling der Fähre, die nach Athen fährt, und schauen auf die Insel.

Sie sind jung. Sie lachen, tanzen und skandieren: Bye bye Moria! Bye bye Mytilini. Never again. Oh! No no Moria. Never again!

Eine der Frauen raucht eine Selbstgedrehte. Sie weint. Ich habe Angst, sagt sie. Was wird nun aus mir?

Dämmerung. Das Schiff durchquert den Kanal zwischen Lesbos und der Türkei in Richtung Chios. Die vier jungen Leute sitzen unter dem Vordach an einem kleinen runden Tisch und starren auf Lesbos, das langsam kleiner wird. Sie wirken entrückt. Als könnten sie immer noch nicht fassen, was ihnen auf dieser Insel angetan worden ist.

Auch mir kommen die Tränen, weil mir bewusst ist, dass dieser Moment der Freude ein kurzer und illusionärer ist. Denn nun kommt der nächste Höllenkreis. Auf dem griechischen Festland warten Obdachlosigkeit oder neue Lager. Die Grenzen nach Resteuropa, das die sinkenden Ankunftszahlen und Asylanträge feiert, sind geschlossen. Für die Meisten bleibt nur der Gang zu den Schmugglern für die Balkanroute oder zu den Dokumentenfälschern für einen Flug nach Italien.

Jeder von den Küstenwachen auf dem Meer abgefangene und in die Türkei zurückgebrachte Mensch bezahlt den Schmuggler ein weiteres Mal. Ein drittes Mal. Viertes Mal. Achtes Mal. Jede am Flughafen abgeblockte Reise, weil das gefälschte Dokument nichts taugt, bedeutet eine lukrative Mehreinnahme für die Fälscher. Es sind aber nicht die Geflüchteten, die letztlich den Menschenschmugglern zu Reichtum verhelfen. Die Kriminalisierung und Marginalisierung von Migration innerhalb der EU und die europäische Grenzpolitik, die das Recht auf Asyl weitgehend aussetzt, treibt die Menschen in die Arme der Schmuggler. Sie haben letztlich keine andere Wahl. Je härter also das Grenzregime desto grösser die Profite der Menschenhändler. Aber auch wenn die Geflüchteten oder Migrantinnen es schaffen, die griechische Grenze zu überwinden, geraten sie in die europäischen Asylsysteme, die von der Dublinverordnung beherrscht sind. Rückführung nach Griechenland als Erstregistrierungsort ist der Normalfall. Gewalt von Seiten der Polizei und den Grenzschützern an der Tagesordnung.

Diese vier jungen Menschen, die sich auf diesem Schiff ihrer nun still gewordenen Freude hingeben, kommen aus dem Maghreb und aus subsaharischen Ländern. Ihnen droht in Resteuropa die Abschiebung. Sie haben kaum Chancen auf Asyl.

Und je tiefer die Zahlen der Asylanträge in Resteuorpa, desto voller und desolater sind die externalisierten Hotspots – und je brutaler das Grenzregime, desto mehr steigen die Zahlen der Toten im Meer.

Zwischenhalt im Hafen von Chios. Strenge Kontrollen am Hafeneingang. Neun Jugendliche werden aus der Menge der Touristinnen herausgenommen. Und an die Hafenmauer gepresst. Gesicht zur Wand. Hände auf den Rücken. Beine auseinander. Danach drücken die Polizeibeamten den jungen Männern die Faust ins Genick, zwingen sie auf die Knie, schlagen sie auf den Kopf, schubsen sie herum und treten sie in die Seite.

Die Freien verlassen das Schiff oder betreten es. Die Unfreien stehen hinter dem Maschenzaun oder kauern unter den Fäusten der Polizisten und imaginieren ihre Abreise.

Ein hübscher, schmaler Junge läuft leichtfüssig übers Hafengelände und verschwindet im Inneren des Fährschiffes. Fünf Minuten später eilen zwei Polizisten ins Schiff und holen ihn raus. Führen ihn zur Hafenmauer, drücken ihm die Faust ins Genick und zwingen ihn nieder.

Während der Nacht kann ich nicht schlafen. Die Hunde im Zwinger heulen, am Himmel Vollmond. Ich durchquere das Schiff in regelmässigen Abständen. Von vorne nach hinten. Von oben nach unten. überall liegen Menschen auf dem Boden, ihre Jacken über den Kopf gezogen, Frauen, Männer und Kinder, die Moria verlassen und nach Athen reisen.

In Piräus angekommen muss ich mich beeilen, laufe einem Taxi hinterher, damit ich das nächste Schiff nicht verpasse, das mich nach Mykonos und von dort nach Tinos bringt.

Ich ergattere mir einen schönen Platz an der Reling und beobachte das Erwachen der Stadt. Die

Färbung des Himmels. Das Verblassen des Mondes. Die auslaufenden Schiffe, die sich träge ins offene Meer wälzen. Die Menschentrauben. Die Autos und Lastwagen. Kaffeebecher in der Hand. Nun reise ich nicht mehr mit Geflüchteten, sondern mit Touristinnen und Touristen aus Griechenland, aus Italien, Deutschland, den USA und Japan. Wir sind legal – wir gehören zur sozialen Schicht dieser Welt, die Reise- und Bewegungsfreiheit geniessen. Ich bekomme für fast jedes Land auf diesem Planeten ein Visum.

Die Migrantinnen haben kein Geld. Die Geflüchteten sitzen den Sozialsystemen auf der Tasche. Sie belasten die Gemeinschaft. Wir können das nicht finanzieren. Sagen meine Bekannten in Resteuropa. Daraufhin bitte ich meine Migrant-Friends mir alle Beträge aufzulisten, die sie für Schmuggler, Dokumentenfälscher und Schmiergeld ausgegeben haben und bitte sie auch, mir aufzulisten, was sie an Lohnausfällen hatten, da sie unterwegs entweder ausgebeutet worden sind oder sogar ohne Lohn gearbeitet haben. Es kommen exorbitante Beträge zusammen. Tausende – ja, zehntausende von Euros und Dollars.

Was wäre, wenn diese Menschen ein Visum bekämen und diese Geldsummen auf legale Weise – zum Beispiel in Athen, Rom, Paris, Madrid, Stockholm, Oslo, Kopenhagen, Amsterdam, Berlin, Wien, Bern usw. – ausgeben würden?

Die See zwischen Athen und Mykonos ist stürmisch. Das Schiff schlingert und springt. Gegenstände rutschen von den Tischen. Gepäckstücke schlittern umher. Die Reisenden wickeln sich in Tücher und Jacken und klammern sich an ihre Sitze. Wellen brechen an der Reling und klatschen salzig aufs Deck.

Das Wasser schwarzblau. Tiefe Täler. Auf den Kämmen brodelnde Schaumkaskaden. Die Wildheit und Gewalt des Windes steht in seltsamem Gegensatz zum hellen Himmel, der gleissenden Sonne, den hübschen Inseln, die an uns vorbeiziehen.

Abtin S: Ich hörte viel über die sogenannt erste Welt. Und ich bin überzeugt, dass das Leben dort gut ist. Es herrscht Religionsfreiheit. Redefreiheit. Eines Tages, wenn ich eines dieser Länder erreicht haben werde, studiere ich an einer Universität und wähle das Leben, das mir entspricht. Niemand wird mir vorschreiben, was ich zu tun habe. Ich bin frei.

Bekomme ich in Europa jedoch keine Aufenthaltsbewilligung, dann gibt es keinen Ort für mich. Kein einziges Land, das mich aufnehmen will. Das ist verrückt. Und in Kabul würden sie mich töten. Trotzdem drohen sie mir mit Deportation. Ich verstehe das nicht.

Abtin lebt im Dezember 2020 in Camp Moria 2.0. Die Schule im Community Center One Happy Family, in der er Englisch und Gitarre lernte, wurde von rechtsextremen Milizen der Identitären Bewegung niedergebrannt. Auf Facebook publiziert er täglich Gedichte. Und er hat begonnen, seinen ersten Roman zu schreiben. Im April 2021 bekommt Abtin den Status als Asylbewerber und kann in Griechenland Asyl beantragen. Im Fall einer positiven Antwort darf er Moria verlassen.

Véronique L: Keiner will in Griechenland bleiben. Alle wollen nach Europa, wo es keinen Rassismus gibt. Man sagt, Europa sei der Ort der Menschenrechte. Europa sei ein guter Ort für Frauen.

Véronique lebte mit ihrer jüngsten Tochter in Mytilini im Frauenhaus. Im Winter 2019 wurde sie in ein Lager in Athen transferiert. Im Sommer 2020 erreichte sie die Nachricht vom Tod ihres achtjährigen Sohnes, den sie in Kamerun zurückgelassen hatte. Er war beim Spielen ertrunken. Sie hält sich seit dem Winter 2021 in Frankreich auf und hat dort einen Asylantrag gestellt. Véronique kämpft mit gravierenden, gesundheitlichen Problemen, die sich auf ihren Aufenthalt in Moria zurückführen lassen.

Filomela P: Im Zuge des Konstrukts der Vulnerability wollen wir ausgerechnet diejenigen in unsere Gesellschaften aufnehmen, die unserem Ideal des gesunden, leistungsfähigen Menschen nicht gerecht werden. Aber es entspricht der kolonialen Tradition, dass die Starken die Schwachen beschützen. Das nährt das Gefühl der Überlegenheit und stützt das Machtgefüge: Wir integrieren sie und schreiben ihnen vor, wie sie zu sein haben.

Filomela kehrte nach ihrer Forschungsarbeit im Camp Moria nach Athen zurück. Im Sommer 2018 wurden privaten NGOs auf Geheiss der Europäischen Union die Arbeitsbewilligung auf dem Festland, insbesondere in Athen, entzogen. So auch der Organisation, für die Filomela tätig war. Heute arbeitet sie als Psychologin in einer Klinik von Ärzte ohne Grenzen in Athen und betreut Menschen, die Folterungen überlebt haben. Gleichzeitig schreibt sie an ihrem PHD zum Thema *performing vulnerability in the context of »refugee crisis« in Greece.*

Yasmina T: Ich las im Internet, in Büchern und Zeitungen über Europa, und zwei meiner Brüder leben in Schweden, andere Familienmitglieder leben in Holland und in Deutschland. Wir sind überall verstreut. Ich denke, Europa muss ein sehr guter Ort für Frauen sein. Ein Leben ohne Furcht vor den Männern.

Griechenland jedoch kann nicht Teil von Europa sein. In meiner Vorstellung gibt es in Europa so etwas wie Moria nicht. Wenn das hier Europa sein soll, ja, dann frage ich mich, was tue ich hier?

Yasmina lebt in einem Asylheim in Deutschland. Ihr Dublinstatus wurde aufgehoben. Sie wartet nun auf den Bescheid, ob sie in Deutschland Asyl bekommt oder nicht.

Deniz C: Ich denke nicht, dass es in der Europäischen Union systematische Diskriminierung gibt … Ich glaube das nicht … Europa muss zuerst für sich selber schauen … Jeder schaut zuerst für seine Familie … Ich würde dasselbe tun … Als die Balkanroute offen war, haben sich viele Geflüchtete respektlos verhalten … Ich klage Europa nicht an …

Deniz lebte mehrere Monate in der Nähe der albanischen Grenze und arbeitete als Übersetzer und Cultural Mediator für eine lokale NGO. Seit Dezember

2020 übersetzt er für den psychologischen Dienst einer internationalen Organisation in einem der grossen Camps im Norden Griechenlands. Deniz plant eine Ausbildung zum Fotografen und Filmemacher und ist auf der Suche nach einem Studienplatz in einer europäischen Kunsthochschule.

Mortaza R: Die Autoritäten in Europa und viele Leute aus der Zivilgesellschaft sind ausschliesslich darauf fokussiert, die Grenzen zu schliessen. Und nachdem 2016 der EU-Türkei Deal in Kraft getreten ist, sind die Inseln zu Gefängnissen geworden. Aber du kannst, falls du genügend Geld hast, mit Hilfe eines Schmugglers die Inseln verlassen. Sie finden immer Wege, die Leute zu transportieren. Kein Grenzregime, und sei es noch so brutal, kann Geflüchtete und Schmuggler aufhalten. Niemals!

Aber wer bezahlt den Preis für diese Grenzpolitik? Wir alle. Jede einzelne Person. Auch die Europäer. Den höchsten Preis bezahlen jedoch die Geflüchteten. Sie bezahlen mit all ihrer Widerstandskraft und ihrer Mühe und Not, ihre Würde zu bewahren.

Mortaza ist als Übersetzer und Mitarbeiter einer internationalen NGO auf Lesbos tätig. Er kümmert sich im Besonderen um unbegleitete Minderjährige und arbeitet an einem Projekt für ein Netzwerk von Anwälten und Anwältinnen, die sich pro Bono (ohne Entschädigung) für die Rechte der Geflüchteten einsetzen. Ab Herbst 2021 belegt er Kurse in *Migration Studies* an der Universität Genf.

Karim Q: Natürlich bin ich davon ausgegangen, dass wir in Europa willkommen und sicher sind. Dass sich unser Leben verbessern wird. Wir können ja nicht einfach so in unsere Länder zurückkehren. Und für manche Leute dauerte die Reise bis auf die griechischen Inseln länger als ein halbes Jahr. Harte, lebensgefährliche, erschöpfende Reisen.

Karim gelang es, Holland zu erreichen, wo der Rest seiner Familie sich bereits befand. Ihr Gesuch um Aussetzung der Dublinorder und das Recht, in Holland Asyl zu beantragen wurde jedoch in letzter Instanz abgelehnt. Karim und seine Familie planen die Weiterreise in ein anderes europäisches Land, um erneut um Asyl zu ersuchen.

Junus B: Ich will nach Deutschland. Ich lebte und arbeitete bereits fünf Jahre in Hamburg. Danach wurde ich nach Afghanistan abgeschoben. Aber ich kehre zurück. Ich werde um jeden Preis Deutschland erreichen.

Junus lebte in Athen. Da er die Wohngemeinschaft verlassen musste und keine Arbeit fand, sah er sich gezwungen, sich in ein Camp zu begeben. Sein Asylgesuch wurde zweimal abgelehnt. Mortaza R. fand einen Anwalt, der für Junus eine Beschwerde einreichte. Obwohl seine Aussichten auf eine Aufenthaltsgenehmigung gering sind, hält er an seinem Plan, Deutschland zu erreichen, fest.

Lizzy O: Die Ansichten weiter Kreise in Europa drehen sich um folgende Überzeugung: Man muss einsehen, dass diese Menschen nicht integrierbar sind. Die kennen das nicht mit Demokratie, Gleichberechtigung, Bildung und Fleiss. Was sollen wir machen? Dazu kommt: Wenn wir Moria schön machen – was ja der Witz schlechthin ist –, würden viel mehr Leute kommen und das wäre ein Problem, das nicht zu lösen ist.

Vielleicht ist dieses Problem tatsächlich nicht zu lösen, ohne den ganzen Schritt zu gehen und zu sagen, Nationalstaaten sind ein Auslaufmodell, Grenzen sind Quatsch, funktionieren nicht. Menschen akzeptieren keine Linien, die irgendwelche Kolonialisten auf ein Papier hingemalt und in unzähligen Kriegen wieder geändert haben. Warum sollen Menschen das berücksichtigen und dafür ihre Existenz und ihr Leben riskieren oder sogar hingeben? Wer bist du denn, mir zu sagen, da darfst du stehen und da darfst du nicht stehen?

Bis jetzt wird es noch nicht als nötig befunden, Migrantinnen und Migranten systematisch zu ermorden. Aber ich schliesse nicht aus, dass das eines Tages passieren wird. Und ich glaube, dass grosse Teile der europäischen Öffentlichkeit das zulassen würden. Das läuft ja nicht nach dem Motto, man muss sie töten, damit wir als Europa überleben können. Es spielt sich wohl eher auf der Argumentationsebene ab, die wir heute schon kennen: Ja, was sollen wir denn machen? Wir können sie nicht alle aufnehmen! Man erklärt den Leuten immer wieder:

Es gibt keine Lösung, wir haben keine Alternative. Diese Rhetorik benutzen wir bereits, wenn es darum geht, verhinderte Seenotrettung zu rechtfertigen. Oder die Aussetzung des Asylrechts und die völkerrechtswidrigen, lebensgefährlichen Rückschaffungen zu legitimieren. Jeder weiss, was in Libyen geschieht. Und es wird hingenommen. Jeder weiss, was in den griechischen Lagern geschieht. Und es wird hingenommen. Es sind einfach zu viele, die das völlig unkritisch akzeptieren.

Vor diesem Hintergrund ist es also durchaus vorstellbar, dass wir anfangen, Menschen zu töten. Das ist blöd, wir erschiessen auch nur die jungen Männer, also die Kinder jetzt nicht, das müssen wir machen, damit keiner mehr kommt, was ja auch menschlich ist, weil dann am Ende auch keine mehr ertrinken, und so ist dieses Leiden und Sterben auf dem Meer endlich beendet und den verbrecherischen Schmugglern das Handwerk gelegt. So könnte die Erzählung lauten. Und alles ist wieder gut und wie früher.

Lizzy arbeitet weiterhin auf Lesbos. Da die Bedingungen für solidarisches und politisches Engagement sich durch die Anwesenheit rechtsradikaler Gruppen, die permanente Verschärfung (oder Aussetzung) des Asylrechts und die Kriminalisierung unabhängiger Organisationen dramatisch verschlechtert, sieht sie sich gezwungen, ihre Tätigkeiten laufend anzupassen.

James B: Unsere Menschlichkeit ist unsere Last, unser Leben. Wir brauchen nicht darum zu kämpfen, wir müssen nur das tun, was unendlich viel schwieriger ist – nämlich sie akzeptieren.

Edouard G: Nach so vielen Krisen … so vielen Kriegen … Wird der Mittelmeerraum zum Archipel … Die Kontinente, diese Massen der Intoleranz, die starr auf eine Wahrheit ausgerichtet sind, werden ebenfalls zu Archipelen … Die Regionen der Welt werden zu Inseln, zu Meerengen, Halbinseln, Landvorsprüngen, zu Ländern der Vermischung und des Durchgangs …

Parwana A: Ihr wandert von Osten nach Westen. Von Norden nach Süden. Und wo es euch gefällt, soll euer Zuhause sein.

Gayatri S: Es geht um Handlungsfähigkeit, um verantwortliche Vernunft, nicht um irgendeine Art von kultureller Differenz. Die Zeit dafür ist meiner Ansicht nach vorbei.

Rosa L: … Vergessen Sie bloss nie, um sich zu blicken, dann werden Sie immer wieder »gut« sein …

Glossar*

Ärzte ohne Grenzen. Auch Médecins sans Frontières oder Doctors without Borders, resp. MSF genannt. Unabhängige Organisation für medizinische Nothilfe.

Biopolitik oder Biomacht. Eine Herrschaft, die nicht auf den Einzelnen, sondern auf eine gesamte Bevölkerung zielt oder bei der das nackte Leben der vielen auf dem Spiel und die physische Konstitution, die Verfasstheit der Körper und Gesundheit und/oder Krankheit im Zentrum steht.

Brand von Moria. In der Nacht vom 8. auf den 9. September 2020 brannte Moria Camp vollständig ab. Das Feuer brach an vier strategisch wichtigen Orten gleichzeitig aus. Windböen um die 60 Kilometer verbreiteten den Brand in kürzester Zeit im ganzen Lager. Obwohl fünf Bewohner des Lagers verhaftet und verurteilt wurden, ist die Urheberschaft bis heute ungeklärt.

Campfire. Eine Gruppe von Aktivistinnen, die während der Nacht den Strand bewachen, um ankommenden Booten beim lebensgefährlichen Landing behilflich zu sein, erste medizinische Hilfe und eine notdürftige Grundversorgung zu leisten. Im Jahr 2020 hat Campfire seine Tätigkeit eingestellt.

EASO. European Asylum Support Office. Europäisches Unterstützungsbüro für Asylfragen.

Europol. European Union's Law Enforcement Agency. Europäische Polizeibehörde mit Sitz in Den Haag.

Euro Relief. Eine in Griechenland registrierte NGO, die aber der US-amerikanischen Familie Jeremy Holloman gehört. Der Holloman Clan ist Teil der Evangelikalen Rechten und sammelt jährlich Spenden in Millionenhöhe, die sie in die Distribution von Bibeln, Missionstätigkeit und in Charity Work in den Transitzonen investieren.

Frontex. European Border and Coast Guard Agency. Ist in Zusammenarbeit mit den Staaten der Europäischen Union zuständig für die Kontrolle der EU Aussengrenze. Im Feburar 2020 wurden sowohl die Kompetenzen (Datenaustausch, praktische Umsetzung des europäischen Migrationsregimes) wie auch die finanziellen Mittel für Frontex durch die Europäische Union aufgestockt. Frontex untersteht keiner Kontrolle durch eine europäische Behörde. Das Handeln der Agentur wird intern überprüft. Im Herbst 2020 wurde von Parlamentariern und Parlamentarierinnen des Deutschen Bundestages die Untersuchung von Pushback Vorwürfen gefordert.

Hotel City Plaza. Das ehemalige Hotel im Zentrum von Athen wurde im April 2016 von Aktivistinnen und Geflüchteten besetzt. Bis im Juli 2019 lebten und arbeiteten 400 Geflüchtete, Aktivistinnen und Freiwillige in einer basisdemokratischen, selbstverwalteten Wohnstruktur.

Joint Vulnerable Assessment. Ein Verfahren, das die Verletzlichkeit einer Person bestimmt. Der Status der Verletzlichkeit verschafft Zugang zu den Resettlement Programmen und berechtigt, internationale Rechte und die Menschenrechte einzufordern.

Kara Tepe. In diesem Lager sind Familien und besonders verletzliche Personen untergebracht. Das Lager wird von ca. 4.000 Personen bewohnt und steht unter der Verwaltung der Stadt Mytilini und der UNHCR. Das Lager wurde Ende 2020 geschlossen.

Keelpno. Hellenic Center for Disease Control and Prevention. Das Griechische Zentrum für Krankheitskontrolle und Vorbeugung.

Lidl. Deutsche Discounterkette. Betreibt über 11.000 Filialen in mehr als 29 Ländern und ist nach Anzahl Filialen der weltweit grösste Discounter.

Moria 2.0. Am 12. September 2020, drei Tage nachdem das alte Moria Camp durch einen Brand zerstört wurde, nimmt das neue Lager Moria 2.0 den Betrieb auf. Moria 2.0 liegt zwischen Mytilini und Lidl am Meeresufer. Die Lebensbedingungen im neuen Lager sind schlechter als im alten Lager. NGOs und solidarische Netzwerke haben keinen Zugang mehr. Das Leben ist von strengen Aus- und Eingangskontrollen geprägt.

Nato. Nordatlantikpakt. Militärisch-politische Organisation. 1949 geschlossenes Verteidigungsbündnis mit 30 europäischen Mitgliedstaaten, Kanada, USA und der Türkei.

New Pact on Asylum and Migration. Im September verkündete die EU-Kommissionspräsidentin Ursula von der Leyen die neue Asyl- und Migrationsstrategie der europäischen Union. Die wichtigsten Punkte beinhalten u.a.: Auslagerung der Asylprozesse in Drittstaaten. Abschiebepatenschaften durch nichtaufnahmewillige EU-Staaten. Die Screening Verordnungen und das Grenzverfahren. Die Dublinorder wird beibehalten. Die Schweiz trägt und finanziert die EU-Migrationspolitik massgeblich mit und ist somit fest ins europäische System eingebunden.

No-Border Movement. Bündnis autonomer Organisationen, Gruppen und Einzelpersonen in Europa, den USA und Australien. Sie kämpfen gegen Rassismus, Nationalismus und geschlossene Grenzen und setzen sich für eine universale Bewegungsfreiheit und die freie Ortswahl ein.

Off-Shore Processing Centers. Australische Internierungslager auf Inseln im südlichen Pazifik. Geflüchtete, die versuchen Australien übers Meer zu erreichen, müssen in den Off-Shore Lagern, ohne Aussicht auf ein Asylverfahren und ohne absehbares Ende der Aufenthaltsdauer, eine Haftstrafe absitzen. Es soll aber auch verhindert werden, dass Migrantinnen und Migranten australischen Boden betreten.

One Happy Family. Ein Gemeinschaftszentrum mit Schulen, Krankenstationen, Gärten, Bibliotheken, Legal Services, Restaurants, Sportplätzen usw. 2020 wurde auf dem Gelände von Mitgliedern der rechtsextremen Identitären Bewegung Feuer gelegt.

Pipka. Das Lager Pikpa ist ein von Lesvos Solidarity betriebenes Lager für besonders verletzliche Personen. Seit 2012 lebten ca. 30.000 Menschen in der Unterkunft, die auf den Prinzipien der Solidarität, Selbstermächtigung und Teilhabe basiert. Pipka wurde im Oktober 2020 zwangsgeräumt.

Pushback. Pushbacks sind sowohl vor dem internationalen wie auch dem lokalen Recht verbotene Abschiebepraktiken. U.a. im ägäischen Meer treiben Küstenwachen, oft mit Unterstützung von Frontex,

Boote, die sich bereits in griechischen Gewässern befinden – oder Menschen, die bereits griechischen Boden betreten haben – unter Gewaltanwendung über die Grenze zurück. Im Zuge illegaler Pushbacks kommt es zu schweren Körperverletzungen und zu tödlichen Unfällen. Auch werden Schutzsuchende in aufblasbaren Rettungsflössen auf dem offenen Meer ausgesetzt.

Samos Camp. Registration and Identification Center Vathi (RIC), Samos. Mit einer Kapazität für 650 Personen ist das Lager mit ca. 5.000 bis 6.000 Menschen hoffnungslos überfüllt.

Stage2. Ein von der UNHCR und lokalen Behörden betriebenes Lager, das den Menschen, die im Norden ankommen, für eine Nacht als Zwischenstation dient. Auf Druck der Regierung in Athen wurde das Lager im Februar 2020 geschlossen und im März von Mitgliedern der rechtsextremen Identitären Bewegung angezündet. Es brannte vollständig nieder.

UNHCR. The UN – Refugee Agency. Hoher Flüchtlingskommissar der Vereinten Nationen.

Literatur

Achille Mbembe: Nekropolitik, in: Biopolitik, Hrsg. Folkers/Lemke. Frankfurt 2014 / Reparatur und Reparationen, in: Die (Re)konstruktion der Welt. Rosa Luxemburg Insitut. Berlin 2021

Audre Lorde: Alter, Race und Gender, in: Schwarzer Feminismus, Hrsg. Natasha A. Kelly. Münster 2019

Gayatri Chakravorty Spivak: Can the subaltern speak? Wien 2008

Edouard Glissande: Traktat über die Welt. Heidelberg 1999

Emilia Roig: Nerds retten die Welt, Gespräch mit Sibylle Berg. Zürich 2019

Emmanuel Carrère: Brief an eine Zoowärterin in Calais. Berlin 2017

Frantz Fanon: Die Verdammten dieser Erde. Frankfurt 1981

Götz Aly: Die Belasteten. Frankfurt 2014

Hannah Arendt: Vita Activa. München 2020 / Elemente und Ursprünge totalitärer Herrschaft. München 1991

James Baldwin: Everybody's Protest Novel. Durham 1994 / Nach der Flut das Feuer. München 2019 (übersetzt durch die Autorin)

Jonas Kreienbaum: Ein trauriges Fiasko. Hamburg 2015

Judith Butler: Gefährdetes Leben. Frankfurt 2005

Laurie Penny: Sex, Lügen und Revolution. Hamburg 2015

Masha Gessen: Autokratie überwinden. Berlin 2020

Parwana Amiri: Meine Worte brechen eure Grenzen. Zürich 2020

Rita Segato: Das Kapital, das Patriarchat und neue Gänge in eine Revolution für das Leben, in: Die (Re)konstruktion der Welt. Rosa Luxemburg Insitut. Berlin 2021

Rosa Luxemburg: Briefe aus dem Gefängnis. Köln 2017

Victor E. Frankl: Trotzdem Ja sagen zum Leben. München 2005

Zygmunt Bauman: Flüchtige Zeiten. Hamburg 2008

Dank

Mein tief empfundener Dank geht an die Protagonistinnen und Protagonisten dieses Berichts, aber auch an die Freunde und Freundinnen der politischen und solidarischen Netzwerke und an alle die Menschen, die vor Ort eine unverzichtbare Arbeit leisten. Obwohl sie es verdienen, genannt zu werden, sind ihre Namen und auch gewisse Aufenthaltsorte aus Gründen der persönlichen Sicherheit geändert worden.

Für die Unterstützung beim Schreiben, Montieren und Veröffentlichen des Berichts geht mein Dank an Ursi Anna Aeschbacher, Irina Feller, Ilia Vasella, Lorenz Naegeli, Stella Brunner, Lenny Budliger, Osama Abdullah, Nasim, Sophie Innmann und die Fundaziun Nairs in Scuol, Engiadina Bassa.

Für die Gastfreundschaft danke ich Rosalina Christophilakis und Greg Skerman auf Kea, Gabriela Bussmann und Jean und Lou Perret auf Tinos, Hotel City Plaza, Cornelia Danuser und Anastasia Papadakis in Athen, Dragica Rajčić und Hannes Holzner in Rogoznica, Myrcini Erfany auf Lesbos.

Parwana A: Ich überquere die Grenze, weil ich mich nicht verbergen will. Ich riskiere mein Leben, weil ich mich nicht verbergen will. Ich lasse alles hinter mir, weil ich mich nicht verbergen will.

Die Autorin

Johanna Lier studierte Schauspiel in Bern und absolvierte einen Master of Arts in Fine Arts in Zürich. Nach jahrelanger Tätigkeit als Schauspielerin arbeitete sie als Redakteurin bei der Wochenzeitung WoZ. Sie veröffentlichte zahlreiche Gedichtbände und zwei ihrer Theaterstücke wurden uraufgeführt. Recherchen und politische Projekte führten sie für längere Zeit in den Iran, die Ukraine, nach Nigeria, Chile, Israel, Argentinien und Griechenland. Nach dem Roman »Wie die Milch aus dem Schaf kommt« ist »Amori. Die Inseln« das zweite Buch von Johanna Lier, das im verlag die brotsuppe erscheint.

www.pillowbook.ch

Der Verlag dankt der Stadt und dem Kanton Zürich für deren Unterstützung bei der Herstellung des Buches.

Stadt Zürich
Kultur

Kanton Zürich
Fachstelle Kultur

www.diebrotsuppe.ch

ISBN 978-3-03867-031-5

Der verlag die brotsuppe wird vom Bundesamt für Kultur mit einer Förderprämie für die Jahre 2016–2024 unterstützt.

Kartenillustration Vor- und Nachsatz: © Irina Feller
Umschlagbild, Gestaltung: Ursi Anna Aeschbacher
Druck: www.cpi-druck.de

TÜRKEI
GRIECHEN
PANAGIOUDA
KARA TEPE
+ AB 2020 MORIA 2.0
MYTILINI
LIDL
KRANKEN-STATION + COMMUNITY CENTER
MORIA 1.0
2015 - 2020
DUSCHHAUS + GARTEN
N